SILVIANO SANTIAGO

Em liberdade

*Nova edição, acrescida do conto inédito
"Todas as coisas à sua vez" (1993)*

Copyright © 2022 by Silviano Santiago

Grafia atualizada segundo o Acordo Ortográfico da Língua Portuguesa de 1990, que entrou em vigor no Brasil em 2009.

Capa
Maurice Girard

Imagem de capa
Mendigos do Parque da Redenção, de Iberê Camargo, 1987. Grafite e tinta de esferográfica sobre papel, 21,8 × 32,5 cm. Acervo Fundação Iberê. Reprodução de Fabio del Re.

Preparação
Márcia Copola

Revisão
Erika Nogueira Vieira
Clara Diament

Dados Internacionais de Catalogação na Publicação (CIP)
(Câmara Brasileira do Livro, SP, Brasil)

Santiago, Silviano
  Em liberdade / Silviano Santiago. — 1ª ed. — São Paulo : Companhia das Letras, 2022.

  ISBN 978-65-5921-237-8

  1. Ficção brasileira I. Título.

21-94220 CDD-B869.3

Índice para catálogo sistemático:
1. Ficção : Literatura brasileira   B869.3

Cibele Maria Dias – Bibliotecária – CRB-8/9427

[2022]
Todos os direitos desta edição reservados à
EDITORA SCHWARCZ S.A.
Rua Bandeira Paulista, 702, cj. 32
04532-002 — São Paulo — SP
Telefone: (11) 3707-3500
www.companhiadasletras.com.br
www.blogdacompanhia.com.br
facebook.com/companhiadasletras
instagram.com/companhiadasletras
twitter.com/cialetras

Sumário

EM LIBERDADE — Uma ficção de Silviano Santiago 9

Nota do Editor do Manuscrito 11
Sobre esta edição 15

EM LIBERDADE — Diário de Graciliano Ramos.......... 19

PRIMEIRA PARTE — 1937 21
14 de janeiro................................... 23
16 de janeiro................................... 46
Segunda-feira, pela manhã....................... 61
[Sem data]...................................... 79
21 de janeiro................................... 87
[Sem data]...................................... 103
22 de janeiro................................... 105
Antes do jantar 113
25 de janeiro................................... 115
29 de janeiro................................... 132

1º de fevereiro (segunda-feira)	148
3 de fevereiro	164
[Sem data]	169
Quarta-Feira de Cinzas	174
12 de fevereiro	183
Domingo	185
SEGUNDA PARTE — Mesmo ano	195
15 de fevereiro	197
16 de fevereiro	210
Quinta-feira	223
Sexta-feira	225
26 de fevereiro	228
3 de março	235
5 de março	249
8 de março	261
12 de março	264
15 de março	273
Sábado	280
26 de março	282
CONTO ESCRITO EM 1993	283
Todas as coisas à sua vez (*Abecedário*)	284

Vou construir o meu Graciliano Ramos.
Otto Maria Carpeaux

EM LIBERDADE
Uma ficção de Silviano Santiago

Nota do Editor do Manuscrito

Como está narrado com riqueza de detalhes nas *Memórias do cárcere*, Graciliano Ramos é preso na sua residência, na rua da Caridade, em Maceió, no dia 3 de março de 1936. Era funcionário na Instrução Pública de Alagoas. Ao ser encaminhado ao Quartel do 20º Batalhão, constata: "Comecei a perceber que as minhas prerrogativas de pequeno-burguês iam cessar, ou tinham cessado". Embarcam-no, primeiro e provisoriamente, para Recife, e, logo depois, no porão do navio *Manaus*, para o Rio de Janeiro. Na Colônia Correcional de Dois Rios, na Ilha Grande, passa pelas piores experiências carcerárias que um ser humano pode sofrer. O resto do tempo permaneceu na Casa de Detenção, na rua Frei Caneca.

Por iniciativa de amigos e graças à ajuda do advogado Sobral Pinto, Graciliano é finalmente posto em liberdade. Herman Lima, em *Poeira do tempo*, insiste na arbitrariedade do encarceramento de Graciliano, depois de ter falado pessoalmente sobre o caso com Getúlio Vargas e Filinto Müller: "Não havia, de fato, nenhum processo a respeito de Graciliano — nada se apurara contra ele — e o resultado foi que, dois ou três dias depois, o romancista estava em liberdade". Era dia 13 de janeiro de 1937. Ficou dez meses e dez dias na prisão.

Sem projeto existencial e literário definido, hóspede, primeiro, de José Lins do Rego e, em seguida, de uma pensão no Catete, Graciliano escreveu este Diário durante dois meses e treze dias. Sobre esse período da sua vida, depôs recentemente sua filha, Clara Ramos: "É provável que Graciliano Ramos, um tipo psicológico racional introvertido, na fase imediatamente posterior a sua libertação, ainda diante das misérias inimagináveis do cárcere, esteja comprovando a falência da sua função pensante, o colapso da razão. E nesse momento necessite superar a tragédia do raciocínio lógico através da fantasia".

O romancista ofereceu os originais de *Em liberdade* a um amigo, em 1946, pedindo-lhe que só os entregasse ao público 25 anos após sua morte. Seis anos mais tarde, em 1952, às vésperas de viagem à Argentina para tratamento de saúde, o escritor escreveu ao amigo, pedindo-lhe que queimasse essas páginas. Não dava justificativa alguma para a destruição. O amigo — cujo nome não devo revelar, como se compreenderá mais tarde — esperou que mestre Graciliano regressasse da Argentina para, então, visitá-lo e falar-lhe pessoalmente do assunto. Disse a Graciliano que já tinha queimado os originais que estavam em seu poder, embora não o tivesse feito. Seu gesto tem um precedente notável: o das obras de Kafka, que foram confiadas a Max Brod. Um mês depois, morria Graciliano Ramos no Rio de Janeiro, tendo sido enterrado na quadra 16 do Cemitério São João Batista.

Em 1960, graças a uma bolsa de estudos da Capes, fui morar no Rio de Janeiro. Por indicação de Alexandre Eulalio, então funcionário do INL, fui convidado para fazer a edição de um manuscrito inédito de André Gide (capítulos iniciais do romance *Os moedeiros falsos*). O manuscrito pertencia, então, ao pai do poeta Octávio Mora e, hoje, encontra-se depositado no Museu Britânico.

Foi nessa ocasião e circunstância que conheci o velho amigo de Graciliano e guardião dos originais de *Em liberdade*. Relatando-lhe um dia os descaminhos e asperezas no meu trabalho de decifração da caligrafia gidiana, vi que despertava no semblante do meu interlocutor entusiasmo e pavor. Pensei sobre o assunto mais tarde, mas não lhe dei a importância devida. Dois ou três dias depois, começou a falar de Graciliano, tecendo longos comentários sobre cada um dos membros do círculo literário que frequentavam, narrando com minúcias de memorialista os papos animados que mantinham. Finalmente, um dia abriu-se comigo, contando-me a história dos originais e confessando-me a sua sensata e terrível decisão de fevereiro de 1953.

Em 1965, ensinando na Universidade Rutgers, no estado de Nova Jersey (Estados Unidos da América), recebi no dia 12 de novembro um pesado e estranho pacote vindo do Brasil. Eram esses originais, endereçados a mim pela viúva do meu amigo. Ela me confiava, em carta, que o seu marido tinha morrido meses antes, mas que só recentemente — ao pôr um pouco de ordem nos seus guardados — encontrara na sua escrivaninha de trabalho aquele pacote com a indicação de que fosse remetido para mim. Telefonara para a residência do meu pai, em Belo Horizonte, e dele tinha obtido o meu atual endereço. Devia ser algo importante — concluía — porque fora a única medida que tomara antes de morrer.

Conservei em segredo, até hoje, os originais de *Em liberdade*. Resolvo agora publicá-los, obedecendo ao prazo de 25 anos exigido pelo romancista. Graciliano não era homem de solicitar a editor a publicação dos seus livros; sempre dependia da vontade alheia para que os seus manuscritos fossem lidos pelos fiéis leitores. Agora, depende apenas de mim. Recordo-me de palavras suas: "Não amolei os editores, não solicitei um cantinho nas revistas e nos suplementos semanais. Foi Schmidt quem teve a ideia estranha de pedir romance a um sertanejo ocupado em escrituração mercantil, orçamentos e relatórios. Foi José Olympio quem me escreveu, em 1935, exigindo os originais de *Angústia*". Sou eu quem solicita ao romancista os originais de *Em liberdade*. Como em vida não negou aos outros o que tinha na gaveta, certamente não me negará o que teria ficado submerso no rio do tempo.

Apenas uma coisa pediu-me o legítimo dono dos originais: que seu nome não fosse revelado. Tinha medo do julgamento da história quanto ao seu ato. Acatei o pedido. Portanto, toda a responsabilidade desta publicação recai sobre este, que assina,

Silviano Santiago

Sobre esta edição

Os originais de *Em liberdade* encontram-se batidos à máquina e com poucas correções. Aqui e ali, Graciliano teve necessidade de acrescentar frases ou mesmo parágrafos. Quando as frases se sucedem umas às outras, os acréscimos se encontram escritos no verso da página precedente. Em caso de frases soltas, as anotações vêm na margem esquerda ou na parte superior da folha. Indicamos sempre quando se trata de acréscimo. O certo é que todos os acréscimos estão redigidos à mão — e foi este o critério básico para julgar o trecho ou a frase como tal.

Encontram-se poucas correções nos originais datilografados. Tudo indica ser essa uma versão já bastante elaborada do texto, possivelmente dada como terminada na pensão de dona Elvira, em 1937, mas revista e datilografada em 1946, época em que o manuscrito é oferecido a um amigo de longa data. Época também em que, segundo o testemunho corrente, começa a redigir os primeiros capítulos das suas reminiscências da prisão, que levavam o título de *Cadeia*, posteriormente abandonado.

Na ordenação das folhas, seguimos uma indicação numérica constante e, tudo indica, final, que se encontra na margem superior direita de cada folha. Os números vêm em tinta vermelha. Alguns borrões deixam supor certa hesitação por parte de Graciliano Ramos quanto ao lugar que certas folhas soltas (Primeira parte) deveriam ocupar. Optamos por marcar as folhas soltas com a indicação "Sem data", por oposição às outras folhas que trazem claramente o dia e o mês da redação. Colocamos a expressão entre colchetes por se tratar de acréscimo nosso.

Algumas considerações de caráter geral fazem-se necessárias a fim de evitar equívocos maiores.

1. As raras alusões, nesse Diário, à experiência que teve na cadeia indicam que Graciliano não tinha a intenção de cobrir aquele período da sua vida. Isso leva-nos a crer que ele tinha certeza de que, um dia, ainda escreveria as *Memórias do cárcere*. *Em liberdade*, portanto, não tem a pretensão de ser uma primeira versão das memórias. Como diz em determinado momento, as anotações cotidianas tinham como matéria-prima a "decepção do leitor", do leitor que insistia em obrigá-lo a narrar apenas os dias terríveis na prisão.

2. Podemos e devemos levantar uma hipótese. Por já ter escrito esse Diário — sequência natural da experiência na cadeia —, Graciliano não conseguiu redigir o capítulo final das *Memórias do cárcere*. Seus familiares, desconhecendo *Em liberdade*, exigiam o capítulo, e o romancista, adiando a sua execução, apenas respondia: "Não há problema. É tarefa de uma semana". Em outras conversas com familiares — diz ainda seu filho, Ricardo Ramos —, Graciliano sumariava o último capítulo, praticamente fazendo um resumo do Diário: "Sensações da liberdade. A saída, uns restos de prisão a acompanhá-lo em ruas quase estranhas".

3. O crítico faminto de contradições encontrará no Diário

vasto pasto para ruminações. Graciliano, segundo o seu próprio testemunho, quis evitar a tentação constante de reescrever o Diário. Grande era o desejo de reescrevê-lo quando ia de encontro a uma contradição sua. Caso desse uma intenção única e clara à narrativa, estaria evitando a escrita anárquica e circunstancial do Diário, recaindo na forma programada e racional da ficção.

4. Esse Diário serve para elucidar alguns pontos ainda pouco esclarecidos da biografia de Graciliano. Damos um exemplo. Amigos do romancista situam o seu encontro com o ministro Capanema, no elevador do MES, no dia em que o escritor lá foi depositar as três cópias do seu livro infantil. Pela leitura do Diário, percebemos que o encontro (de resto casual) se deu em data anterior, quando buscava o edital do concurso.

O Editor

P.S.: O enigma perdura: por que Graciliano mandou queimar os originais de *Em liberdade*? Tentemos uma explicação: os textos de *Em liberdade* e das *Memórias do cárcere* não se casavam, não podiam coexistir simultaneamente no seu espírito. Era com o sacrifício de um que escrevia o outro, e vice-versa. Lembremos algumas datas: em 1937, tem de recalcar completamente a experiência da cadeia para escrever *Em liberdade*. Em 1946, quando escreve os primeiros capítulos das *Memórias do cárcere*, desfaz-se do Diário, dando-o de presente a um amigo. Em 1952, tendo nas mãos os futuros quatro volumes das memórias, só pode querer sacrificar, pelo fogo, *Em liberdade*.

O mesmo

A análise da sociedade pode valer-se muito mais da experiência individual do que Hegel faz crer. De maneira inversa, há margem para desconfiar que as grandes categorias da história podem enganar-nos, depois de tudo o que, neste meio-tempo, foi feito em seu nome. Ao longo desses cento e cinquenta anos que passaram desde o aparecimento do pensamento hegeliano, é ao indivíduo que coube uma boa parte do potencial de protesto.
Não pretendo negar o que há de contestável em tal empresa. […] Não chegava, então, a confessar o peso das responsabilidades de que não escapa aquele que, diante do indizível que foi perpetrado coletivamente, ousa ainda falar do individual.

Theodor W. Adorno, Minima moralia (1945)

EM LIBERDADE
Diário de Graciliano Ramos

Não sou um rato. Não quero ser um rato.[1]

[1] No centro da primeira folha dos originais, em tinta vermelha, estão escritas estas duas frases de *Angústia*. Foram lançadas no papel possivelmente quando numerava as páginas (coincidência na cor da tinta). Deveriam servir de epígrafe para todo o Diário. (N. do E.)

PRIMEIRA PARTE
1937

Residência do romancista José Lins do Rego
Rua Alfredo Chaves — Largo dos Leões

14 de janeiro

Não sinto o meu corpo. Não quero senti-lo por enquanto. Só permito a mim existir, hoje, enquanto consistência de palavras. Estas combinam-se em certas frases que expressam pensamentos meus oriundos da memória afetiva e criados pelo acaso. Combinam-se em outras frases que são respostas a perguntas que me fazem desde que saí ontem da cadeia. Em mais outras frases que traduzem as minhas opiniões sobre isto ou aquilo que leio nos jornais e nas revistas, devorados com avidez. Ainda não tive a coragem de ver o corpo de onde saem essas frases; a coragem de ver-me em corpo inteiro, refletido no espelho que está por detrás da porta do guarda-roupa. Sei, por isso, que só o meu rosto existe: vi-o ontem, à noite, antes de deitar-me, e hoje, pela manhã, quando escovava os dentes, raspava a cara e penteava os cabelos. Tentei deixar baça a imagem no espelho. Na hora da navalha, não foi mais possível. Podia ferir-me. Acendi a luz. Aceito a intimidade no banheiro, mas não a acato ainda no quarto de dormir.

Vejo as minhas mãos com os dedos encardidos do fumo procurar o cigarro no maço, retirar o palito de fósforo na caixa;

sou capaz de levar o cigarro à boca, friccionar o fósforo contra a lixa, acender o cigarro, sorver a fumaça e soltá-la. Isso não significa que esteja sentindo o meu corpo. De hora em hora bebo o meu cálice de aguardente (da legítima alagoana, presente de José Lins). Não sinto que o meu corpo existe. Esses dois gestos, esses dois gostos, esses dois prazeres são hábitos de toda uma vida e procuro dar a eles, agora, um peso zero que, normalmente, não têm. A baforada de fumo existe como um ponto, uma pausa, no final de cada frase; a aguardente, o seu doce ardor na garganta e no estômago, existe como uma longa pausa no final de cada parágrafo.

Paro de combinar frases.

Estou prenhe de frases como nunca estive. Todo o meu cérebro está funcionando como um imenso útero que fabrica, sem que tenha consciência, frases e mais frases. Quero acreditar que posso escrever como nunca escrevi. Sei que não posso. A produção das frases está aqui, na cabeça, e difícil é passá-las para o papel. O problema não está tanto na dificuldade em transcrevê-las. Basta fechar os olhos e entregar-se ao automatismo surrealista da escrita. Encontrar uma razão para a necessidade de deixá-las existir no papel e no livro: eis a questão. Fora de mim e para o outro. Para isso sempre foi preciso "fazer ficção" das minhas palavras. Ou não.

Abandonar a ficção e adentrar-me pelo diário íntimo, deixando que o livro não seja construído pelo argumento ou pela psicologia dos personagens, mas pelos próprios caminhos imprevisíveis de uma vida vivida. Na ficção, o livro é organizado pelo romancista. No diário, toda e qualquer organização pode ser delegada ao leitor. Ele que se vire se quiser fazer sentido com as frases ou com o enredo. Invejo esse escritor de botas de sete léguas que é José Lins. Enquanto eu marco passo ou avanço algumas polegadas, laboriosamente e suando, como se transportasse peso excessivo, em caminhos esburacados, ele corre sem se cansar. Se para um instante, julgamos que é para tomar fôlego. Engano: está risonho, alegre, a respiração tranquila — e pronto para novo livro.

O único motivo — pelo menos o mais forte — que vejo no momento para poder deitar as minhas frases no papel é que quero não sentir o meu corpo. Quero que todo o meu eu seja — agora e hoje — apenas um emaranhado pesado, denso e consistente de frases. Elas camuflam um corpo dolorido que não quer pensar nas dores sofridas que castigam os sentidos e a memória. Escrevo para não deixar que o meu corpo doente e massacrado exista, prossiga, influa, direcione, convença-me finalmente da sua importância e da sua riqueza para mim.

As construções linguísticas não se organizam de maneira racional na cabeça; saem as frases com o ímpeto de uma rajada de vento, causando mais transtorno do que harmonia. Se transcrevo o que sai — mero escriba de mim mesmo —, eu compreendo. Mas quem mais? Fico pensando em como deitar no papel, não as frases que brotam como capim depois da chuva, mas o que está passando pela minha cabeça desde ontem, como um sapateiro pesponta uma sola para que o sapato possa ser usado por outra pessoa. E, ao pensar como transpor os processos mentais, esqueço-me do que tenho a dizer, e fica só a vontade de estudar os processos, comunicá-los como se fossem mais dignos da escuta alheia do que as frases anárquicas que saem com o ímpeto de uma rajada de vento. Onde as botas de sete léguas de José Lins do Rego?

Acabo ficando como o sapateiro que esquece o sapato e fica apenas com o desejo de saber por que pesponta — infinitamente. O sapato, tenho de colocar o sapato na frente do pesponto. Tenho de colocar as frases na frente do processo. Colocar na frente também o pé alheio, também a justeza do calçado — a sua utilidade. Propiciar ao meu leitor uma locomoção rápida e eficaz; nunca o conforto ou a maciez. O conforto é um hábito que resguarda o homem do cilício do inconformismo.

Guardo para mim as minhas frases desencontradas e anárquicas. Ou melhor, deixo-as perderem-se à medida que são fabricadas pelo meu cérebro. Talvez um dia voltem, talvez um dia alimentem, à distância, algum escrito meu. Como correm, como voam, como saem aos montões. Quando converso com alguém, ainda tenho a nítida sensação de que possivelmente um lápis mágico escreve as minhas palavras na memória do amigo e interlocutor. Mas, ao mesmo tempo, dou-me conta de que o meu caso (a minha aventura política, como teria dito Heloísa na nossa conversa, ontem à noite) não é tão extraordinário nestes dias que correm e que, portanto, os ouvidos amigos seriam incapazes de diferençar o que há de intrinsecamente meu no que narro do que pertence à época e aos donos do poder.

A linguagem do sofrimento é menos original do que se pensa e por isso é tão abrangente. Todos e cada um acreditam-se idênticos na miséria, na dor e no sofrimento, isto é: desgraçados todos, mas quem narra é sempre o mais desgraçado dos mortais. Por isso as pessoas são pouco tolerantes diante da miséria alheia. Isto mesmo, pouco tolerantes. Não escutam os casos de padecimento, toleram quando muito serem ouvintes passivos. Escutam e não escutam, com a cara de mentecaptos. Já a linguagem do prazer é original. Putaria, política e futebol — isso as pessoas escutam. Com o gozo nos olhos e nos lábios, acrescentam: é um brasileiro da gema.

Estamos sempre de ouvidos abertos para escutar a última conquista, o *flirt* na fila de ônibus à saída da repartição, o beijo consentido ou roubado, o trabalho das mãos no corpo feminino sobre a cama, ou mesmo em qualquer vão de escada. Acende-se a curiosidade, os detalhes mínimos e inúteis são exigidos e os ouvidos participam da narração como coautores. Sem o perceber, o ouvinte já se imiscui parasitariamente na ação real, esquecendo-se de que, para ele, é apenas imaginária. Somos todos *voyeurs* da conquista alheia, invejosos; ou então corpos no palco para os demais *voyeurs*, orgulhosos. Se não vemos o quadro pintado com as palavras alheias, é porque estamos narrando a ação. (narrar é mais importante do que experimentar)[2]

Pela primeira vez quero ser original, contra a minha vontade e as minhas crenças.

2 A frase dentro dos parênteses encontra-se manuscrita. Do lugar sai uma seta, indicando esta longa passagem, escrita no verso da página anterior, sem indicação de data (refere-se certamente à conversa que teve lugar no início de fevereiro): "No domingo de Carnaval, Apporelly me apresenta Oswald de Andrade na Galeria Cruzeiro. Ele estava acompanhado da sua quarta ou quinta mulher, Bárbara. O casal paulista veio para os festejos de Momo (creio, na verdade, que Oswald veio como espião do Armando de Salles — mas isto é outra história). Oswald estava eufórico com o desfecho do caso do duque de Windsor e de Mrs. Simpson (nomes que pronunciava com grande afetação). Olhava para Bárbara e dizia da coragem de Mrs. Simpson, fazendo o seu segundo pedido de divórcio à corte americana, e do rei Eduardo VIII, abandonando o palácio pelo amor a uma plebeia. Até arriscou um trocadilho infame com vista ao Apporelly: numa conversa entre Jorge VI com o atual duque, aquele lhe diz: 'Você perdeu um bom trono por uma má... trona'. Apesar de não ter falado nada mais que valha a pena registrar, Oswald disse algo que me deixou pensativo. Disse para a roda que desconfiava muito da licenciosidade brasileira. A Europa é muito mais licenciosa. Lá o amor nunca foi pecado. Não é preciso matar para possuir uma fêmea. Discorreu longamente sobre a sua primeira viagem à Europa a bordo do *Martha*, sobre as suas primeiras aventuras amorosas ('liberadas' — frisava sempre) na França e na Itália. Disse ainda que a ideia de criar o *Serafim Ponte Grande* veio das suas experiências naquele momento, e, gesticulando, citou de cor uma longa passagem do romance. Em seguida, desenvolveu a seguinte tese: o número de crimes sexuais praticados no Brasil pelos que o vulgo chama de 'tarados' vem da contenção sexual mantida a duras penas pela família. 'Batalhemos pelo divórcio à brasileira' — disse e sorriu, puxou Bárbara pelo braço esquerdo até que se debruçasse sobre o seu corpanzil, e levantou um brinde ao duque de Windsor e a Mrs. Simpson". (N. do E.)

Não sinto o meu corpo. Não quero sentir meu corpo agora, porque é pura fonte de sofrimento. Existe uma memória desses últimos acontecimentos nos braços, nas pernas, nas costas, nesta cicatriz na barriga, que quero apagar. Braços, pernas, costas, cicatriz falam, continuam falando, e tapo a boca deles. Arrolho-a como arrolho esta garrafa de aguardente para dela não transpirar o perfume do álcool. Mas a perna puxa, sinto que ela dói, e já ouço alguém que não me deixa esquecê-la tão facilmente: Você está capengando. São os comentários dos outros que não me deixam esquecer o meu corpo. Quero e estou conseguindo apagar a memória do corpo. Só assim — borrando o corpo dolorido, como borro as minhas frases que não me agradam — é que poderei deixar que ele de novo se entregue às alegrias.

A adversidade é um piolho nojento que a gente esmaga uma unha contra a outra, dando um estalinho.

Poderia ser a palavra inicial de algum novo romance que quero escrever. De tudo o que anotei hoje, neste bloco, é a única frase que não é apenas compreensível por mim. Se saísse em letra de imprensa amanhã, tenho a certeza de que todos a compreenderiam, conseguindo assim a proeza de ter as pessoas mais diversas reunidas em torno dela. A unanimidade desejada pelo escritor. A frase saiu como as outras, mas é diferente. Não traz a minha marca registrada. É minha, sim, tenho de admiti-la. Foi produto natural dessa reflexão que estou tentando manter aqui no quarto enquanto me deixam descansar.

Confesso que aquela frase foi escrita depois que reli o que tinha escrito de um jato. Sei que vou reescrever estas páginas mais algumas vezes antes da datilografia (apenas para aprimorar o estilo) e pode ser que, depois de riscar e emendar, as frases estejam mais equilibradas, à altura daquela outra. Prometo, no entanto, não tocar nela. Deixá-la como está. Fica aí como um monumento à minha incapacidade de construir alguma coisa que seja distante de mim, que não seja referenciável a mim ou a personagem semelhante a mim. É o sapato que terminei de pespontar. Não é o pesponto em si. Quero acreditar que a adversidade seja um piolho nojento. E mais: que eu posso esmagá-lo uma unha contra a outra, ouvindo prazerosamente o estalinho. Faço esforço e quase me convenço. Mas não sei como escrever a frase seguinte. Não é a linguagem do sofrimento, não corresponde a uma sensação pessoal. É uma frase que concluí, não é uma frase que abre a comporta para a criação. Cheguei a ela como chego ao fim de uma jornada de trabalho. Requer o descanso da reflexão, não estimula a excitação. Paro e tomo fôlego. Ou melhor: um cálice de aguardente.

A adversidade é, antes, para mim uma borboleta azul que pousa nos meus ombros, arrebatando-me para caminhos onde parece que dou o melhor de mim mesmo. A adversidade é uma amante extremosa e traiçoeira, dessas que a gente busca para gozar mas que acaba aborrecendo-nos. Da adversidade, em Alagoas, pensei que me escaparia por uma viagem para o Sul, aproveitando o fato de que minha literatura estava tendo algum êxito. A viagem veio, inesperadamente, mas para aumentar a sensação de perseguição e sofrimento. Tudo de bom que me acontece vem para o meu mal.

A adversidade faz-me muitos. De repente, deixo de existir como indivíduo solitário que sou, e passo a fazer parte de um contingente humano numeroso. E o que exprimo, pela adversidade, sei que é compreensível — ainda que pouco apreciado por todo o contingente de leitores. Perco a minha identidade, todos perdem a sua identidade, enquanto sonho com uma humanidade homogênea e sem diferenças. Convivo com a adversidade como convivo com o meu povo. Machucado, pisado. Dolorido. É ela que explica estas marcas que me castigam e amargam de fel a minha existência. Começar a compreender essa corrente humana que mais sentido me dá, mais eu sofro para poder romper os grilhões.

Nada disso.

Soltar o corpo, rejeitar a adversidade. Buscar a minha identidade em mim, frente a frente, face a face, corpo a corpo. Terei coragem de levantar-me desta escrivaninha, abrir a porta do armário, buscar o espelho e enfrentar a minha imagem refletida, para poder esquecer o passado impresso no corpo e prepará-lo para o futuro? Não me levanto. Ainda não.

Sofro, não porque busque as situações propícias à dor; as coisas más me acontecem por "fatalidade" (quanta hesitação antes da escolha desta palavra). As coisas más acontecem-me para provar que o caminho do sofrimento é o único que me é permitido trilhar, caso queira expressar o melhor de mim mesmo.

Será que tudo isso tem a ver com o fato de ter nascido no Nordeste?

Não quero responder a essa pergunta hoje. Deixo-a aí como etapa de um raciocínio. Explicar-me não pelo que faço de mim e da minha vida e tento fazer em favor dos meus concidadãos, mas pelo que minha região (comunidade, clã, preconceitos, injustiças sociais etc.) fez de mim, influiu nas minhas decisões, no meu caráter e na minha participação sociopolítica. Até mesmo para sair do Nordeste fui impelido pela adversidade. Caso contrário, ainda hoje estaria na casinha de praia de Pajuçara. Graças à adversidade pisei hoje pela manhã a areia de Ipanema em companhia de Heloísa, e não uma sofrida praia nordestina.

Serei sempre um perseguido, ou sou eu que só posso aceitar-me na condição de perseguido? A pergunta e a sua correção poderiam não fazer sentido se acreditasse em mim enquanto construtor do meu próprio projeto de vida. Mas não. Nesses momentos em que me sinto abatido, suponho que os meus poucos acertos e numerosos escorregões são obras de um destino irônico e safado, fértil em estórias desconcertantes, e com isso me salvo de uma reflexão mais aprofundada sobre essa culpa e consequente punição quase que inatas — se não inatas, pelo menos tão atávicas quanto a vontade de Deus, ou o "estava escrito" dos árabes. Tento propor uma linha reta para o meu comportamento.

Tento enxergar as coisas pela perspectiva da dialética, deixando que os contrários se entreguem ao combate antes de tomar uma decisão, porque depois de ela ser tomada sigo, consigo seguir um caminho que me parece o mais justo. Mas, de repente e com uma constância digna da sucessão dos dias e das noites, acontecem-me coisas inesperadas. Tão inesperadas que desviam por completo o rumo da estrada tomada em consequência da minha decisão dialética.

Tenho, no entanto, uma qualidade: não me satisfaço em simplesmente obedecer a esse golpe da adversidade. Luto corpo a corpo com ela, e sempre saio vencedor. Quem me viu meses atrás, semanas atrás, dias atrás, não poderia nem de leve supor que estaria hoje em liberdade e mantendo este diário. São vitórias passageiras, não resta dúvida, mas que me dão coragem para continuar e não esmorecer diante de outro golpe. Porque ele virá.

Retomo a pergunta: será que tudo isso tem a ver com o fato de ter nascido no Nordeste? Um pouco menos de autocomplacência e um pouco mais de ousadia. Não posso aceitar-me como produto das circunstâncias; estaria com isso negando o valor mais alto da minha liberdade (não esta liberdade, circunstancial, de quem sai da cadeia, mas a outra, mais geral) para poder organizar a minha vida e a dos meus semelhantes. O que estou chamando de adversidade nada mais é que uma resposta do governo e das instituições repressoras (os poderosos, como dizem no jargão político) ao pleno exercício das minhas possibilidades intelectuais e políticas dentro da minha região. A minha atuação desagrada. Não posso negar que desagrado. Não vou mentir a mim dizendo que não faço inimigos por certas atitudes que tomo para desemperrar a máquina burocrática do ensino em Alagoas, ou por certas decisões que tomo e que necessariamente desagradam o sistema do favoritismo político estadual. Dão-me o troco. Tenho respostas.

Respostas bem pouco civilizadas. Elas utilizam a linguagem mais convincente por aquelas bandas e talvez por todo o Brasil: a da violência do Estado. A perseguição ao inimigo torna-se ideia fixa na cabeça dos poderosos do momento, que assim acreditam poder neutralizar, reduzir a pó toda força de discórdia, conseguindo uma unanimidade que só existe pelo terror que amedronta e cala. Todo governo — mesmo o que não se diz autoritário — reclama a unanimidade. Mais do que pela plena potencialidade de uma atuação política crítica, a oposição é considerada pelos grupos no poder como um vício. "Pode embebedar-se com as suas atitudes contrárias ao nosso pensamento, no fundo quem está a estragar-se com o álcool da discórdia é você mesmo." O caminho da crítica — predeterminam os grupos no poder — acaba sendo o da autodestruição.

Caso me desse à paciência de investigar um por um os chamados reveses da sorte, descobriria sem dificuldade a motivação por detrás deles: perseguição política e vingança pessoal. Se recebi ordem de prisão na minha casa, se fui conduzido ao Quartel do 20º Batalhão e depois ao quartel em Recife, se me puseram no porão imundo de um navio rumo às prisões nojentas do Rio de Janeiro, estou cada vez mais persuadido de que foi por mando de alguém que não me aceitava como consciência crítica dentro da região em que ele imperava. Não aceitava que exercesse a liberdade do meu discernimento em questões da minha alçada.

Modifico a pergunta inicial para aproximar-me mais da realidade política do país. A adversidade nada tem a ver com o fato de ter nascido no Nordeste. A pergunta correta: por que a nossa sociedade não aceita a oposição como necessidade vital no jogo político?

Vingança, perseguição, violência, cadeia, assassinato: são as armas utilizadas pelos mandões como mecanismo de persuasão.

Ver reduzidas até a morte as nossas possibilidades de atuação política, acabamos por acreditar ou nas manhas do Destino ou nas mãos todo-poderosas de Deus. Se Destino houver, ele é trançado pelas artimanhas da vingança dos homens; se Deus todo-poderoso houver, ele é de carne e osso, e mais: tem um revólver na mão. Em escala descendente, a começar no Catete, onde pontifica o chefe açu, e a terminar no último lugarejo do sertão, com um caudilho mirim, isto é um país a regurgitar de mandões de todos os matizes e feitios.

Não há, neste país, a possibilidade de um diálogo concreto no campo político. Isto é triste e torna-me cético com relação ao meu instrumento de ação por excelência: a palavra. A palavra, ou bem é elogiosa ao chefe açu e ao caudilho mirim e o seu autor tem o lugar garantido no reino dos bem-aventurados, ou bem é crítica, e é imediatamente calada por torturas infernais. Justiça de céu e de inferno, de *catete* e de cadeia. Longo e fastidioso monólogo que é a nossa história! A pluralidade na unidade! — proclama cada um que senta no trono carioca.

Por que não há a possibilidade de diálogo? Talvez tudo concentre-se num pequeno fato que alcanço agora: o lugar do poder é por demais indefinido e descaracterizado para que qualquer grupo que o ocupe esteja a salvo da crítica. Não existe definição, ou sistema de definições de governo justo (ainda que passageiramente justo) para justificar o mando. Quem ocupa o lugar, define arbitrariamente. Definindo, manda. Quem não obedece, está divergindo. Cada divergência é vista como uma nova definição do lugar em potencial. Cortem a cabeça!

Possuímos, segundo os entendidos, três poderes — o executivo, que é o dono da casa, o legislativo e o judiciário, domésticos, moços de recados, gente assalariada para o patrão poder figurar e deitar empáfia diante das visitas. Os três poderes são um. A unidade na pluralidade. E a oposição não é recebida como visita no palácio, mas a tiros.

A oposição é tida como um "ladrão" que quer roubar o lugar do dono da casa, através de uma nova definição de governo. Deve ser esse gênero de racionalização que deixa dormir em paz homens vingativos, violentos, e muitas vezes com mãos sujas de sangue. Dizem:

"Estamos inocentes porque apenas perseguimos um ladrão."

"Durmo o sono de justo porque apenas torturei um vagabundo."

"Matei um ladrão que pulava o muro."

"Atirei para poder defender a mim, a minha família e a minha propriedade."

Fui considerado um "ladrão" pelos mandões, e por isso me trancafiaram ao lado de outros *ladrões*.[3]

Lembro-me do soldado vesgo e de farda branca que, na Colônia Correcional, ao receber-nos, ameaçava destruir-nos, não num forno crematório, mas pouco a pouco. Dizia aos recém-chegados: "Aqui não há direito. Escutem. Nenhum direito. Quem foi grande esqueça-se disto. Aqui não há grandes. Tudo igual. Os que têm

3 Na margem esquerda do papel, anota: "A partir disso tudo que vou descobrindo graças ao raciocínio, preciso rever o meu interesse e a minha amizade por Cubano e Gaúcho na Colônia Correcional de Dois Rios. Devia senti-los como 'irmãos'". (N. do E.)

protetores ficam lá fora. Atenção. Vocês não vêm corrigir-se, estão ouvindo. Não vêm corrigir-se: vêm morrer".

Todos iguais — ladrões e "ladrões" —, nenhum direito, os soldados podiam jogar-nos impunemente no chão, rolar-nos a pontapés. E finar-nos-íamos devagar. "Os que têm protetores ficam lá fora."

A liberdade circunstancial que experimento desde ontem é muito menos importante que a liberdade que descubro escrevendo estas páginas. Não *estou* preso, é claro; mais importante: não *sou* preso. Tiro o meu corpo da prisão dos homens e retiro a minha vida da cadeia divino-humana dos poderosos. Terei forças para continuar enfrentando os homens humanos que constroem celas e os homens divinos que tecem destinos?

Sendo prático, de tudo isso retiro uma lição que já devia ter retirado há mais tempo: perdi definitivamente o meu lugar "dentro" de qualquer governo neste país. Fui preso porque fui considerado um criminoso. Estou irremediavelmente do lado de fora. Serei eternamente um ex-prefeito.

Aceito isso agora com um sorriso irônico entreabrindo os lábios. A constatação, entretanto, é mais drástica do que o cinismo do sorriso. Traduz o lugar que está destinado pelos poderosos a todos os que desejam exercer a sua consciência crítica neste país. O governo forte de Getúlio Vargas veio para ficar (as demonstrações de força são inequívocas); aguardemos apenas as suas definições. Serão cada vez mais claras e autoritárias — não tenho dúvidas; cada vez mais excluirão toda possibilidade de divergência. Qualquer oposição ficará dentro das cadeias ou do lado de fora do governo. As duas alternativas são antipáticas e suicidas.

Como sobreviver, com decência, num país como este?

A pergunta propicia uma terceira e definitiva alternativa. Mais importante do que o exercício livre da consciência crítica na arena social é a sobrevivência própria e dos seus. Em princípio, o intelectual devia viver da renda que aufere com seus livros, mas aqui esse dinheiro é minguado e chega mais espaçado do que qualquer salário. Dá, quando muito, para que se sustente alguém na cadeia, com o Estado pagando cama e boia. Foi o que aconteceu com o meu *Angústia*, publicado enquanto estava trancafiado. O dinheiro recebido dava para Heloísa viver no Rio, com a ajuda de amigos, as crianças sob a proteção de almas caridosas e eu preso, recebendo uma vez por semana alguns alimentos. Qualquer mortal descobre que esse projeto de vida não é dos mais interessantes.

A saída para o intelectual no Brasil é a de ser funcionário público, vivendo a realidade em duas metades, só podendo enxergar a verdade se fechar um olho. Essa condição é das mais castradoras e trágicas, porque o leva a ser mais e mais conivente com os poderosos do dia. Se os homens do legislativo e do judiciário já são domésticos do Catete, o que não acontecerá com os nossos pensadores presos à máquina aliciadora do Ministério da Educação e Saúde?

Escreverão livros nas horas de folga. Nunca serão profissionais da escrita. Vararão a noite lendo e escrevendo, intoxicando-se com café e cigarro, anotando e corrigindo, passando a limpo, datilografando os originais. Escreverão livros que serão lidos por uma reduzidíssima faixa da população, alguns poucos que têm dinheiro extra para comprá-los. Ou não serão lidos: com a assinatura na dedicatória, servirão de adorno para cinco ou seis gigantescas bibliotecas particulares, já que os seus proprietários — também homens atarefadíssimos — só nos momentos de lazer é que têm tempo para ler.

A caminhada matinal com Heloísa pela praia de Ipanema me fez bem. Não acredito que estaria escrevendo estas linhas se não me tivesse alheado do mundo e das pessoas esta manhã. Se não tivesse finalmente voltado os olhos para o estado lastimável em que se encontra o meu corpo.

Por sorte, Heloísa já está familiarizada com o Rio. Serviu-me de guia. Ainda me sinto aturdido. Pisei há alguns meses terras cariocas, mas sempre por detrás de grades, comboiado daqui para ali, entrando e saindo de carros sem que me desse conta do percurso. Durante os meses na cadeia, o Rio parecia uma cidade que se desenrolava num palco a que eu, espectador, não tinha acesso. Não vivia no Rio; vivia na sua plateia, preso à curiosidade que me deixava afastado e próximo das suas ruas e movimentos. Como esquecer o Rio entrevisto no curto passeio pelo tintureiro da Ordem Política e Social, quando fomos transferidos do Pavilhão dos Primários para a Ilha Grande. As paredes do carro eram crivadas de furos redondos, as luzes da rua entravam-me por eles, corriam em dança louca e punham traços vivos e inconstantes nas figuras ao meu redor. Aproximava-me da fonte de luz. Via o Rio através de buracos redondos e feéricos, numa sucessão absurda e monstruosa de cacos de realidade que não faziam sentido, a não ser pela trajetória retilínea de luz que inundava os meus olhos com a curiosidade da alegria.

Agora, em liberdade, tento avivar as antigas lembranças de jovem pelas ruas do Rio. Fracasso. O Botafogo é tão diferente do Rio que conheci em 1914. Rua da Lapa, nº 10. Foi o meu primeiro endereço.

Pisar a areia. Ver o mar. Sentir a brisa úmida de encontro à pele do meu rosto recém-escanhoado. Dia quente, céu azul, o sol brilhando sem tréguas. Verão carioca. O sol forte cega-me. Sinto que o pouco contato com ele, durante o último ano, fez com que os meus olhos esquecessem a clara e plena luminosidade. Como velhos amigos que se reencontram, por enquanto tateamos um ao outro no nosso primeiro contato em busca de um ponto de apoio no passado. A presença reconfortante de He-

loísa ao meu lado. Apoio-me nela como numa muleta[4] mais do que gostaria; sinto ainda o corpo combalido e as pernas não me obedecem. Heloísa quase não fala; sua presença sonora é imperceptível, como se desejasse compensar com o silêncio o excesso de conversas que me atordoam desde ontem. Deixou-me, desde que tomamos o bonde na rua São Clemente, calado e entregue às sensações básicas de ver, ouvir e cheirar a cidade.
Fui eu quem sugeriu o bonde. Heloísa anda com a mania de carro de praça. O bonde para aqui na porta — disse para ela. À noite, quando não conseguia pegar no sono profundo (dormia e acordava, voltava a dormir e acordava de novo), escutava o barulho estridente de ferragem contra o trilho, assoviando. Heloísa insistiu, queria tomar um carro de praça, era mais cômodo e mais rápido. O bonde caminha numa velocidade ideal para quem não conhece a cidade e custa mais barato. Dá para a gente perceber a paisagem, as casas, as massas humanas locomovendo-se. Além do mais, dentro dele, respira-se ar puro, não é fechado como os ônibus.
Caminhando em direção à praia, já de longe sentia o cheiro agridoce do mar e antes de enxergar o areal branco de Ipanema, com os olhos semicerrados pelo excesso de claridade, revia ilusoriamente praias nordestinas como se estivesse assistindo a um filme. A tela era o azul que o funil de casas configurava lá no fundo. Estava com a cabeça aqui e a mente lá. O ar crispante da manhã quente entrava pelas minhas narinas e instintivamente inspirava-o e expirava-o, violentamente, como se tivesse acabado de fazer tremendo esforço e quisesse recuperar-me das energias gastas. O ar entrava pulmões adentro, lavava o sangue e deixava-me mais forte.

---

4 "Como numa muleta" encontra-se riscado e, em cima do borrão, Graciliano acrescentou: "mais do que gostaria". (N. do E.)

Larguei por minutos o braço de Heloísa e apressei o passo para chegar logo e sentir-me tão forte quanto antes da cadeia. Heloísa apressou os seus passos também e com carinho sustentou-me de novo, quando parecia que o chão fugia aos meus pés. "Paciência, Gráci", disse, "você esperou tanto tempo..." Entendi o significado das suas palavras e procurei viver o instante enquanto instante. Sem pressa. Moderei o passo. Respirava fortemente e aproximava-me do corpo de Heloísa percebendo quão indispensável era a sua presença ali. O cheiro de mar se confundia com o seu cheiro. Tirou os olhos de mim e os depositou em cheio num grupo de crianças que brincavam de amarelinha no passeio. Apertei-a contra o meu corpo, mais para indicar o meu agradecimento do que para ampará-la. Era eu o fraco. Ela continuava com o olhar voltado para as crianças e, nesse momento, quase parou de caminhar. Ficamos os dois parados por um instante, enquanto os meninos e meninas, alheios à nossa presença adulta e comovida, saltavam com uma perna só, procurando não errar de casa. Apertei-a mais contra mim, e num esforço fiz com que prosseguíssemos juntos a caminhada em direção ao areal.

O ruído do mar já abafava as vozes das crianças. De súbito, olhei para o rosto de Heloísa e não o vi, enxergava um pouco mais longe do seu perfil um belíssimo jardim todo cercado de grades. As barras verticais, entrecortadas aqui e ali por outras horizontais, fizeram-me estremecer e devem ter me chocado tanto que parei com o corpo meio virado para a esquerda. Heloísa seguiu o meu olhar, viu o jardim e não percebeu as grades. Fez um comentário de ordem geral sobre o viço das plantas, a beleza das flores e a pujança do colorido. Não lhe disse nada. Concordei com a cabeça e fitava o portão de ferro, por onde saía um grupo de rapazes e moças em algazarra. Corriam em direção à praia neste dia de férias escolares. Bronzeados e atléticos os rapazes; dengosas e displicentes as moças. Eles iam, em grupo, na frente, enquanto elas seguiam atrás cochichando e rindo, fazendo comentários. Heloísa e eu não existíamos para eles. Algumas palmeiras já se destacavam contra o azul e lembravam-me as praias nordestinas cobertas de coqueiros. O cheiro do mar confundiu-se de novo com o cheiro feminino, ativado que estava pelos corpos das moças que ondeavam correndo em direção ao mar. O sol cintilava contra as águas, lá no fundo, ferindo a minha vista já cega pela luminosidade do verão. Escondemo-nos por alguns minutos debaixo de uma amendoeira, seguindo sugestão minha. Abraçados como estávamos, parecíamos um casal de namorados em encontro furtivo. Agora, dava descanso a Heloísa, amparando-me contra o tronco da árvore. Era sólido e firme e invejei-o. Invejei a seiva que corria por dentro do seu cerne e alimentava galhos e folhas. Com palavras impensadas, lamentei a frustração da minha vida em liberdade. Heloísa levou a mão até os meus lábios e fez-me calar. Agradeci-lhe mentalmente o gesto e, em retribuição, recitei-lhe uns versos de Baudelaire, sem saber em que armadilha caía:

> *Vous êtes tous les deux ténébreux et discrets:*
> *Homme, nul n'a sondé le fond de tes abîmes;*
> *Ô mer, nul ne connaît tes richesses intimes,*
> *Tant vous êtes jaloux de garder vos secrets!*[5]

Repeti em seguida as rimas, procurando um jogo de significados que a estrofe escondia: *"discrets secrets"*, *"abîmes intimes"*.

Segredos discretos, abismos íntimos. Heloísa me olhava e me escutava. Os segredos discretos jazem para sempre em abis-

---

[5] "Sois todos os dois tenebrosos e discretos:/ Homem, ninguém sondou o fundo dos teus abismos,/ Ó mar, ninguém conhece tuas riquezas íntimas,/ Tão ciumento que sois de guardar vossos segredos!" (N. do E.)

mos íntimos. Do fundo dos abismos os segredos exalam odores semelhantes às flores do jardim protegidas por grades intransponíveis. Do jardim, no entanto, saía o perfume da mocidade em ruído e alegria. Os corpos bronzeados femininos dançavam em direção ao mar. *"Quand tu vas balayant l'air de ta jupe large/ Tu fais l'effet d'un beau vaisseau qui prend le large."*[6] Levantar âncoras. Soltar-me. Abrir as velas, ir à deriva, navegar em direção ao desconhecido, seguir com os olhos, com as narinas, com o corpo, alcançá-las. Acariciar a pele tafetá de serpente. Heloísa devia perceber a minha sofreguidão, a minha ânsia de vida. Queria amparar-me e conduzir-me. Dar-me-ia o seu próprio corpo, se fosse possível. Vi que me contemplava penalizada, julgando-me um enfermo sem forças para poder ir até o fim do desejo. Percebia que a chama acesa da paixão se acendia apenas nos meus olhos e era logo apagada pelo desgaste corporal. Onde a seiva? Não quis que tivesse pena de mim. Larguei a amendoeira. Perguntei se continuávamos.

Sátiro,[7] disse de mim para mim, com grande felicidade. Descobria que os meus sentidos não tinham sido embotados pela escrotidão da cadeia. O meu corpo pesava e me deixava triste, paralisado. Era preciso conduzi-lo à sua alegria de antes, ao seu ardor de buscas e encontros, de fugas e rompantes.

Heloísa, os segredos não exalam odores; os segredos são narinas que se revelam ao capricho dos odores. O cheiro do mar, o cheiro de Heloísa, o perfume das flores encarceradas, a essência

---

6 "Quando vais varrendo o ar com a saia rodada/ Pareces um navio que avança para o alto-mar." (N. do E.)
7 Na margem esquerda, escritos à mão, estão estes quatro versos:
Limei os meus dentes
(metaforicamente)
para tê-los pontiagudos
como os de uma piranha (N. do E.)

dos corpos. Por mais que estivessem escondidos no fundo dos abismos, por mais que os julgasse mortos e sepultados nos corredores e celas escuras e tenebrosas, os desejos voltavam a trabalhar à superfície da nossa caminhada matinal em direção ao mar. Os desejos encaminhavam-me para uma jovialidade de sensações que considerava coisa do passado.

Abandonamos o cimento do passeio e pisamos a areia branca. Senti-me ridículo na maneira como estava vestido: não se justificava o paletó em dia tão quente e em passeio à beira-mar. Só fazia sentido devido à minha magreza e à brancura da minha pele. Não sou um atleta, nunca fui, e agora muito menos o serei. Tirei o paletó pretextando calor. Os suspensórios incomodavam a pele e o suor se fazia mais espesso e mais incômodo ao longo das tiras apertadas que sustinham as calças, largas na cintura e bambas nas pernas. A areia entrava no sapato, mas isso não me incomodava. Pelo contrário, sentia as ligeiras picadas nos pés como marcas de sensibilidade. Tinha receio de encontrar partes do meu corpo esclerosadas depois da cadeia. Qualquer sinal de vida, ainda que acompanhado de incômodo ou até mesmo de dor, me tranquilizava. O equilíbrio do meu corpo tornava-se mais precário e solicitei, como nunca antes, o apoio de Heloísa.

Apesar do sol e das férias escolares, a praia não estava cheia. Flamengo e Botafogo estariam mais cheias. Aqui e ali, grupos familiares, sentados em torno de um para-sol, ou abrigados sob uma barraca, enquanto os jovens se divertiam jogando futebol ou vôlei. Quando o calor se fazia aceso no corpo, o rapaz distanciava-se e lançava-se no mar como um golfinho. As crianças esparramadas pela areia molhada brincavam com os seus carrinhos, caminhões, baldes e pás, construindo cidades na areia. Faziam, vez ou outra, caminhada inversa à direção do mar, para virem comprar sorvete na carrocinha que, como nós, encontrava abrigo à sombra de uma palmeira.

Poucos coqueiros na praia. O sol estava inclemente. O meu rosto afogueava. O braço de Heloísa estava úmido sob a manga do vestido. Tinha-a encharcada. Invejava o contato dos cariocas com a natureza. Um contato desinibido de cavalheiros e senhoras já maduros, sem pudor algum de se mostrarem praticamente nus. Um contato saudável e displicente entre jovens de sexo diferente sem tabus constrangedores. Pensava na minha província nordestina e na mentalidade tacanha dos meus conterrâneos. As mulheres e o padre invocariam devassidão, diabo e torturas infernais diante do quadro bucólico que via à minha frente.

No Nordeste praia é um lugar para meninos. Depois de certa idade, olha-se o mar de alguma varanda. Não se permite o contato com a natureza, no momento em que o corpo mais o exige, isto é, quando tudo é feito para restringir os seus percursos, amansá-lo nas suas arrogâncias, domá-lo nos seus ímpetos, reduzi-lo pouco a pouco às cinzas da morte. É da morte que quero afastar-me, a tal ponto de não poder reconhecer mais os seus traços fisionômicos, o seu cheiro de miasmas e podridão.

Há uma sensação do mar que apenas se concretiza quando a avidez de vida é incontrolável e autoritária. Desde Maceió o mar tem sido o meu companheiro, mas só agora, sob esta solitária palmeira ipanemense, é que o vejo com o assombro que ele merece. Perco o interesse pelo homem e as suas medidas vulgares; descuido-me da cidade de desenhos em retas e curvas, passíveis de serem representados na imobilidade de uma planta; desprezo a paisagem terrestre de montes, florestas e rios que se entregam dóceis às mãos trabalhadoras do homem. Homens, cidades, natureza terrestre adquirem a dimensão liliputiana, que os torna nada atraentes para quem a ânsia maior é a da força absoluta.

Só o mar satisfazia-me: este oceano indomesticável, aberto e imenso de Ipanema. Só o mar merecia a minha atenção. Dei-lhe o carinho e o amor que merece tudo o que me apaixona. Não sabia a que apegar-me: à noção de volume, às cambiantes de cor, à indomável energia e paciência das ondas, ao ritmo absurdo e diuturno de um moto-perpétuo, à delicadeza das espumas espocando em delírio, ao infinito do espaço que se descortinava, ao trêfego barco de pesca, minúsculo e corajoso, à sarabanda das gaivotas atiçadas pelas águas piscosas, ao estrondoso marulhar que deleitava os ouvidos. Não sabia a que apegar-me. Sabia, no entanto, que me apegava ao mar por necessidade física e vital, como antes tinha me apoiado no corpo cálido e aconchegante de Heloísa, como antes tinha me encostado no tronco frio e viril da amendoeira.

O mar, que engolia barcos, lanchas, saveiros, navios, transatlânticos, era a minha tábua de salvação. O mar, que escondia os homens dos homens, que transformava seres semelhantes em estrangeiros, entregava-me a mim mesmo a mais fiel das minhas cópias. Uma cópia de que não teria vergonha e que não causaria piedade aos outros. O mar, que despertava o medo e a imaginação para o medo, povoado de sereias e adamastores, era a minha coragem. Aprendia com o mar uma lição de vida, onde não entrava a abnegação, a modéstia, o pudor. Só a conquista. O mar é. Eu sou. Não há adjetivos. Apenas a afirmação magnífica da necessidade de existir, viver, deixar escorrer energia e força no presente, sem interferência do passado e sem compromisso com o futuro. O mar entregava-me de volta o meu corpo para que eu fizesse com ele o que era possível ser feito dentro de um único instante. Precisava usufruí-lo, trabalhá-lo, ajeitá-lo para que vivesse o instante com a glória de uma vida inteira.

O instante e a tarefa humana. Pensei em uma história de santo Agostinho que me contaram quando criança. Ele, sozinho, na praia, perplexo diante da grandeza e mistério do mar. Com minúscula pá começa a escavar a areia e para o diminuto buraco começa a transportar a água do mar. As nossas tarefas devem ser medidas contra a estatura do mar. Pegar célula por célula do meu corpo, trabalhá-las uma a uma, para que se assemelhem a gotas da água marítima. O corpo, no final, seria imagem e semelhança do mar.

16 de janeiro

Fiquei satisfeito ao encontrar Heloísa sozinha, à minha saída da Casa de Correção, no dia 13. Nessas ocasiões, um é pouco, dois é bom e três é demais. Qualquer grupo que se formasse no portão teria me constrangido e, bicho do mato que sou, teria dado meia-volta à espera de melhor hora para ganhar a liberdade. Experiência pior do que a de ter um grupo no portão à minha espera foi a descoberta que fiz logo depois de ter me despedido do diretor do presídio, de pisar a rua e de abraçar Heloísa (ela quis esperar-me cá fora): descobri que fora das grades dinheiro é importante, indispensável e insubstituível. Eu estava a nenhum. Quebrado, sem um tostão na algibeira. A descoberta se deu quando Heloísa chamou um carro de aluguel e, mentalmente, dei-me conta de que, no fim da corrida, teria de reembolsar o motorista pelo transporte. Como o faria? Cheguei a imaginar a cara do homem, louco de raiva, disposto a agredir-me pela minha ousadia e sangue-frio ao declarar-lhe que não tinha o dinheiro para a corrida. Ouvia palavras de baixo calão e toda a família insultada.

"Volte para a cadeia de onde não devia ter saído." Pela segunda vez, dava meia-volta na minha imaginação.

O contato diário com Apporelly foi bom: estava o casmurro romancista de *Angústia* transformando-se em "chargista" de mão-cheia, capaz de captar com sorriso os paradoxos da prisão e da liberdade.

Deixemos de brincadeiras; o assunto é sério. Disse a Heloísa que seria melhor tomar um bonde até a cidade e lá outro até o Botafogo. Respondeu que não; vamos é de automóvel. Começava mal meu primeiro dia de liberdade, já discutindo com Heloísa por uma insignificância. Invoquei a falta de dinheiro, o preço das coisas em cidade grande, o perigo em abusar da generosidade alheia, o emprego que não tinha e não teria tão cedo. Heloísa disse que tinha o dinheiro suficiente na sua bolsa e jurava que era dela — disse-o com essa certeza que já transparecia nos nossos últimos encontros na Casa de Detenção.

Diante do argumento e da segurança da voz, concordei com ela. Se era dela o dinheiro, não tinha importância. Tomamos o carro.

Preocupa-me o excesso de generosidade. Acho que a convivência humana é difícil e que, para melhorar as relações, uma simpatia mútua é indispensável, com atos de desprendimento de quando em vez. Porém, quando o desprendimento passa a ser generosidade e esta torna-se contínua, por isso excessiva, é preciso dar um basta. A minha situação material não me deixa tranquilo ou forte para o basta, e isso me incomoda.

José Lins e a mulher colocaram à nossa disposição a casa deles na rua Alfredo Chaves. José Lins nos disse, em recente visita ainda na cadeia, que lá havia um quarto de hóspedes bem amplo e confortável, onde poderiam alojar-nos até que encontrássemos coisa própria. Conversando depois com Heloísa, dei-me conta de que não havia alternativa, pois, no meu estado, não fazia sentido sofrer o passadio diário de uma pensão na Lapa ou no Catete, já que hotéis e restaurantes de qualidade estavam fora de cogitação. Precisava de um bom repouso e de alimentação farta e sadia. Não me arrependi de ter aceitado o convite e a hospitalidade. Já à porta, sentia-me bem com o carinho que transparecia em todos os rostos. Segundo as palavras de Heloísa e de todos os que me visitavam, de todos os antigos e novos amigos, Zé Lins é o que mais tem feito por mim. Receberam-me sem sentimentalismo e pieguice, mas com alegria. É esta que mais falta me faz desde que subi a bordo do *Manaus*. Pior do que a sensação de estar preso, foi a do degredo involuntário.

Entrava de novo em uma casa, percebia a tranquilidade do ambiente, a sua movimentação macia e o aconchego de família. Via as caras cheias de curiosidade das empregadas por detrás da porta, sentia o cheiro do tempero de comida no ar e agradava-me uma agitação alegre (sem algazarras) em torno de mim. Já refeito das primeiras emoções, agradeci a Zé Lins e à mulher dele pela bondade e amizade. Disse qualquer coisa relativa à sua casa e a mim — prisioneiro e perseguido político. Zé Lins me passou o primeiro pito. Aliás, merecido.

Dona Naná conduziu-nos até este quarto, onde encontramos tudo em ordem: cama de casal, criados-mudos, guarda-roupa espaçoso, pia num canto e até mesmo esta escrivaninha com a respectiva cadeira. Heloísa deixou-me. Deitei-me um pouco para refazer-me de todas as emoções da manhã.

No quarto — depois de quanto tempo não sei — escutei o relógio da sala que deu doze badaladas. Heloísa entrou, chamando para o almoço.

À noite, o problema do dinheiro voltou. E voltou de forma definitiva, a indicar que veio para incomodar por muito tempo. Reunidos na sala, Zé Lins sugeriu que fôssemos jantar na rua para comemorar a minha liberdade. Fazia questão de mandar abrir uma garrafa de champanha para brindar esta nova fase de minha vida. Fiquei satisfeito com a sugestão, principalmente porque me livraria, ainda que por poucas horas, do tormento do telefone. Não reclamo das pessoas que me chamavam para o abraço de solidariedade e de apoio; a reclamação é contra a maquininha infernal e o modo de comunicação que ela trouxe para que os homens se entendam à distância. Gosto de ver o rosto das pessoas que se dirigem a mim e com quem falo. Não posso conceber palavra, frase, série de frases, sem os movimentos do rosto de quem fala ou sem as consequentes repercussões delas na face do interlocutor. Calculo que essa mania advém do fato de sempre ter gostado de ler estórias, e a palavra ficcional só tem sentido quando ela determina psicologicamente quem fala ou quem escuta. Se uma frase é seguida de "disse ele", significa uma coisa; de "resmungou ele", outra coisa; de "grunhiu ele", qualquer coisa de bem diferente.

Para mim, essas expressões correspondem a determinados movimentos na cara, a tons diferentes de voz, a gestos corporais compreensíveis. Todo o corpo fala quando o homem diz palavras. O romancista é quem é capaz de cercar as palavras da situação humana. Enfim, não me contento com a palavra transmitida pelo fio, e por isso fiquei satisfeito em sair de casa e livrar-me do aparelho diabólico. Pior tortura esperava-me no largo do Machado.

Fomos ao restaurante Lamas. Estranhei, de início, o barulho infernal, consequência do vozerio dos fregueses, dos gritos dos garçons, dos transeuntes apressados e dos bondes e automóveis que passavam. Estranhei mais ainda os preços. Lia o cardápio sem acreditar que a cifra indicada para cada prato fosse real. Perguntei a mim mesmo se o preço exorbitante era normal no Rio de Janeiro ou se era peculiar ao restaurante. Algumas poucas refeições no Lamas, e teria ido embora todo o meu antigo salário alagoano. Enfrentaria uma situação duplamente difícil: mesmo com o meu ex-salário, teria dificuldades em viver o dia a dia do Rio de Janeiro. Fiquei sem saber o que pedir, apesar da insistência de todos. Qualquer prato custava uma fortuna: minha indecisão saltava aos olhos. Mais insistiam, mais desajeitado encolhia-me no fundo da cadeira. Encabulado acabei: pedi a Heloísa que escolhesse o prato para mim. Ela sabia do que eu gostava. Transferir a incumbência não significou transferir a responsabilidade econômica pelo prato. Para o carro de praça, ela dissera ter dinheiro. Será que também o teria para as refeições? E onde ficava eu em toda essa história?

Nisso chegou a garrafa de champanha no balde de gelo. Fora pedida por Zé Lins logo que nos sentamos e quando eu não tinha visto os preços do cardápio. Se já tivesse dado uma olhada neste, teria proibido o pedido. Seu preço não constava na relação de vinhos que se encontrava no final, mas podia adivinhá-lo. Devia custar os olhos da cara. As taças já estavam em frente dos nossos pratos. O garçom serviu a bebida. Zé Lins levantou um brinde: lembrou os dias tristes e passados, os meus primeiros passos em liberdade, a fraternidade que nos reunia naquele momento, a minha literatura e os menos sombrios dias por vir. Nós quatro tocamos as taças no ar e dissemos o clássico "Saúde". Não cabiam agradecimentos longos e por isso saíram palavras poucas e sinceras.

Voltamos à escolha dos pratos. Heloísa escolheu bife à milanesa com molho madeira para mim. Concordei, embora não conhecesse o prato. Ela já estava muito mais acostumada ao Rio e aos restaurantes. Perguntei apenas se era um prato leve, pois neste primeiro dia o regime de superalimentação de Naná já me deixava praticamente sem apetite. O rapaz que nos atendia respondeu no seu lugar, afirmativamente, acrescentando que o acompanhamento era purê de batatas, também muito leve. Almoçara muito bem e lá pelas quatro horas Naná mandou servir-me um prato fundo de mingau de aveia Quaker. Eram nove horas e estava na minha terceira refeição substanciosa do dia.

O efeito do champanha não se fez esperar: a euforia tomava conta da mesa, brilhava nos olhos das duas mulheres. Falou-se no próximo Carnaval, na alegria contagiante que toma conta da cidade, nos blocos, no desfile das grandes sociedades, no Carnaval da praça Onze. Apesar de não ser apreciador de fantasias, estava curioso para ver o Carnaval carioca. Sua fama corria todo o país.

Zé Lins prognosticou que o Carnaval, este ano, estava indo por água abaixo. Excesso de zelo policial. "Veja você que a polícia resolveu baixar portaria proibindo o uso de lança-perfume." Sua mulher acrescentou que já se comentava a proibição do nudismo (em particular, o feminino) nas ruas e salões. Zé Lins continuou: "Carnaval é festa do povo. O povo é o dono da cidade. Vem a polícia e começa a falar em ordem pública. No Carnaval a cidade é do povo e de ninguém mais".

Heloísa estava calada, reparei. Escutava. Não se tinha dissipado certo ar de felicidade do seu rosto, em geral sombrio e pesado.

Mudei de assunto comentando a minha surpresa diante da grande manifestação que prestaram a Plínio Salgado em Valença. Não podia acreditar na multidão de camisas-verdes que as fotos publicadas mostravam. Heloísa teceu considerações gerais sobre o crescimento espetacular da AIB desde a violenta repressão aos comunistas. Disse que a AIB contava com mais de um milhão de membros em todo o país. Quando falava, parecia que convocava as pessoas para um "basta". Ela havia sabido, por terceiros, que o mesmo grupo estava organizando um *meeting* gigantesco na praça da Bandeira, no dia do aniversário da cidade.

Os integralistas tinham a conivência das autoridades federais e municipais.

Zé Lins interrompeu-a, lembrando-lhe, educadamente, que não era hora e lugar para discutir política. Heloísa fechou a cara. Zé Lins fingiu que não viu e começou a cantarolar uma canção de Carnaval deste ano cuja letra não cheguei a memorizar. Qualquer coisa como "lig-lig-lig-lé".

O cafezinho já tinha sido servido. Chegava de novo o momento de constrangimento meu. Zé Lins tinha pedido a conta. Naná disse que queria saber se as meninas já estavam na cama.

Era obrigado a permanecer em absoluto silêncio: o constrangimento aumentava. Não podia sequer oferecer-me para pagar as despesas com a comida. Olhei para Heloísa, que me retornou um olhar que inspirava altivez e confiança. Teci dois ou três comentários elogiosos ao champanha e ao jantar. Havia muito não comia tão bem e um mamão tão doce. Zé Lins pagou a conta num clima de ansiedade que não conseguíamos esconder. Balbuciei algumas coisas como abuso, generosidade, recompensa. Zé Lins, magnânimo, dizia do seu prazer em poder propiciar o momento do reencontro meu com Heloísa numa atmosfera familiar, de alegria e de verdadeira amizade.

Voltamos de automóvel para casa. Como estávamos todos cansados e tocados pela bebida, fomos diretamente para nossos respectivos quartos.

Enganei-me quanto a Heloísa: não estava cansada. Queria era falar comigo. Tão logo entramos no quarto, fui interpelado por ela a respeito do meu comportamento. Com palavras duras e até então inéditas para mim, criticou a minha postura durante o jantar, semelhante à de um pedinte que estivesse recebendo esmola e que, por isso, se esmerava nas palavras de gratidão eterna. A situação comportava um "muito obrigado" e nada mais. Ligou a atitude recente à infantilidade da manhã quando queria tomar o bonde. Pareço um menino birrento que não se dá conta das circunstâncias especiais, da situação geral. Acabo agindo cegamente, segundo próprios e equivocados desígnios. Não fazia sentido — continuava — essa minha preocupação absurda com o dinheiro e o cotidiano das minhas primeiras horas em liberdade. Disse-lhe que de modo algum podia concordar com ela. Estava sendo injusta. Muito injusta. Não tinha emprego, seria difícil encontrar emprego, seria mais difícil ainda, devido às minhas condições físicas, bem precárias, como ela sabia. Não podia enfrentar tão cedo um batente puxado. Não tinha economias depositadas em banco, não tinha a possibilidade de uma fortuna cair do céu, como esses testamentos de parente rico e distante que acontecem em folhetins. Teria muito menos a oportunidade de tirar empréstimo na Caixa Econômica. Totalmente duro e, possivelmente, mais duro ainda nos próximos meses, devido ao alto custo da vida no Rio de Janeiro. Incomodava-me a generosidade alheia e principalmente o fato de estar criando, com ela, expectativas falsas para a nossa subsistência futura e convivência.

Heloísa escutava-me em silêncio. Seu rosto tinha perdido a agressividade com que se dirigira a mim inicialmente. Ficou olhando-me de um modo que só posso caracterizar como maternal.

— Foi bom que você desabafasse. Assim podemos conversar sobre o assunto de maneira franca e realista. Não podíamos é ficar escondendo um do outro o problema que tanto o angustia.

Procurei enxergar a Heloísa de Maceió naquelas palavras e não a encontrava. Era outra pessoa, possuída de uma certeza e uma segurança que me abalavam. Mocinha exígua, criada em rua modesta de capital vagabunda, parecia agora estimar o perigo e o desconforto, dando-se bem com as mudanças e os movimentos. Possuía o que me faltava: o instinto de direção.

— Tudo o que você disse é verdade. Não se trata de desmenti-lo. Mas a sua visão dos fatos é incompleta. A sua visão de você mesmo é deficiente. Não sou eu que estou sendo injusta com você, é você mesmo. Você não se dá conta de que não é mais o funcionariozinho da Instrução Pública alagoana, o escritorzinho de província que solta foguetes quando o livro é publicado na capital federal. Na prisão, você me dizia que não queria voltar para Alagoas, por quê?

— Lá é que não arranjaria emprego. Passaria fome ou ficaria à mercê da vontade e da perseguição dos políticos. Tenho medo de voltar ao clima dos dias anteriores à minha prisão, quando sentia que não era dono da minha vida, dos meus passos. Tenho medo de que, de novo, joguem-me a bordo do *Manaus*. Tenho medo de passar novamente por todo o pesadelo da Ilha Grande, de passar por tudo isso de que acabo de sair.

— Não é só isso, Gráci. Isso é o passado. O passado não vai voltar. Você não pode deixar que ele volte. É bom que você não queira mais viver em Maceió. O que não posso admitir é que você não tenha percebido que você é outro agora. Não sou eu quem o diz, são todos aqui no Rio. Todos dizem que você deu um pulo com o romance da José Olympio. Hoje você é um romancista conhecido. Não é mais o escritorzinho de província.

— Essas opiniões são muito relativas. Veja você, dona Ló, que eu não considero *Angústia* o meu melhor romance. Além do mais, as pessoas hoje são passionais a meu respeito. Se fosse acreditar em tudo o que ouvi e ouço, na prisão e pelo telefone, sou qualquer coisa como um deus mitológico vivendo em plena Grécia carioca.

Fiquei em silêncio. Heloísa parecia tomada de um delírio de grandeza, e não achei justo levar a conversa adiante. Por que desmascarar os seus bons sentimentos?

Via perplexidade e decepção nos seus olhos, por não me

ver à altura que queria colocar-me. Eu, pelo menos, tinha os pés no chão.

Pedi-lhe uma cafiaspirina. Buscou-a na sua bolsa. Quando me entregou o comprimido, a conversa já tinha esfriado. Pretextei necessidade de ir ao banheiro, para evitar retomar o confronto, as palavras e o raciocínio por detrás delas. Quando voltei, foi a vez dela de sair. Quando regressou, já estava debaixo da colcha, assumindo o silêncio através de um sono falso. Escutei o clique do abajur que se apagava.

Dormi logo; foi um sono curto, cheio de inquietações e ansiedades. Cenas nebulosas, ou melhor, escuras, situações lúgubres de que não conseguia lembrar-me e que passavam no próprio quarto de dormir. Personagens irreais, uma mulher imensa que acariciava um gato, que me olhava azedo. Por instantes, pensei que alguém tinha entrado pela janela. Me remexi demais na cama. Devo ter incomodado Heloísa, que me perguntou se me sentia bem. Disse-lhe que não era nada; o calor e a dor de cabeça. Perguntou se queria outra cafiaspirina. Tinha mais na bolsa. Disse que não: ia fumar um cigarro e passaria logo. Perguntei se lhe incomodaria a luz do abajur. Respondeu que não. "Você precisa descansar. Faça um esforço." De novo o silêncio, cortado pelo barulho do bonde que passava solto e rápido pelos trilhos solitários e noturnos da São Clemente.

Vieram à minha cabeça quadros rápidos e sucessivos que resumiam os meus últimos dez meses. Quadros ligeiros, como um filme passado a toda a velocidade, porém nítido e compreensível. Fiquei espantado com a capacidade que tinha a mente humana de armazenar e oferecer, em um comprimido, todos os mínimos detalhes de uma longa e variada experiência, sem que se perdesse nenhum detalhe significativo. Invejei a mente humana e odiei — agora, sabendo o porquê — a folha de papel em branco. Fiquei lamentando as limitações da palavra, fosse a falada, fosse a escrita. Teria precisado de três ou quatro volumes alentados para narrar o que me era dado conhecer em poucos minutos. Quem os escrevesse, gastaria dois ou mais anos de esforço sobre-humano, arranjando frases, parágrafos, capítulos, volumes, buscando o estilo certo, parando diante de certas situações dramáticas; quem os escrevesse, datilografaria e tornaria a datilografar páginas e mais páginas, oscilaria entre esta ou aquela palavra, esta ou aquela pontuação. Quem os lesse, gastaria mais de duas semanas de lazer apreendendo as linhas gerais do enredo: depois, seria capaz de rememorar algumas poucas frases, algumas passagens, e muitas outras desapareceriam para sempre, sem significado real para ele.

Que tristeza ser escritor ou leitor. Tinha todos esses volumes e páginas em minutos. Com uma compreensão aguda dos acontecimentos, tão aguda, que sabia que nunca conseguiria passá-la adiante. Pelo menos, com tanta clareza e realismo. Nesse momento, uma onda de otimismo invadiu-me. Passar adiante, esta é a função da palavra escrita. Deixar que o outro compartilhe da nossa experiência, entre no nosso mundo, enquanto entramos no dele. Pouco a pouco descobria que a minha vida de escritor não tinha sido vã, pouco a pouco entrava no sono.

Fui despertado pela luz do abajur. Ergui com dificuldade o corpo (estava pesado e lerdo), apertei o botão do comutador.

Comecei a lembrar-me de coisas que ainda não tinham acontecido. Tinha a nítida impressão de que o exercício era o da evocação, mas o que mentalmente via era pura profecia. Misturavam-se, no mesmo quadro, a paisagem conhecida, palmilhada passo a passo, do porto de Maceió, e a ação futura de um regresso à terra natal, acompanhado de Heloísa — que, aliás, logo desapareceu.

O desembarque do navio estava sendo lúgubre, sem conhecido algum a esperar-nos. Homens míopes, de grossas lentes, espionavam-nos de todos os cantos, de portas e janelas semiabertas, de cima dos telhados e do convés de outros navios ancorados no porto. De repente, ao comando de ordem unida, os quatro-olhos perfilaram-se todos, deixando uma passagem larga entre as fileiras. Um garçom, equilibrando uma bandeja com a mão espalmada, indicou-me o caminho, cheio de mesuras. Comportei-me com a minha proverbial timidez e cortesia, pedindo que fosse ele na frente: não conhecia o caminho. Concordou e, sorrindo, pediu permissão aos quatro-olhos, agora devidamente fardados, para que o sr. Graciliano Ramos (escutei distintamente o meu nome) e a sua digníssima esposa (Heloísa, no entanto, já não estava ao meu lado) passassem. "Ordens do capitão Afonso de Carvalho", acrescentou, com o mesmo ar adocicado e servil. O navio apitou três vezes e, enquanto passávamos, os homens fardados perfilavam-se, batiam os calcanhares e faziam continência.

O corredor humano não acabava mais. Os óculos incomodavam-me mais do que as fisionomias bonachonas e gordas; as grossas lentes espelhadas emitiam reflexos sob o sol que me cegavam, deixavam-me atordoado. Pedi ao garçom que apagasse a luz do sol, caso contrário não conseguiria chegar até os portões do cais. Dito e feito. Sumiram-se figurantes e tudo o mais. Nada incomodava-me, pois nada via. A escuridão era total, ou estava cego. Optei pela escuridão e tateei a caixa de fósforos no bolso. Encontrei um par de óculos semelhantes aos usados pelos curiosos míopes. Coloquei-os. Estava também míope. Tão míope, que não enxergava sem óculos. O garçom passou-me um guardanapo para limpar as lentes que tinham as minhas marcas digitais, impressas no vidro com a mesma nitidez dos documentos policiais. Esfreguei o guardanapo contra cada uma das lentes, ficara borrado de manchas vermelhas. Fiquei com vergonha do garçom, mas mesmo assim devolvi-lhe o guardanapo sujo.

Uma águia, movimentando-se mas empedernida como uma estátua de mármore, voou sem bater as asas contra o meu rosto. Levantei os braços para proteger-me. De nada adiantou, as unhas afiadas das suas patas cortaram-me a pele e me vi frente a frente ao seu bico gigantesco. Sem ferir o meu rosto, arrancou os meus óculos, jogando-os no chão. Fiquei de novo cego. Abaixei-me, tateando o cimento à procura dos óculos. Gritei por uma boa alma, para que me socorresse. Apareceu um dos quatro-olhos, com a cara gorda e bonachona de sempre, escondida por detrás das grossas lentes. Entregou-me os óculos. Abracei-o em agradecimento. "Não seja por isso, estamos todos aqui para servi-lo. Ou o senhor não depositava confiança em nós?"

A águia apareceu de novo. Levantei os braços em proteção. Desta vez, reconheci-a nitidamente, era uma daquelas que faziam parte da decoração externa do Catete. Contra o arpão das garras nada pude. Deixei desguarnecido o rosto; aproveitou-se para novamente jogar-me os óculos no chão. Tateei o chão à procura dos óculos, invocando a mesma boa alma. Apareceu a mesma, ou, quem sabe, outra. Disse que os vidros estavam partidos, esfarinhados, e pôs como que um punhado de areia nas minhas mãos. Tome esta bengala de cego, que pode ser-lhe útil. Talvez não o seja hoje, mas amanhã quando tiver de ir à igreja pedir perdão ao senhor vigário pela sua cegueira.

Tomei a bengala e agradeci-lhe muitas vezes pela generosidade do presente. O vigário é que não ia ver-me — mudava de opinião. Enfiei a mão no bolso interno do paletó e encontrei a caixa de fósforos. Larguei a bengala, retirei um palito da caixa, acendi-o. Não fez efeito.

Acordei suando em bicas. Com terríveis cólicas estomacais e intestinais. Heloísa dormia. Não quis perturbar o seu sono, pedindo-lhe sal de fruta ou bicarbonato. As cólicas ficaram mais fortes. Saí do quarto e fui até o banheiro, às apalpadelas, com receio de acender as luzes da casa e incomodar a família. Cheguei finalmente ao banheiro, com as cólicas partindo o meu corpo ao meio. Sentei-me no vaso. Uma disenteria violenta tomava conta do meu organismo. Saía uma água espessa e escura, deixando o meu corpo amolecido e sem vontades. Tive nojo de mim e do meu organismo podre; mais nojo, à medida que escutava os ruídos que fazia o meu estômago. Lamentei não ter trazido o maço de cigarros. As cólicas iam e voltavam, ao sabor do ronronar ininterrupto, e o peso do estômago era insuportável. Tinha a impressão de que ia desmaiar.

Pensei nos excessos que tinha cometido neste meu primeiro dia. As constantes refeições, todas fortes, chegando a um organismo depauperado. A mistura de bebidas: a cachacinha do aperitivo, a Malzbier durante o almoço, alguns outros goles de aguardente nos intervalos dos telefonemas, várias xícaras de café durante todo o dia, o champanha à noite. A principal descoberta era a de que estava fraco e doente.

O meu corpo não atendia aos reclamos da vida diária aqui fora. À menor agressão alimentar, refugiava-se no desarranjo e na dor, alertando-me para a sua condição física lastimável. Abateu-me violento pessimismo. Não voltaria a ser o mesmo. Era o peso dos anos, era o peso no estômago, eram os membros lassos, era o fedor na latrina, era a ausência de determinação, era a apatia. Fiquei tonto, voltei todo o peso das minhas costas contra a parede e fiquei algum tempo assim. Quanto tempo? Não sei. Quando dei por mim, lavava as mãos e o rosto.

De volta à cama, fiquei pensando na operação a que me submetera em 1932 para extrair um tumor localizado na fossa ilíaca. A doença prendeu-me à cama uns três ou quatro meses. Tive receio de que o mesmo acontecesse agora. Lembro-me da viagem a Maceió, sentindo os solavancos do carro pela estrada, perfurando-me o corpo como se um parafuso estivesse se retorcendo em falso. Exames, diagnósticos, equívocos, juntas médicas, entrada no Hospital São Vicente de Paulo, operação, quarenta e tantos dias com um tubo de borracha a atravessar-me a barriga. No delírio, as pancadas do relógio se agigantavam, exatamente como pouco antes, quando estava semidesperto no banheiro. Tinham soado três badaladas no relógio da sala de jantar. No hospital, ficava vendo as horas passarem, uma a uma, e já por teimosia ficava desperto contando segundos, minutos, até que perfaziam o soar do quarto de hora. Depois ficava esperando a badalada das horas.

Não podia voltar à antiga situação, ainda mais agora, sem recursos e sem familiares, em terra desconhecida e hostil. Sem médicos amigos e sem donos de hospital pacientes. Precisava reagir. Não podia deixar que, de novo, o meu corpo fosse vencido pela doença. Saí do Hospital São Vicente com uma perna encrencada, coxo, na ferida ainda aberta uma tampa de esparadrapo. A mesma perna dói-me desde a cadeia, obriga-me a caminhar arrastando-a ligeiramente. Não posso deixar que o meu corpo doente me suplante.

Segunda-feira, pela manhã[8]

Sábado e domingo foram dias movimentados e cheios. O entra e sai na Alfredo Chaves começava logo após o almoço e ia até altas horas da noite. Ao som das sucessivas batidas de hora, o cafezinho corria a roda. Interrompia por instantes a algaravia. Um silêncio cúmplice e coletivo espreitava a bandeja com as xícaras brancas, empinadas em seus respectivos pires, acompanhadas pela solidão branca do açucareiro, torre solta em um tabuleiro cheio de peões. Logo ficava vazia a bandeja na mão da empregada, esperando que o cafezinho fosse degustado pelo "mais seleto grupo de intelectuais brasileiros", como disse alguém que não lembro mais. Terminada a cerimônia, a empregada voltava a circular a bandeja, recolhendo de cada mão os peões que se aconchegavam ao pé da torre. O martelo das vozes e a campainha das gargalhadas ecoavam de novo pela sala. Eu e outros mais entremeávamos o café com cálices de aguardente, diminuindo o estoque caseiro da legítima alagoana. Outros

[8] Dia 18 de janeiro. (N. do E.)

poucos mais tomavam o seu gim para combater o calor úmido do verão carioca. Apesar das janelas abertas e da brisa do fim da tarde, a fumaça era espessa na sala. O suor escorria pela testa dos calorentos.

Os anfitriões, discretos num canto da sala, deixavam que a função corresse sem incidentes. Heloísa também recolhia-se, para que a luz da curiosidade pública iluminasse apenas o homenageado.

Revi os velhos amigos do Bar Central. Cumprimentei a outros que foram conhecer-me na Casa de Detenção. Fui apresentado a um sem-número de leitores e admiradores que estavam espalhados, sem que eu soubesse, por este Rio de Janeiro afora. Falavam-me como se tivéssemos estado sempre juntos. Retribuía a gentileza, afirmando a cada um ser também seu leitor e admirador. Não valia a pena quebrar a ilusão. Reconhecia, na apresentação, a maioria dos nomes. Só de alguns poucos conhecia a obra.

De todos, indistintamente, ganhava abraços de solidariedade e recebia perguntas. Agradecia os abraços, mostrava-me satisfeito com a demonstração de companheirismo e respondia às perguntas dentro de um automatismo que me arrepiava. Eu mesmo não tinha direito a perguntas. A imaginação não era o forte de ninguém.

De tempos em tempos, não podia impedir que me viesse à mente uma passagem das *Cartas persas*, de Montesquieu, que li em já não sei qual antologia de páginas célebres da literatura francesa. Associava a minha figura estranha e provinciana, centro da curiosidade e estima dos cariocas nessas conversas intermináveis, à do persa, vestido a caráter em plena Paris do século XVIII. Por coincidência ou não, a mesma antologia trazia o célebre capítulo dos *Ensaios*, em que Montaigne fala dos canibais brasileiros que assombraram, no século XVI, a sociedade de Rouen.

O persa alagoano se vestia de canibal caeté na noite carioca. Dizia o persa — na prosa de Montesquieu — que os franceses eram de uma curiosidade que chegava à extravagância. Por todos os lugares por onde passava, velhos, homens, mulheres e crianças olhavam-no como se fosse um ser caído dos céus. Ficavam fascinados com as suas roupas coloridas e bordadas a ouro, com o seu turbante em cor brilhante e marchetado de pérolas finas. Na rua, nas lojas, no teatro — era sempre saudado como uma personalidade extraordinária. Apesar da pouca estima que tinha de si mesmo, Rica (este é o nome do persa) começou a sentir-se envaidecido. Inchava como uma rã. Conseguia, onde quer que estivesse, perturbar a rotina dos hábitos de uma grande metrópole cosmopolita.

Eis que decide substituir a vestimenta persa por uma europeia. Passa a vestir-se como todos os outros habitantes da capital francesa.

Qual não foi a sua surpresa ao pôr os pés na rua e caminhar no meio da multidão parisiense. Passava incógnito: ninguém se dignava a olhar uma figura tão corriqueira. Era um a mais dentro de uma sociedade onde a curiosidade determina a simpatia ou o desprezo. Memorizara, na época, as palavras que descrevem a desolação por que passa: *"J'eus sujet de me plaindre de mon tailleur, qui m'avait fait perdre en un instant l'attention et l'estime publique: car j'entrai tout à coup dans un néant affreux"*.[9]

Por favor, mandem entrar o alfaiate.

Penso em pessoas que sobreviveram ao que experimentei na cadeia e tento adivinhar o que estaria passando nas suas cabeças e o que estaria acontecendo nas suas vidas. Perco tempo a

---

9 "Tinha motivos para queixar-me do meu alfaiate que, num minuto, fez com que eu perdesse a atenção e a estima públicas: entrava subitamente em um tenebroso nada." (N. do E.)

multiplicar o número de pessoas em estado semelhante ao meu. Faço-o com o intuito de minimizar a importância que querem dar à minha vida de perseguido político. Essa importância é o privilégio que serviria para diferençar-me dos demais intelectuais brasileiros. São os meus amigos (e agora "companheiros de luta") que querem agigantar o meu valor com o intuito de tornar-me líder, bandeira a arregimentar pessoas insatisfeitas com a perseguição aos comunistas, orientada pelos militares fascistas desde a revolução de 35.

Não quero desapontá-los. Não quero endeusar-me. Vejo que têm o direito de falar o que falam e até mesmo de exigir de mim comportamento, palavras e críticas compatíveis com o sofrimento por que passei injustamente. Não sou homem de fugir às responsabilidades.

Receio, e chego a temer nos piores momentos, é que queiram — no fundo — reduzir-me à condição de eterno enjaulado, de vítima para todo o sempre. Dizem que lutaram pela minha liberdade (e eu lhes agradeço de todo o coração), mas não querem deixar-me gozá-la. É contra isso que me insurjo, lutando para não acreditar nos elogios descabidos. Toda e qualquer luta política que repousa sobre a prisão e o ressentimento conduz a nada, no máximo a uma ideologia de crucificados e mártires, que terminam por ser os fracassados heróis da causa.

Livrar-me do raciocínio que considera a experiência da prisão como positiva para a luta política não significa cair em raciocínio oposto: aceitá-la como negativa para a minha individualidade no campo social. Nem positiva para mim enquanto homem político, nem negativa para mim enquanto cidadão. Qualquer aproveitamento político da prisão é sinal de imaturidade no plano psicológico e de fraqueza no campo partidário: nada se constrói de duradouro sobre os pilares da perseguição. Deixemos a mística da dor para os camisas-verdes. Qualquer lamento individual coletivo, por causa da cadeia, só serve para perpetuar, já no lado de fora, a permanência das grades na janela, ou o eterno compromisso do corpo com o ambiente concentracionário.

A prisão tampouco é uma doença. Desta, cura-se. Com a outra, aprende-se a conviver. Já na cadeia, começa-se o aprendizado.

O primeiro e principal passo é não deixar-se comover pelo sentimentalismo que brota de todos os poros das visitas, essas pessoas que começaram a vir com maior assiduidade depois que fui transferido para a Casa de Detenção, no Rio. Uma voz rouca e cavernosa que não fala, confidencia; um olhar de piedade atirado, como se tivesse incorporado a atitude do fiel diante do altar; um abraço longo e sofrido como a testemunhar a participação na minha dor. Mãos bruscas e nervosas, envergonhadas por trazerem presentes humildes e necessários para que se suportem melhor as misérias do lugar. Um olhar cúmplice de quem diz que olhos vigilantes seguem-me e protegem-me e não deixarão que atos bárbaros contra a minha pessoa passem impunes.

Aprendi a responder ao paternalismo, sentimentalismo e teatralidade das visitas com a naturalidade. Os amigos tinham de sair com a impressão de que tudo ia bem comigo, salvo o fato de ainda estar preso.

Escutava a voz rouca e baixa, e não empostava a minha com o fim de irmaná-la ao tom da outra. Pelo contrário: deixava-a sair como se estivesse no mais descontraído papo. À piedade do olhar respondia com o orgulho da figura ereta. Raras vezes ficava sentado, quando vinham visitar-me. E, de pé, passava ainda a imagem de quem estava suportando tudo sem vergar. Recebia o abraço, dobrava-o em quatro e punha-o num canto da cela como a dizer da sua simpatia e da sua inutilidade. Negava cumplicidade aos olhos piedosos. Era assim que não caía na armadilha da má consciência alheia. Era assim que não envenenava o meu espírito, e escapava do triste destino de ser cadáver ambulante, vítima e mártir, herói.

A tentação é grande. Dor e glória são duas cobiçadas cortesãs. Gêmeas nas feições e na alma, confundem-se num abraço a três.

Desconcertada, a visita na maioria das vezes mudava de atitude: abandonava o palco dos passos da cruz, descia para o cotidiano e virava uma pessoa humana e afetuosa, que tinha se lembrado do companheiro atrás das grades. A encenação terminada, a conversa seguia um ritmo normal.

Sei que outras visitas não aceitavam as minhas atitudes. Lá fora, reclamavam do meu orgulho de cabra nordestino. Chamavam-me de altivo, pouco acessível à solidariedade, de frio diante do calor humano dos verdadeiros companheiros. Queriam, em outras palavras, que caísse na armadilha e me tornasse o passarinho na gaiola que todos admiram pelo belo canto sofrido. Vinham trazer-me alpiste e água, e esperavam os gorjeios. Só faltava que furassem os meus olhos — açum-preto de estimação.

O motivo que levava a maioria das pessoas a visitar-me não era tanto o melhor conhecimento do homem que havia escrito alguns livros que admiravam, homem este que, agora, passava por maus momentos. Diversos visitantes não conheciam a minha minguada produção literária; não demonstravam maior interesse em conhecê-la. Queriam as chagas. Deixe-me vê-las! Apoiavam-se em um lugar-comum — dos piores — para o artista na nossa sociedade: eu sofria, por isso devia ser bom. O estigma do sofrimento separa o homem do artista, o joio do trigo. Não interessa a obra, era bom. Só o homem marcado estava destinado aos mais belos e sublimes cantos, como diria um poeta romântico.

Vinham ver o zebu no curral: viravam e reviravam o seu corpanzil em busca das marcas a ferro. Perguntavam sobre a noite da prisão, o quartel em Recife, sobre a viagem no porão do

Manaus, pediam descrições minuciosas do ambiente sórdido na Ilha Grande, queriam saber como andavam as coisas na Casa de Detenção. Quanto mais melodramático o meu tom, mais comovido saía o visitante, sentindo que o tempo não tinha sido gasto em vão. A tarefa tinha sido cumprida satisfatoriamente. Como são Tomé, tinha tocado nas chagas. Era verdade. Podia crer. Assustava-me com os olhos acesos e brilhantes dos interlocutores, empolgados com as peripécias narradas com exagero proposital. Via o olhar morto da decepção, quando evitava a retórica bombástica, de folhetim, e mostrava-me um entre outros. Não me queriam assim. Queriam singularizar-me: colocar-me contra um canto do curral, advertir-me do extraordinário que vivenciava. Não diziam; sentia que, por dentro, deviam achar-me um felizardo por sofrer.

Outros, mais audaciosos, não satisfeitos com as minhas narrativas orais, de capa e espada, exigiam que o fizesse por escrito. Seria o documento definitivo contra a caça aos comunistas no Brasil, avançava um; finalmente teríamos o retrato fiel da intolerância política dos poderosos por alguém que a tinha sofrido na própria pele, vislumbrava outro; só assim começaremos a pôr um freio nesses militares que, sob o pretexto de livrar o país da ameaça vermelha, entregam a nação aos integralistas, sussurrava outro mais; seria a obra definitiva da literatura nacional, literatura tão distante dos nossos problemas sociais e políticos, argumentava um quarto, e já me dava um modelo: Dostoiévski. Concordava com os palpites, sugestões e previsões; incomodava-me, porém, saber que eles estavam mais entusiasmados com os projetos do que nós que estávamos lá dentro.

Pessoalmente, acreditava que o momento não era oportuno para narrar as atrocidades do *Manaus* e da Ilha Grande. Comentava-se que, dentro em pouco, o Tribunal de Segurança Nacional (órgão criado para julgar os delitos em "estado de guerra") começaria a sumariar os cabeças do movimento revolucionário. Qualquer narrativa, por mais subjetiva que fosse, qualquer detalhe elaborado, por mais insignificante que pudesse parecer, qualquer nome, desde que escrito com todas as letras, poderiam ser usados, maquiavelicamente, contra nós, pelos acusadores. Sabíamos em que mãos perversas iríamos cair. Pelo que se podia saber da confusão geral lá na Casa de Detenção e dos porta-vozes das diversas linhas de atuação política, esboçava-se um plano conjunto que tentaria provar a inconstitucionalidade do Tribunal de Segurança e negar qualquer envolvimento de caráter extremista por parte dos revolucionários.

Nem tudo o que os visitantes proporcionavam-me era rejeitado; nunca desdenhei os presentes necessários a uma melhoria das condições alimentares na cadeia. Eram realmente indispensáveis na penúria em que nos deixavam. Nesse ponto, não me queixo deles. Não posso queixar-me. Os presentes compensavam, afinal, toda a atmosfera de baixo sentimentalismo em que nos queriam envolver.

Lembro-me da alegria com que recebi a primeira garrafa de aguardente na prisão. Foi Heloísa que a trouxe. Ao sair da cela, encontrei-a e ela me ofereceu um pacote cilíndrico e pesado. Tirei os barbantes, o invólucro de papel escuro, uma delgada pasta de algodão, e descobri a garrafa de aguardente. Arranjei jeito de espatifar a rolha, enchi um caneco, fui pródigo. Ofereci aos companheiros. Doentes e abstêmios, recusaram-se. Só Pais Barreto avizinhou-se de mim, numa calorosa amizade não expressa antes nem depois disso. Num instante bebemos quase meia garrafa, e tive de ocultar o resto, fechar a porta. A sede forte de Pais Barreto obrigava-me a encharcar-me, para que ele não bebesse tudo.

O mundo da prisão transformava-se. Na hora do almoço sentia-me vago e toldado, superior aos acontecimentos, sem saber direito por que haviam juntado as mesas, numa refeição extraordinária. Melhoraram a boia — pensei. Impressão falsa, é claro, mas bastante viva para mim.

Aqui fora existem outras e diferentes armadilhas que pressinto nesta primeira semana em liberdade. Não me tratam, ainda bem, como portador de doença contagiosa.

Veem a minha experiência na cadeia como a sombra negra que trago comigo dia e noite. Curioso: sempre se fixam primeiro na sombra e, em seguida, acompanham a projeção dela sobre o meu corpo de carne e osso, de dor e emoção. Cometem uma inversão: sou eu quem anda atrás da minha sombra. Esta passa primeiro. As palavras que dizem vão conseguindo acabar com a diferença, em detrimento da minha personalidade, pois soldam a sombra ao meu corpo, de tal forma que passo a ser compreendido só pelo meu lado escuro. Querem que eu aqui — em liberdade — volte para trás, volte para detrás das grades; não querem deixar-me construir a minha vida em liberdade, sem as peias da repressão militar e policial. Eis a armadilha.

Se caio nela, não terei a sensação do presente, porque este se reduz a reviver o passado. Não poderei saber o que é olhar para trás; o ontem não existe enquanto tal, marmóreo e isolado; o ontem existe como modelo de comportamento para o presente. Esta cópia atual do passado, o presente, vai determinando o futuro como segundo estágio do mesmo passado. No final, encontra-se uma catota de vida, toda ela voltada para o passado e nele situada.

Descubro: a inversão na direção dos meus passos é semelhante ao sentimentalismo na prisão. São as mesmas pessoas de voz baixa e cavernosa, de olhar cúmplice e caridoso, que querem virar os meus pés para trás (fazer de mim um curupira) e não deixar que os finque no meu presente, construindo com caminhadas diferentes o meu futuro. De pés voltados para trás, de que adianta ter os olhos fixados no horizonte? A perspectiva futura é sempre a do passado. O caminhar — ainda que o corpo se volte para a frente — acaba sendo o de uma estranha marcha a ré.

 Para ultrapassar esse estágio generoso nas relações humanas (generoso, mas incômodo, porque reduz a possível diversidade da minha personalidade a uma seta voltada para ontem), para ultrapassá-lo, não vou negar às pessoas o seu direito de dizer o que querem dizer. Tenho de aprender a conviver com o domínio imposto da minha sombra, como aprendi a conviver com o sentimentalismo na cadeia. Preciso aprender a conviver com ela, para poder voltar, em relação de igualdade, para a sociedade dos homens que estão cá fora. Não quero ser diferente porque estive na cadeia, penei e sofri. É muito e é pouco.

 Tento analisar por que me incomoda tanto ser considerado "diferente" nessas circunstâncias. Nunca me preocupei em ser tachado de excêntrico, gosto até mesmo de contar casos de pessoas sistemáticas. Mas a diferença não pode ser confundida com a excentricidade. Esta é a maneira como o indivíduo mostra a rebeldia da sua personalidade pouco apegada aos lugares-comuns do comportamento em sociedade. O sistemático tem o prazer em atacar as ordens de conduta, as regras de etiqueta e os regulamentos de convívio social, com o fim de viver plenamente as suas vontades e desejos. Não se cerceia nos seus atos só porque não é conveniente, acertado ou de bom-tom fazer isto ou aquilo. Cria a dissonância social, mais pela falta de tolerância das pessoas envolvidas do que propriamente pelas características do ato ou da palavra excêntricos.

 Ser diferente, nas minhas circunstâncias atuais, é outra coisa. É aceitar, acatar, como verdadeira e justa, uma condição de inferioridade. É claro que, aparentemente, acenam com a possibilidade de a condição minha ser superior. Mas só o é, caso aceite o sentimentalismo, caso aceite a vida eterna na prisão do passado, aí, sim, começam a incensar um cadáver de olhos abertos, cujo fim previsível é a morte dolorosa. Nesse caso, passo a ter uma superioridade de destino. Não vivo sabendo que morrerei um dia, mas vivo em função da morte. Passo a viver seguindo um desígnio que transcende a vontade humana. A superioridade do destino só é conseguida se o homem reduz a sua força e energia à meiguice e obediência do cordeiro. Não é à toa que este animal é o símbolo por excelência do cristianismo, religião que se funda no sacrifício do homem. O que deve morrer. Não o que, um dia, morrerá. Seu único dever é a morte. Meu único dever, hoje, é a vida.

Recordo um jovem amigo nosso da Academia dos Dez Unidos, companheiro de mesa e cerveja no Bar Central, rapaz cheio de vida, alegre e satisfeito, corado, atlético. Dedicava-se também aos esportes. Seu único desespero: não conseguir escrever algo de valor, ou mesmo que despertasse o nosso elogio. Eram uns continhos chinfrins e sem enredo, sem personagens caracterizados, escritos numa língua cheia de solecismos. Realmente não havia lugar para ele na literatura. Devia esquecê-la o quanto antes. Um dia, confidenciou-me que ficava feliz quando o seu corpo adoecia. Sentia-se preso à casa, à escrivaninha, às leituras. Nunca mais soube dele. Tenho certeza, no entanto, de que se encaminhava para ser o primeiro mártir da literatura. Confinava o seu corpo sadio à doença para que a mente se desenvolvesse. Quanta asneira!

Assim como ando fugindo de todo e qualquer estigma que seja marca da adversidade, fujo também de uma imagem de mim mesmo que seja propiciada pela sombra da cadeia. Que os outros esculpam em palavras o meu duplo, é inevitável; que caia nessa arapuca e julgue-me superior, por ter sofrido e querer continuar a sofrer, ou inferior, por ter sido castigado e ficar à espera de novos castigos, é ridículo.

Por duas vezes, pelo menos, estive perto demais da morte para que possa tratá-la, hoje, como amiga. A experiência do retorno à vida serve para desmistificar os seus atrativos e a sua graça, para repudiar os prazeres que oferta a quem perde todas as esperanças de continuar entre os vivos. A morte, das inimigas do homem, é a mais astuciosa: nas suas metamorfoses constantes torna-se mais e mais sedutora. De longe parece uma megera: os cabelos desgrenhados, os dentes podres, a pele ressequida, os membros lassos, o andar titubeante de uma velha. Cobre-se de andrajos. É feia, tão horrorosa que se quer evitar a sua presença e o seu hálito fétidos. Ao vê-la, o doente agarra-se com unhas e dentes à vida. Instante decisivo. É a prova que marca, ou não, o fim da passagem pelo mundo. Caso o corpo não vença a repulsa, está perdido.

Aproximando-se do doente, a morte vai substituindo, em metamorfoses sucessivas, os aspectos terríveis por outros que a tornam cada vez mais atraente. Os cabelos voltam a ganhar brilho, a pele flácida cede lugar ao rosado da saúde e o hálito é de flores. Seu corpo sensual deixa-se entrever através de uma túnica transparente.

Daí a pouco, descobre-se o seu sorriso angelical: é a morte consoladora. As dores são mais agudas, a crença no poder dos médicos é nula, os remédios não fazem o efeito esperado, percebe-se o rosto compungido dos mortais que estão ao redor do leito. Não há alternativa: só resta ao doente refugiar-se nos braços da mulher — morte consoladora. Tiram-se os pés da terra e entra-se com volúpia numa região de lascívia e mistério. Os sentidos aguçam-se: os perfumes são suaves, a música é maviosa, a paisagem é aprazível, a pele que se toca é pura seda. Já está seduzido o mortal. Um suspiro, um ai, vindos da terra, podem atrair a atenção do moribundo por segundos, mas o aceno dos vivos vem acompanhado de tanta dor e padecimento que se preferem os prazeres do abraço da morte. Outros ais interrompem o doce encontro, mas já não são ouvidos.

Aguça-se o desejo. O moribundo envolve o corpo sensual da morte e quer beijá-la. Ela evita o beijo a todo custo. Retira o rosto, chega a negar o corpo oferecido. O desejo é mais forte. Adquire-se uma força suprema. Aproximam-se os lábios. Pavor! Gosto e odor de latrinas e esgotos fedorentos. Caem todos os disfarces e volta a ser a megera de antes. Busquei todas as forças que ainda podiam subsistir no meu corpo e lutei para voltar. Arrepiava caminho.

Arre! cansei de ser fera de jardim zoológico. Quero que abram as jaulas, deixem-me respirar ar livre e ver novas paisagens. Quero de novo encontrar as pessoas ao sabor do acaso. Chega de ficar em casa à mercê da visitação pública. Afinal não me casei nem morri. Chega de ficar exposto aos olhares como o macaco que pula de um lado para outro na jaula, envaidecido com a atenção do distinto público. Chega de público. Quero, de novo, sair pelas ruas e poder conversar com quem me dê ganas. Chega de fazer sala. Não foi bastante o tempo que fiquei por detrás das grades, obrigado a conviver com quem me impunham, dependendo da intransigência ou da boa vontade do diretor e dos carcereiros? Sobra e impõe-se um grupo social restrito e mínimo, com conversas previsíveis e repetidas, sem que haja lugar para um papo amigo.

Sento-me no sofá ao toque da primeira campainha. Acendo um cigarro. Acercam-se duas ou três pessoas. Dou a audiência. Cinco, dez minutos no máximo. Retiram-se satisfeitas para um canto da sala. Deixaram o lugar vazio no sofá. Acendo novo cigarro. Acercam-se mais duas ou três pessoas que me vigiavam. Os mesmos tópicos são levantados e debatidos. Sorrisos são trocados e votos de esperança são feitos. Nem tudo está perdido. Pausa para o café. Um terceiro cigarro é aceso. Desta vez são amigos velhos que se aproximam: "Sempre fumando o seu Selma. Você não muda, velho Graça. Nada, nem mesmo a cadeia, conseguiu te separar da marca favorita". Este, pelo menos, conhece as minhas manias e, apesar da ligeira ironia, admite que continue a viver com elas. Fico satisfeito por notar que a conversa poderá tomar um rumo diferente. Engano meu. Também não faz sentido que eu reclame. Afinal, podem dizer que vieram para o que vieram, e tenho de concordar.

Ontem à noite, domingo, já cansado das sucessivas romarias do fim de semana e do incômodo que estava dando ao casal, resolvi conversar com Zé Lins, a fim de pedir-lhe que, de uma maneira ou de outra, evitasse as reuniões. Apesar da ojeriza que voto ao telefone, iria propor um uso mais constante do aparelho. Começaria a marcar encontros em bares da cidade. Não só seria bom para a rotina da casa, como também para mim, que, até agora, ainda não me aventurei a sair à rua sozinho. Tenho de acabar com o receio de sentir-me mal em lugar público, e ficar dependendo da caridade de estranhos. O Rio ainda me assusta. Nas vezes em que saí com Heloísa, não cheguei a ver uma só cara conhecida. Convenhamos que, para quem já foi prefeito de uma cidade, não é a melhor das sensações.[10]

Aproximo-me de Zé Lins, que foi levar até o portão a última leva de romeiros. Volta satisfeito e feliz. Nossos rostos, em confronto, serviriam de modelo para as duas máscaras do teatro: a da comédia e a da tragédia.

— Cansado? — perguntou-me.

— Incomodado — respondi, sem coragem de fixar os seus olhos, com medo de ser contaminado pela satisfação e mudar de plano.

— Alguém foi inconveniente? — perguntou, não esperou

---

10 Puxa uma seta e, na margem esquerda, anota: "Frase de efeito que devo descartar. A verdade é que, não sendo prestativo em público, não posso esperar o oposto". (N. do E.)

a resposta e continuou: — Você tem de aprender a perdoar as pessoas. Dizem as coisas sem pensar, sem saber que podem estar magoando.

— Até que foram muito gentis, todos, sem exceção. É que acho que estou abusando da hospitalidade...

— Abuso nenhum. Está sendo um prazer. Gosto de ver a casa cheia e nem sempre tenho motivo para convidar as pessoas. Olha que passei em revista a tropa da intelectualidade carioca. Coisa que não fazia há muito tempo.

Diante do espírito festivo e jovial de Zé Lins, não sabia o que dizer. Disse qualquer coisa como: missão cumprida, agora encontrar um novo modo de vida. As palavras eram pronunciadas monossílabo após monossílabo, compondo frases dignas de um fabricante de corrente para bicicleta. Terminei a conversa, resumindo o meu raciocínio:

— Então concordamos em que esta foi a última vez. De hoje em diante, encontro-os em qualquer lugar público.

Vi o sorriso de Zé Lins e encabulei-me. Era um sorriso discreto, desses que apenas despontam nos lábios, convincentes como uma flor de retórica, pois não chegam a constituir som. Zé Lins foi aproximando-se de mim, agora abanando a cabeça, como se conversasse com um menino deveras traquinas, e deu-me uns tapinhas nas costas. Em seguida, ainda em silêncio, passou o braço direito nas minhas costas. O sorriso abriu-se brilhante como em cara de ator consumado:

— Quando você vai aprender, Graça?

— Nunca, pelo visto.

— Todos podiam queixar-se, menos você. Para a sua literatura, está sendo ótimo. Há seis meses você era, desculpe a franqueza, um ilustre desconhecido no Rio. As pessoas se referiam a você indiretamente, sempre vinha o nome do Schmidt primeiro, e, em lugar de *Caetés* ou *São Bernardo*, falavam dos seus relatórios de administração municipal. Como romancista, você era um competente prefeito do interior das Alagoas. Agora, você é autônomo. Você é escritor. É nome na capa de livro: Graciliano Ramos. Perguntam pelos seus títulos, catam os seus romances nas livrarias. Logo logo esgotam-se as primeiras edições. Quer melhor prova de estima intelectual que a homenagem espontânea que lhe prestaram ontem e hoje? Quantos dos presentes não dariam tudo para receber igual manifestação?

Permanecia silencioso, apesar do olhar insistente de Zé Lins, cobrando de mim uma palavra conciliatória. Preso ainda ao seu volumoso braço direito, escutava:

— As qualidades de *Angústia* estavam na boca de todos. O Octávio, que, você sabe, não é de fazer elogios a romance regional, disse que você encontrou um equilíbrio raro entre narração realista e análise psicológica. Está entusiasmadíssimo. Com ele de aliado e mais o Schmidt, você já tem no papo o Lúcio, o Vinicius, o Cornélio e o Tristão. A cambada católica toda. É deitar e rolar. Olha que não é gente que reza pela cartilha de Moscou, mas pela dos que te puseram atrás das grades. O José Olympio, matreiro como sempre, queria saber ao pé do ouvido se você não tinha alguma coisa escondida na gaveta. Se tiver, é a hora.

Parou um instante, olhando-me com olhos de pastor.

— As pessoas estão realmente tocadas pelo que fizeram com você. Dão-se conta da injustiça e, na medida do possível, procuram ajudar. O Murilo Miranda anda solicitando artigos para um número especial da *Revista Acadêmica*. Você já abiscoitou o prêmio deles. É a consagração, Graça!

Ficamos em silêncio por algum tempo. Tive tempo de tirar um cigarro do maço e acendê-lo, enquanto ele bebia um gole de aguardente. Finalmente, decidi-me:

— Pode dizer que sou mal-agradecido, insensível, bicho do mato, o que quiser. O sucesso não me importa, muito menos o sucesso de carregação. Você não pode imaginar como me entristece saber que só sou descoberto depois de ter levado cadeia. Quem merece as palmas e o prêmio é o general Newton Cavalcanti. Não os meus livros. Sucesso assim é como espocar de foguete. Estardalhaço passageiro. O que conta é o livro, a trajetória do livro sozinho, e este não despertou, na época, a atenção das pessoas. Você mesmo é que o diz. Até segunda ordem, sou e continuo a ser o autor dos relatórios municipais.

Ganhei forças e disse:

— Sucesso junto a intelectual (cago e danço).[11] Literatura, no Brasil, não enche barriga de ninguém. Só quem ganha dinheiro com livros, entre nós, é editor e livreiro, e mesmo assim com a ajuda do governo. Sucesso só cumula proventos para a vaidade do escritor. É o Machado de Assis, mulatinho pernóstico, fundando a Academia Brasileira de Letras. Com meia dúzia de livros de boa qualidade era imortal. E o que é ser imortal num país de analfabetos? No Brasil, a gente sai da condição de romancista de tiragem mínima às regalias de mito nacional. Como os santos e os heróis da pátria, com direito a nome de rua, ou de praça, e estátua de bronze.

Desvencilhei-me do braço amigo e afetuoso de Zé Lins; livre do laço, frente a frente com ele, continuei:

— Estou precisando é de ganhar dinheiro para não viver da caridade alheia. Andar com as minhas duas pernas e de cabeça erguida.

Cansado, sentei-me no sofá. Ele continuava de pé, com o cálice na mão.

— Sou interesseiro, muito interesseiro. Só posso ser interesseiro. Não há escapatória. Estou a nenhum e com mulher e

---

11 A expressão encontra-se entre parênteses. Quis indicar que, eventualmente, deveria ser substituída? (N. do E.)

filhos para sustentar. Numa cidade onde conheço só bajuladores. Sou interesseiro. De todos os presentes, guardo os nomes de três. O do Rodrigo, do Patrimônio, que me ofereceu uma tarefa para daqui a uns dias. O do Santa, que me trouxe o edital de um concurso de literatura infantil do Ministério da Educação. E o do Almir, que me disse estar cavando alguma coisa menos passageira para mim.

Meu corpo, mesmo sentado, perdeu o equilíbrio, estirando-se pelo sofá. Deve ter sido um mal-estar passageiro. Zé Lins aproximou-se assustado e apreensivo. Tentou recolocar-me na posição anterior. Tive vergonha e pedi-lhe desculpas por mais este transtorno. Não disse nada. Disse-me depois que me levaria até o quarto, que eu me apoiasse nele. Conduziu-me. Heloísa já estava deitada. Pedi-lhe silêncio sobre o mal-estar. De camisola, veio buscar-me na porta. Ajudou-me a tirar a roupa e a vestir o pijama. Pretextei cansaço.

Nessa noite, procurei Heloísa pela primeira vez, desde que saí da cadeia.

Deitado na cama, depois do almoço, enquanto fumava um cigarro e o meu pensamento oscilava entre o real e a fantasia, descobri algo que me transtornou: o medo da morte é idêntico ao medo da vida. Os dois sentimentos (que não são dois) se passam no mesmo instante e têm como reação uma única atitude: precaver-se. Você não se arrisca na vida com medo da morte. Não existe sorte na roleta-russa. Só recebe a bala na cabeça quem tem medo dela. Estranho ímã, o do desejo com o seu objeto.

É procurando a vida que melhor se enfrenta a morte. Não é resguardando-nos da morte que vivemos.

[Sem data][12]

Amar não é o bastante. O poeta fala do corpo da amada, do seu desejo de olhá-la, acariciá-la, beijá-la. Do seu desejo de possuí-la, com amor ou volúpia. O poeta fala, e subentende-se que ele ama, olha, acaricia, beija. Possui uma mulher concreta, de carne e osso, que ele, carinhosamente, envolve com palavras ao fazer o seu poema. Isso não é suficiente. O amor não é o ponto final da experiência humana. O amor esgota-se no gozo carnal, sempre renovado (é claro) mas restrito na sua fome de conhecimento. A energia do homem ou a força da sua literatura não se esgotam no amor. Não se enriquece a situação transferindo para o campo do divino a experiência carnal de atração dos corpos. Maria não é musa, nem o pode ser na triste e eterna condição de virgem. Tampouco gozamos com o intuito primordial de procriar. O amor, quando se monogamiza em casamento, ou se

---

12 Estas páginas, datilografadas em papel diferente, encontram-se sem informação quanto à data em que foram escritas. Pela numeração no ângulo superior direito da página, este é o lugar que devem ocupar. (N. do E.)

espiritualiza em aperfeiçoamento da geração futura, vira dever. O amor não é casto. Se essas são formas degradadas do amor, o amor o é da paixão.

A paixão não é masculina, nem feminina. O sexo é um componente como qualquer outro, sem hierarquia ou domínio. Encontrei a paixão como meta da minha situação significativa no mundo. Paixão em todas as direções e por todos os lados. Saber que o meu corpo se deixa atrair por tudo o que me cerca no cotidiano. Deixa-se atrair, é atraído, é invadido, possui e é possuído. Serve de motor para que a máquina do corpo continue a funcionar, certificando-me de que estou realizando coisas concretas ao meu redor. Só compreendo o fazer como paixão: qualquer atividade (seja trabalho ou prazer) deve ser feita com paixão. Com paixão, entrego-me a todas as formas do fazer: o fazer das engrenagens íntimas (os intrincados mecanismos do corpo humano, sua higiene diária); o das atividades prazerosas (a comida, a mulher, o cigarro e a aguardente); o fazer profissional (este escrever, por exemplo); o fazer mais nobre que é o de transformar o homem e a sociedade num homem menos sofrido e numa sociedade mais justa. Tudo isso feito com paixão.

O meu corpo, no entanto, está doente. Não sei ainda como conviver com este calor úmido do Rio de Janeiro e com as possibilidades (magníficas em outra ocasião) de um caminhar sem rotas marcadas, como este que é propiciado pela liberdade numa grande cidade. O périplo entre as quatro paredes deste quarto dá às pernas a rotina da marcha dentro de limites estreitos, calculada e reticente, econômica. No cubo protetor deste quarto, as pernas atrofiam-se, o corpo compraz-se com a horizontal, ou dobra-se ao meio no conforto da cadeira. Não piso terra, piso o chinelo; não vejo sol, vejo a lâmpada; não me lavo em rio, lavo-me na pia.

Dependo demais de Heloísa. Muito mais do que gostaria. Quero o meu corpo lépido e solto, como sempre foi. Disposto a entregar-se a ela e a outras que, porventura, possam aparecer. A paixão não reconhece a fidelidade; não se intimida diante dos "laços" matrimoniais. O meu corpo não conhece a paixão agora. Está abatido. Raquítico. Enfraquecido pelos constantes sofrimentos e privações. Alimento-me bem nesses dias, apesar do desarranjo intestinal que sofri no dia 14 pela madrugada. Como mais do que o normal. O organismo estava por demais debilitado. O excesso de comida apenas dá para cobrir o déficit do desgaste anterior; nada sobra para o acúmulo.

A paixão requer o desperdício. Requer que se gaste sem economias, sem o espírito de poupança. Requer corpo e espírito em toda a sua plenitude. Sem perspectiva de futuro, existe o presente.

Outro dia, na cadeia, riam de mim enquanto lavava voluptuosamente as mãos. Alguém, às minhas costas, queria que eu não gastasse o sabonete como estava gastando. Depois queria que eu me apressasse, pois desejava usar também a pia, o sabão e a água. "Está gastando demais, vai acabar", "Usa e abusa", "Deixa para os outros, seu egoísta" — eram os pedaços de frases que se escutavam, repetidos até a exaustão. O meu companheiro de cadeia queria que economizasse o sabão, a água e a pele das minhas mãos. Que até mesmo — quem sabe — economizasse a minha energia. Quanto a mim, só sentia que queria interromper-me na metade. Tornar rotina o ato de lavar as mãos. Deixar-me sem a satisfação, frustrado. Entreguei-me com mais sofreguidão à água e ao sabão, ao esfregar. A voz, sem rosto visível, não soava mais. Fechara os ouvidos. De repente, eis que uma frase, precisa como um golpe de martelo na cabeça de um prego, abre os meus ouvidos e fura os tímpanos: "Ele lava as mãos como se estivesse fodendo".

Sim, para ele há uma diferença entre a intensidade, o gasto, o prazer e a entrega com que se faz o amor e toda outra atividade.

O meu companheiro de cadeia é como poeta: na sua escala

de valores, o ponto mais alto estava destinado ao gozo carnal. O gozo era o metro que utilizava para medir todas as formas de comportamento humano ao seu redor. Achava ridículo que eu, num simples lavar de mãos, gastasse todo o corpo, empenhasse a minha vontade, dispensasse tamanha energia, só compatíveis — para ele — com a fornicação.

Na maioria das pessoas, a vergonha esconde a paixão e chega até mesmo a sufocá-la. Por isso, tudo que é feito com paixão acaba por ser às escondidas, envolvido em mistério. Nossa sociedade (não só a brasileira, mas a ocidental) quer retirar de todo fazer a paixão, como se houvesse nela uma intensidade de energia perigosa para o equilíbrio do homem na superfície do planeta Terra. Tornam os nossos atos frios a fim de reduzi-los à rotina. A rotina amolece o desejo e o corpo. Torna o homem presa fácil das suas próprias limitações e da repetição dos seus atos. Sem paixão, não há lembrança, não há memória, não há inscrição dos feitos na história. É preciso paixão para transformar as coisas.

Só hoje posso ver sem raiva a vergonha que sentia e que me impedia de gozar com paixão o copo de cachaça que bebia na rua.

A vergonha constitui o homem para o mundo pequeno-burguês, compõe falsamente a sua imagem para o vizinho, o colega de repartição, o chefe, o prefeito e as demais autoridades gradas. Quanto mais vergonha se sente, mais impecável a imagem social. Tão curiosa é a nossa relação com o outro, passando pela vergonha, que até na fisionomia do dono de botequim, ávido de lucro, transparece censura quando se trata de servir cachaça a quem ali não deve bebê-la. Não devia bebê-la — vestido de terno, engravatado e com pose de quem tem bom emprego, família, filhos para cuidar — em botequim de baixa categoria.

Isso se passou ainda em Maceió. Entrei numa bodega de subúrbio para tomar uma cachaça, enquanto esperava uma mulher das minhas relações que tinha ido visitar uma amiga. Quando entrei na bodega e aproximei-me do balcão imundo, o homem estava alegre e bonachão: esperava na certa que eu fosse comprar cigarros. Quando lhe pedi o álcool barato, vi o seu rosto transformar-se. Não sabia ainda por quê. Gravei aquilo. Quando sorvi a aguardente, ela desceu amargando como se tivesse tomado o lombrigueiro que a minha mãe me dava quando criança. Não sabia ainda a razão da repulsa. Olhei de novo para o focinho do homem: fixava os olhos na minha mão, no copo, como que os incitando a me dizerem que tivesse vergonha do que estava fazendo e que, principalmente, não repetisse o pedido. "Logo o senhor, um cidadão honrado, como se pode ver pela maneira como se veste e como se dirigiu a mim." Quando elogiei a qualidade da cachaça, deu-me as costas, sem mesmo agradecer as palavras ou soltar uma interjeição pelo elogio ao produto que vendia. Serviu-me de novo. Dava-me veneno desta vez. A minha presença no bar deixava de ser lucro. Só incômodo.

Qual não é o meu espanto ao ver entrar um vagabundo: senta-se num caixão de querosene mais para o fundo da bodega, e é logo servido com toda a alegria pelo homem. É o dono do bar quem lhe pergunta se dose simples ou dupla e quem, em seguida, insiste se vai a segunda logo, ou se espera.

Percebi o jogo com o honrado e o miserável, e resolvi fazer o teste definitivo. Pedi a terceira dose. Não vai servir-me. Considera-me um ser desprezível. Descobri a vergonha neste momento e assassinei-a com coragem e espanto. Sorri — o que quase nunca faço diante de estranhos — e elogiei de novo o produto, como a dizer que era pela qualidade do álcool daquela bodega que me entregava à terceira dose. Nunca tomei um copo de cachaça com tanto prazer. Com tanta paixão.

Percebi também, nesse instante, que era a vergonha que me impedia de aproximar-me desses desgraçados miseráveis que a sociedade rejeita e vai atirando para os cantos nojentos e escuros da cidade, deixando o álcool roer o corpo deles com a gula de ácido.

É fácil e cômodo aceitar o julgamento negativo que a burguesia faz dos vagabundos. A característica geral e uniforme de que ela se serve para pintá-los é a preguiça. São pessoas que não têm força para manter um trabalho, uma família e responsabilidades sociais e políticas. Para a burguesia, a vagabundagem não é uma alternativa de vida, mas o beco sem saída a que se dirige quem não cumpre com as suas obrigações de cidadão. Não conseguem lugar na sociedade dos homens e, por isso, é natural que não tenham familiares, teto e emprego. São solitários — eis o estigma que carregam consigo noite e dia, atestando a sua condição de alheios ao afeto humano. Se o julgamento é aceito, convive-se (ou melhor: não se convive) com os vagabundos com tranquilidade. Eles não chegam, no fundo, a perturbar-nos, como perturba-nos uma família pobre ou carente. É a sequência normal do raciocínio.

Não é meu intento fazer o elogio do vagabundo em detrimento das necessidades mais do que justas da família pobre e honrada. Pretendo apenas desvencilhar-me da comparação e da interpretação dadas ao vagabundo pela burguesia, para poder melhor considerá-lo. A família pobre e honrada é passível — através de um regime político, socialista e justo — de ser recuperada. Só não o é pelas razões que sabemos de uns sete anos para cá, quando o Exército tem dado todo o apoio à emergência econômica da pequena burguesia urbana, criando um fosso ainda maior entre esta e o proletariado e o campesinato.

A família pobre, em virtude de um sistema político daninho e equivocado, que não consegue enxergá-la, não tem um lugar ao sol nas distribuições da renda. Mas há partidos políticos que reivindicam a sua salvação. Já o vagabundo, mesmo em um regime socialista, creio, continuaria vagabundo. Seu problema não é de caráter sociopolítico: é basicamente de ordem existencial. Ele não quer não ser vagabundo, porque sabe o que significa a sua integração. Mais e mais dou-me conta de que eles têm aquele sal de que se faz a literatura, ou a arte em geral.

Aproximando-se do vagabundo, conversando com ele, descobre-se que tem uma qualidade rara na nossa sociedade que se urbaniza: mercê de uma facilidade verbal incomum, é sempre capaz de narrar histórias com facilidade e jeito, com ares de quem mantém contato diuturno com o ofício da ficção. É capaz de passar horas alimentando com a sua imaginação o tempo, tornando-o estofado e prazeroso, de tal forma que o correr das horas passa despercebido do ouvinte. É a maneira que encontra para "prender" o grupo e minimizar as agruras da solidão noturna. A fala pastosa do vagabundo (sempre motivo de asco) é pastosa porque tem o ponto da cola e do açúcar. Suas narrativas são como o papel pega-mosca, onde o mosquito desprevenido cai e de onde não consegue mais alçar voo.

Quantas noites fiquei preso no papel!

O vagabundo tem uma visão crítica e aguda das deficiências da sociedade que abandonou. Percebe-se isso ao escutar os seus casos, frequentados por personagens de todas as camadas sociais, onde não faltam nem mesmo animais, carregados de um simbolismo digno de Esopo. Talvez sem a plena consciência, consegue o vagabundo, com os seus casos, operar um corte crítico vertical nas camadas sociais, ao contrário dos nossos melhores ficcionistas (Machado, por exemplo), que se comprazem em dramatizar apenas segmentos da alta burguesia. A alternativa de vida que buscam não é um beco sem saída, mas a única rua que vislumbram que pode ser trilhada. Sem a marcha a ré.

O vagabundo é cara de pau e sem-vergonha, mas nunca é cínico. Eis um dado que julguei importante quando o descobri. Sua relação com a sociedade dos homens é séria e sem rodeios, não consegue trapacear através dos jogos sociais comuns, que nos ajudam — apesar da autocrítica e das contradições — a sobreviver dentro de padrões sórdidos e mesquinhos. Posso não ser cara de pau e sem-vergonha, mas cínico o sou.

Quando dei-me por isso, de imediato compreendi por que não me juntava aos vagabundos. Quero salvar a minha pele a todo custo. Eles não. Existe um cuidado com o corpo nas minhas preocupações e até mesmo nas minhas angústias que me distancia deles, tornando-me cúmplice dos valores da pequena burguesia.

Para o vagabundo, o corpo é o lugar que escolheu para viver as suas desavenças com a sociedade. Transferi o lugar das minhas desavenças para a folha de papel, assim como o político progressista no Brasil teve de transferi-lo para a arena política. Se o corpo do vagabundo é sofrido, os meus escritos também o são, e a luta política dos progressistas também o é. Às vezes, chamam-me de pessimista. Não o sou. Ou melhor: visceralmente não o sou. Quem o é são os meus escritos. São eles que se abrem em pústula e sangue, representando o cadáver adiposo de uma das sociedades mais injustas do planeta. Tanto mais injusta, porque não quer enxergar-se a si nos seus desacertos, a fim de buscar caminhos diferentes para emendar-se.

Só o vagabundo é visceralmente pessimista. Propicia ao seu corpo, entregue aos vícios e à vida miserável e sórdida, acumular todas as mazelas que acabam por carcomer a sua carne, como o cupim pouco a pouco apodrece a madeira. Só o vagabundo é capaz de conviver tranquilamente com o seu corpo apodrecendo. Alimenta a própria podridão, com os excessos do álcool barato, da comida servida de esmola, sempre nauseabunda.

Devo conhecer os meus defeitos, para conservá-los todos com muito carinho. Se os meus defeitos sumirem, deixarei de ser eu, mudar-me-ei noutro.

21 de janeiro

Zé Lins tem a mania de comprar todos os jornais e revistas. Ficam esparramados pela casa inteira, arrastados que são da sala de visitas para os diversos cômodos pelo dono da casa e pelas três filhas. As três Marias divertem-se menos lendo as revistas do que recortando as fotos que atraem a sua imaginação. Isso significa que, muitas vezes, tenho a minha leitura bruscamente interrompida porque está faltando um pedaço da página. A tesoura comeu. Aconteceu já de ler o título, interessar-me pelo assunto e nada de texto ou fotos. Diga-se de passagem que não perco muita coisa, já que os diversos assuntos são tratados com repetição e monotonia pelos diversos jornais e revistas. Sinal dos tempos? Ou má qualidade da nossa imprensa? As duas coisas ao mesmo tempo, presumo.

Existe uma espécie de monotonia da informação que acaba por tornar ridículo o desejo que Zé Lins tem de ler todos os jornais e revistas. Não há diferença: o que sai aqui, sai acolá. Se o leitor estiver interessado em notícias referentes a indivíduos isolados, aí sim, jornais e revistas diferem. Cada um tem o seu próprio time quando chega à banca. Como no futebol, só o time aparece (isto é, a arquibancada e a geral não têm direito a ter o nome em letra de imprensa). Sempre os mesmos nomes, sempre a mesma bela e idealizada figura de cidadão. Se não é Batatais, é Leônidas — como diria o meu anfitrião.

Gosto e procuro divergência de opinião; sinto-me de maneira geral frustrado, porque nem isso os jornais e revistas passam. Pressinto algumas vezes tonalidades partidárias neste ou naquele jornal ou revista. Por exemplo: é indubitável o compromisso de *Fon-Fon* com o integralismo, assim como o da *Careta* com as forças democráticas. O governo, no entanto, está conseguindo minimizar ao máximo essas diferenças,* pois todos os periódicos (e aqui generalizo propositadamente) se encontram em dois itens: a crítica destrutiva do movimento revolucionário da Aliança e a descrição da articulação política, em nível nacional, dos integralistas.

A AIB é o único grupo que chega a enfrentar o governo neste início de 1937. Dei-me conta disso ao ler *O Malho* da semana passada. Como já é tradicional no Rio, a esposa do presidente da República recebe nos jardins do Palácio do Catete os pobres para que possam ganhar das suas mãos e das de suas auxiliares presentes que não podem comprar. Os miseráveis têm um Natal farto e burguês, corrigindo a penúria dos outros 364 dias do ano. Até aí tudo normal: a atitude já é nossa conhecida. É o velho

---

* Leio hoje, dia 29, que o ministro interino da Justiça, Agamenon de Magalhães, criou o "Bureau da Imprensa" dentro do ministério que dirige. A censura de jornais passa a ser controlada pelo novo órgão, que tem como chefe o escritor e jornalista Heitor Moniz. Agamenon, uma das boas figuras do cenário político atual, deve ter sido encurralado antes de tomar a medida. Às vezes, pergunto-me até onde tem de ceder um homem político a fim de não perder a situação que conseguiu. Como se vê, Getúlio vai tomando as suas precauções no que se refere ao jogo político sucessório.

desejo da classe dominante de compensar o desequilíbrio social através da caridade pública. Esta é a grande panaceia nacional. Ela não só deixa o rico visível e próximo, nosso amigo de apertar a mão, como ainda fomenta a alegria passageira do pobre, atiça a sua esperança em dias melhores no futuro, já que se sente presenteado pela sorte. Um eleito. Naquele instante, pelo menos, ele entra na festa e na igualdade, acreditando que as diferenças sociopolíticas e econômicas foram abolidas. A festa de Natal, o Carnaval e o campo de São Januário aí estão para não nos deixar mentir. Diga-se que Getúlio se tem valido bem do Natal dos Pobres para angariar a simpatia dos "desprotegidos da sorte". Com isso, passa a perna nos seus opositores, políticos que, por sua própria formação social e intelectual, permanecem elitistas. Não é demais dizer que sem a Legião Brasileira de Assistência e dona Darcy, o presidente não seria o mesmo. Não teria o nome que já tem na boca do povo.

Os integralistas descobriram o truque do gaúcho — é o que parece dizer O Malho da semana passada. Resolveram promover o "Natal Integralista". Passando do Catete para o Botafogo, caminham um pouco para a Zona Sul, e, misturando Natal e Ano-Bom, evitam a coincidência perigosa de datas. A revista diz que houve farta distribuição de presentes e víveres a oitocentos pobres,[13] numa promoção do Núcleo de Botafogo da AIB. A máquina da propaganda partidária está tão azeitada que os pobres saem com sacolas onde se encontra estampado o sigma. Perdi o espetáculo, mas posso adivinhá-lo. Oitocentos pobres saem com

---

13 Graciliano puxa uma seta e escreve no verso da página anterior (manuscrito): "Tenho ainda de analisar o problema da crença do brasileiro na sorte, enquanto mecanismo para a aquisição de fortuna própria. Pergunto-me se existe outro país onde a loteria atrai tanto os habitantes e entra tanto nas expressões de linguagem do dia a dia". (N. do E.)

cartazes ambulantes do integralismo, passeando-os por ruas e avenidas, dentro de bondes e ônibus, exibindo-os nos cortiços e nos morros. Tudo isso com as bênçãos de Filinto Müller. Os jornais de hoje dão que ontem, Dia da Cidade, foi colocada pedra fundamental de um futuro Monumento à Bandeira Nacional, na praça do mesmo nome, iniciativa — tudo indica — dos camisas-verdes. À solenidade compareceram o representante do chefe da Nação e membros da Associação. O pior é que a iniciativa é dada como sendo da prefeitura do Distrito Federal. (Será que já conseguiram tomá-la?) Parece que a época é dos nacionalismos, e os partidários de Plínio Salgado, antes que sejam acusados de divulgar doutrina alienígena, agarram-se fortemente à bandeira nacional. Como também se agarram ao calendário das efemérides pátrias, como o dia da fundação da cidade. Tanto pelo símbolo quanto pela data marcam pontos junto à burguesia. Esta gosta de festejar e honrar tudo o que o seu mestre ou a sua tradição mandar.

Por essa altura dos acontecimentos, quem deve estar inseguro é o presidente. Com a escalada dos integralistas, movimentada por uma máquina de propaganda tão eficaz quanto a do Catete, o processo silencioso da sucessão começa a perigar.

Getúlio, no entanto, contra-ataca em belo estilo popular. Não posso deixar de divertir-me com duas páginas de *O Cruzeiro* desta semana. Certa Mme. Derlys, pitonisa, entra na luta sucessória como conselheira de candidatos à Presidência da República, desaconselhando-lhes a ideia de eleições. Diz a revista, aproveitando o Ano-Novo, ocasião propícia para este tipo de incursão pelo futuro: "Mme. Derlys, pitonisa, prevê que não haverá sucessão alguma. Vê claramente que na permanência do presidente Vargas no poder encontrar-se-á a melhor solução para um problema que se tornará difícil dada a quantidade de candidatos e interesses em jogo".

Junte-se o elemento "sorte" — por detrás dos presentes de Natal — a esse elemento "vidência" — por detrás das palavras de Mme. Derlys —, e temos as armas principais com que Getúlio começa a combater o problema social e a tática que utiliza para arregimentar as massas citadinas. Nada existe de pior do que a sorte e a vidência enquanto fundamentos da organização política, mas tenho de convir que nada existe de mais propício à mentalidade espoliada do brasileiro, sempre dependente de todas as formas de paternalismo. Do coronel passam pelo cabo eleitoral, deste vão ao patrão bondoso e terminam pedindo, de mão estendida, a bênção ao padrinho de batismo, crisma ou casamento. Todos esperam a sorte grande da loteria ou a generosidade de um amigo mais favorecido pela fortuna. E os filhos, desde crianças envolvidos por um clima de acaso e felicidade, de dinheiro que cai magicamente do céu, quando adultos, continuam esperando. Se podem dar o golpe do baú no casamento, sentem-se regiamente recompensados vida afora.

Sem foguetórios, sem fanfarras e sem reportagens fotográficas nas principais revistas do país, passou despercebido do grande público o acontecimento mais importante deste início de ano e o mais propício a inspirar um nacionalismo autêntico, bem diferente do ufanismo e do verde-amarelismo que invadem as páginas dos jornais. Na catedral metropolitana, onde aguardam o momento de trasladação para Ouro Preto, descansam os restos mortais dos Inconfidentes. As urnas chegaram a bordo do *Bagé*.

Por muitos motivos um acontecimento tão importante não pode ser incorporado ao dia a dia do brasileiro. O nacionalismo de Getúlio é de fachada; por detrás dos bastidores anda cortejando tanto a Alemanha e a Itália quanto os Estados Unidos. Sofre pressões de grupos que querem modernizar a sociedade, mas à custa do dinheiro estrangeiro. O capitalista brasileiro ainda não aprendeu a empatar o seu dinheiro. Guarda-o em bancos estrangeiros, como se fosse um mísero capiau que esconde as suas economias debaixo do colchão. Enquanto isso, exige o capital estrangeiro para poder modernizar a sua fábrica ou montar nova indústria. Em outras palavras: prefere ele entregar a economia do país a mãos estrangeiras a verdadeiramente bancar o seu próprio capital na nova empreitada. Vive dos lucros da empresa e dos juros do dinheiro depositado. Industrial e agiota — só mesmo no Brasil. Não se estranha que o brasileiro comum viva de mãos estendidas.

Os Inconfidentes de Ouro Preto tinham um projeto de independência nacional inspirado pelos americanos do Norte que entra em confronto direto com o favoritismo exigido pelos capitalistas brasileiros ao Estado. O espírito jeffersoniano de modo algum se coaduna com as ideologias de mando individual e de coerção central, tão comuns em nosso país. Dando ao indivíduo (qualquer que seja ele) inteira responsabilidade no destino da nação, as doutrinas de Jefferson — e que estão por detrás do capitalismo americano — não seriam nunca bem-vindas nestas terras e sobretudo neste momento, onde o ideal da situação é o governo central, forte e autoritário para acabar com o bode expiatório inventado em 1935. Da livre-iniciativa que prega a Constituição americana só se têm servido os imigrantes que chegam ao país em busca de melhoria de vida. Estes, através do trabalho próprio e da empresa privada, são os nossos verdadeiros *self-made men*. Mas eles pouco frequentam os corredores do Catete, a sala de audiências, ou mesmo a cidade do Rio de Janeiro. São responsáveis pelo estado mais "americano" e mais vital da nação: São Paulo.

O nacionalismo de Getúlio é de fachada. Para poder contrabalançar as pressões que sofre dos capitalistas paulistas, tem todo o interesse em criar um Estado forte e empresarial. Como o regime de tributação e impostos ainda é extremamente deficiente, tem ele necessidade, primeiro, de organizar a máquina burocrática — o que vem fazendo a passos de gigante — e, em seguida, de tomar empréstimos no estrangeiro (como qualquer outro capitalistazinho de São Paulo) para que as iniciativas do próprio governo possam ser introduzidas. Na medida em que o Estado entra em confronto com a burguesia nacional, concorrentes que passam a ser, na medida em que ele se vale do capital estrangeiro, pode também sofrer dois tipos de boicote que o deixam bem pouco autônomo. Creio que Getúlio terá de preocupar-se em como compensar esta reduzida autonomia e consequente fragilidade. Não é à toa que ele é militar, como não é por coincidência que o projeto atual da nação saiu da cabeça dos tenentes e foi erguido em cima da derrota de São Paulo.

O espírito dos Inconfidentes não pode ser de grande ajuda para a máquina da propaganda getulista. Tentando desatar os laços que nos prendiam ao espírito de subserviência à Coroa lusa, acabam sendo contra todas as formas de intervenção estrangeira maciça no Brasil, sobretudo se essas intervenções são econômicas. Seria ingênuo demais pensar que alemães, italianos, franceses, americanos do Norte etc. desejam colaborar com o país. Seu objetivo principal é o lucro e seus objetivos secundários incluem a criação de novas colônias econômicas, que podem ser acionadas em caso de necessidade, como uma próxima guerra entre as grandes potências. Acaba o Brasil entrando na malha dos jogos de interesse do país que patrocina a sua economia. Chegado a esse ponto, como e onde buscar a sua independência? Onde e como revoltar-se contra esse estado de coisas, que avança sobre nós como um potente tanque de guerra? Vamos sendo esmagados lentamente. Enquanto isso, jogamos um último olhar para a lata de lixo da história.

Os integralistas não se encontram dispostos a incensar os Inconfidentes. Nada existe de mais contrário aos princípios da pequena burguesia — grupo social que engorda as fileiras dos camisas-verdes — que o espírito de revolta. Tanto a revolta dentro de casa (a chamada rebeldia dos filhos) como a revolta dentro da política (os movimentos de insurreição nacional ou regional). A mística da ordem e da obediência domina todo o horizonte do pensamento e da ação integralistas. Querem colaborar dentro do estabelecido pelos superiores e pela tradição. Todos os valores emanados destas duas fontes são, *a priori*, positivos. Daí o seu gosto pelas situações onde domina a objetividade de julgamento dada pelo superior hierarquicamente situado. Não é de estranhar, pois, que tenham conseguido com facilidade os seus adeptos mais fervorosos dentro do Exército e da Igreja Católica. Em ambas as instituições, não há muito lugar para o espírito do alferes Tiradentes.

Relendo o que acabo de escrever, fico com receio de ter dado a impressão falsa de que Getúlio é o primeiro presidente a entregar o Brasil. O Brasil esteve, tem estado e infelizmente ainda estará entregue por muitos anos ao estrangeiro. O que Getúlio está operando no Brasil é uma mudança no sistema financeiro: em lugar de enviar o nosso dinheiro para o estrangeiro, pagando a importação de produtos de todas as espécies, vamos importar o dinheiro e com ele implantar uma indústria moderna no Brasil (que, por interesse de propaganda eleitoral, está sendo chamada de "nacional"). Enviamos, depois, o lucro e os juros do capital de volta à matriz, qualquer que seja ela. Assusto-me sempre ao perceber que tudo que usamos vem de fora, desde o palito para os dentes até o moderníssimo refrigerador automático Westinghouse (que vejo pela primeira vez), desde o melhor tecido que cobre o corpo feminino até os sapatos da Clark.

Vejo que a primeira dificuldade para o governo está em convencer o povo da boa qualidade do produto fabricado aqui. Na impossibilidade de convencê-lo, domesticado que está desde a colônia pela qualidade do importado, haverá necessidade de fortes leis protecionistas. Estas, por sua vez, exigirão um Estado autoritário para que possam ser implantadas a despeito do gosto e da vontade do povo. Todas as vezes que começo a raciocinar em termos de futuro, acabo como a pitonisa Mme. Derlys: não vai haver luta sucessória. Teremos um presidente imposto à força. Será que Getúlio já se deu conta disso e dá passos concretos de gigante nessa direção?

Não há dúvida de que os integralistas querem tomar o Catete, mas só em desespero de causa o farão pela violência. O assalto vai a favor do espírito de mudanças bruscas, que é contra a maneira de pensar e agir da pequena burguesia. Está no poder e não quer ser desalojada; qualquer movimento social pode começar a balançar o edifício. Por isso é que ela aceita também com docilidade exemplar os governos autoritários, que não exigem a sua participação nas grandes e pequenas decisões nacionais. Os burgueses querem ficar no seu canto, em conforto e imobilidade, em bem-estar econômico e em tranquilidade, cegos às injustiças que cometem ou são cometidas em seu nome.

O único grupo que tem certo interesse pelos Inconfidentes é o dos paulistas. Desalojados do centro das decisões desde 32, despojados de todas as ambições de mando numa perspectiva nacional, necessitando do apoio de uma legislação protecionista para o comércio e a indústria "nacionais" (forças já vivas e atuantes naquele estado), podem compreender melhor a revolta contra adeptos tirânicos do poder centralizado. Mas não tenhamos dúvida de que a voz paulista, depois de se fazer ouvir na sua revolta, será também a de um governo a favor do capital estrangeiro e do interesse da nossa alta burguesia de fazendeiros, industriais e agiotas.

É de São Paulo e dos novos intelectuais que emana o mais legítimo gosto pelas cidades históricas de Minas Gerais e pelo que representam de insatisfação dentro da história do Brasil. Mário de Andrade, pelo que li dele e me informam, juntamente com o mineiro Rodrigo Melo Franco contribuem com toda a sua inteligência para a criação de um órgão — semelhante aos que já existem na Europa — responsável pela preservação e conservação do nosso patrimônio histórico e artístico. Nas poucas coisas que li de Mário vejo que não pauta pela cartilha integralista (apesar de algumas amizades bem duvidosas — mas quem não as tem?). Sua visão do passado não é acorrentada à tradição e ao imobilismo, aos valores da classe dominante. O passado é apenas um lugar de reflexão que o homem presente pode escolher (ou não) para melhor direcionar a sua posição no hoje e no amanhã. Sendo o lugar da reflexão, o passado não tem um valor em si que deve ser preservado a todo custo, mas pode e deve ter um valor que lhe é dado pelo horizonte das expectativas do presente.

Na José Olympio, onde estive segunda-feira à tarde, falavam bem de um livro de Sérgio Buarque de Holanda, *Raízes do Brasil*, que deve inaugurar, em fins de fevereiro, uma nova e importante coleção da casa, Documentos Brasileiros, espécie de réplica à Brasiliana da Editora Nacional.

Fiquei curioso pelo livro. O autor, já o conhecia pela sua atuação nas revistas modernistas e jornais. A perspectiva que tenho do Brasil — agora aqui no Sul — se modifica e se transforma a cada hora que passa. Compreendo melhor a importância que dão a São Paulo e aos seus escritores (em detrimento dos escritores nordestinos — dizemos lá no Norte). Ao mesmo tempo, vejo como ignoram a nossa região. A ignorância que têm da sociedade nordestina é maior do que a dos seus problemas socioeconômicos. Numa está em questão o homem, na outra números.

Constatando isso é que não me arrependo de ter feito de *Angústia* um romance de caráter psicológico. Na cadeia, conversando com os meus camaradas mais politizados, achava que devia ter sido mais contundente nas minhas críticas, devia ter dado menos espaço à dissecação das manias, fobias e obsessões de Luís da Silva, devia ter feito com que a intriga geral girasse menos em torno de uma figura feminina. Mais converso com os cariocas ou com os que aqui vivem, dou-me conta da correção da minha visão ficcional naquele romance. Aydano do Couto Ferraz me diz que sou "um evadido do romance de costumes para o romance psicológico". E isso — segundo ele — fez com que os meus leitores não fossem "além da primeira metade de *Angústia*". Só posso dizer: tanto pior para eles, pois continuarão com uma visão simplificada, rasteira e bitolada — e sobretudo tranquilizadora — do Nordeste.

Não sei se por culpa de Jorge Amado, vejo que o pessoal da esquerda no Sul espera do romancista nordestino *robots* em lugar de personagens. Isso que, aparentemente, pode ser apenas uma questão estética (necessidade ou não de um estofo psicológico para o personagem), não o é na verdade. Acaba por ser um preconceito de análise da sociedade, onde os indivíduos são colocados em grupos e julgados de maneira maniqueísta. Pregam, assim, uma revolução para o Nordeste no gênero da "guerra dos mundos", sem que se deem conta do poder das forças ocultas, que são sempre poderosíssimas e escorregadias como mercúrio. A simplificação na análise dos dados referentes a uma sociedade é sempre um perigo para quem esteja disposto a entrar em uma ação revolucionária que seja vitoriosa.

Eu mesmo fui vítima dessas forças ocultas. Fiquei quase um ano inteiro preso; tenho os diversos membros da minha família dispersos pelos quatro cantos; fui enviado como um saco de batatas para os lugares mais terríveis, e no final descobrem que não existe ordem alguma de prisão contra a minha pessoa, processo algum contra as minhas atividades. Existe apenas um homem solitário na cadeia. Querem exemplo melhor da arbitrariedade e do poder das forças ocultas? Fui solto como fui preso — sem saber o porquê. Sem que pessoas de bem — como o Zé Lins e o Herman Lima — pudessem-no saber também. Na busca aflita de informação, o Herman conversou com o próprio Getúlio, que o enviou ao general Francisco José Pinto; este por sua vez se dirigiu ao Filinto Müller, que por seu turno conversou com o chefe de polícia de Alagoas. Nada constava contra mim. Dois ou três dias depois estava em liberdade.

Não sei se não seria o caso de refazer o caminho de volta e comparecer de novo diante de Getúlio para dizer-lhe que tinha sido prisão de um inocente, totalmente injustificável. De nada adiantaria. A frase clássica de Getúlio corre de boca em boca entre os detentos: "Nesse caso de comunismo eu não mandei prender ninguém, mas também não mando soltar ninguém".

Getúlio tem necessidade de todo o Exército para construir a nação autoritária de que fala Mme. Derlys e aonde acabo por chegar todas as vezes que analiso o tipo de decisão que está sendo tomado desde 30.

Quando o romance nordestino não peca pela "robotização" dos personagens pertencentes à classe dominante, cai em defeito oposto e semelhante com relação aos miseráveis. Em conversa com Rubem Braga (que se fazia acompanhar da sua mulher, Zora), chamou-me ele a atenção para o processo de poetização da miséria — a expressão é dele — que se encontra em *Mar morto*, do Jorge. Livro que, segundo Rubem, é meloso e reacionário e que de modo algum devia ter recebido o prêmio da Fundação Graça Aranha (o meu ficou em segundo). E acrescentou: até o jornal *A Ofensiva*, de direita, fez o elogio do romance. Jorge ficou furioso. Rubem acha que o elogio integralista foi mais do que merecido, pois assim o jovem baiano pode arrepiar caminho enquanto é tempo.

"A poetização da vida miserável", prosseguiu Rubem, raivoso, "é bem demagogia verde-amarela de Plínio Salgado. Ribeiro Couto, o meigo poeta integralista, acha que é um crime tentar acabar com os mocambos do Recife, porque são muito poéticos."

Rubem tocou numa verdadeira ferida que corrói o pensamento nordestino com sede no Recife. Defendendo os princípios da região e da tradição, apoiando-se em valores esclerosados do clã familiar, acabam por se irmanar aos seus irmãos integralistas do Sul. Volto a dar a palavra ao Rubem que, com sarcasmo viperino, extrapola a visão poética de Ribeiro Couto para uma lição sobre a realidade que ela traz: "Que apodreçam na miséria e na lama 250 mil criaturas humanas: apodrecerão poeticamente. E quando o menino ultrassubalimentado do mocambo morre, é ótimo. Ribeiro Couto faz um poemazinho bonitinho sobre o enterrozinho do anjinho".

Esses diminutivos todos na cara fechada do Rubem, numa boca coberta por vastos bigodes e proferidos por um corpo forte e másculo de caboclo capixaba, despertaram a minha primeira gargalhada desde que saí da cadeia.

Perdi o fôlego.

Paro um minuto. Penso em Heloísa. Foi com Naná ver *La Garçonne* e, pela hora, já devem estar de volta. O filme, estrelado por Marie Bell, está sendo exibido no Cine Glória. É baseado no romance de título homônimo de Victor Margueritte. O sucesso de bilheteria é inegável; está em cartaz desde o começo do mês. Vamos ver o que as duas têm para contar. Fui até a cozinha e tomei algumas xícaras de café, sucessivamente. Parece que o organismo precisava compensar o que não tinha absorvido nas últimas duas horas. Se Naná ou Heloísa não dão ordem, sinhá Mariana não entra no nosso quarto. Sua bondade pesada, lenta e preta comove-me. Tenho vontade de conversar com ela. Seu silêncio obstinado entristece-me. Não consigo arrancar uma só frase da sua boca. Mas o sorriso está sempre presente. É através dele que ela existe. Todo o resto fica na sombra.

Em silêncio, ela põe a mesa para que eu coma alguma coisa neste fim de tarde. Diz com gestos que recebeu ordens de alimentar-me com constância. Cedendo mais à sua bondade do que a meu estômago empapado de álcool, sento-me e tomo café com leite e como alguns biscoitos com manteiga. Sinto-me ainda fraco, sobretudo depois do esforço que faço para escrever este diário. Exagero, quando escrevo, na aguardente; sem ela a imaginação criadora fica nos bastidores. Minha imaginação é semelhante a um ator tímido: só entra em cena depois de muita insistência. As palmas para o ator; o álcool para a imaginação. Esquecia-me do cigarro. Este não alimenta diretamente a imaginação criadora, ou seja, não dá força, energia. Propicia o devaneio. Por exigir um movimento obrigatório de respiração artificial, o fumo suspende a ação de escrever e leva-me a um instante agudo e profundo de ócio.

Volto para o quarto. Deito-me na cama e já sei o que me espera. Desde o dia em que fui a Ipanema com Heloísa não me saem da cabeça os corpos queimados de sol das moças em *maillot* correndo em direção à praia. Foi um dos últimos dias de sol neste janeiro. Depois só chuva, um solzinho ralo no fim de semana. Por isso não voltei mais a Ipanema. Fico então pensando, remoendo, imaginando. Refaço o percurso do bonde, caminho pela Visconde de Pirajá, entro por uma perpendicular e de chofre bato os olhos no grupo. Excito-me só em pensar nelas, em vê-las de carne e osso pelo olhar da imaginação. Estendo as mãos como que para agarrá-las, mas é como se estivesse brincando — sem venda nos olhos — de cabra-cega. Procuro o corpo de Heloísa aqui ao meu lado, na cama, e só encontro o seu cheiro. Trago o travesseiro até as minhas narinas. Fico com elas abertas, farejando a fronha como se fosse um bode.

Não tenho o que desejo. Tenho o que posso ter. É uma triste constatação para um homem da minha idade. É por isso que tenho a necessidade de mentir. Parágrafos acima disse: penso em Heloísa. A frase é mentirosa porque não corresponde à verdade dos meus pensamentos. É uma frase fingida, mais digna de figurar em ficção do que em diário. Penso nas moças de Ipanema e, como não são palpáveis, penso em algo de concreto que esteja ao meu lado, por exemplo, Heloísa. Se é brutal dizer isto para mim, não me iludir com mentiras a respeito do meu desejo, calculem o que não será para ela. Heloísa é uma presença afetuosa e companheira, copo de água quando se tem sede, comida quando se tem fome, sexo quando se tem desejo. Ela não é a sede, a fome ou o desejo. Ela mata-os, trazendo a tranquilidade momentânea a um corpo satisfeito. Com ela, a sede estanca, a fome passa e o desejo morre. Por isso o descanso. Heloísa já não me seduz.

Prefiro a água que me desperta a sede, a comida que traz o apetite e o sexo que não tem fim. O que vem para fechar um ciclo, acaba escancarando as portas da necessidade.

Olho para o meu corpo e dou-me conta de que por muito tempo não terei o que desejo. Que mulher se sentirá atraída por estes ossos à flor da pele, por esta pele baça e amarela, por estes cabelos que não crescem e não conseguem mais ostentar a antiga abundância, por esta ferida que não cicatriza totalmente, por estas mãos encardidas de fumo e por este bafo de cachaça?

Heloísa não me vê. Ela me enxerga com os olhos da amizade e do companheirismo. Eu não vejo Heloísa, mas queria vê-la. Vejo corpos queimados de sol correndo em direção à praia. Fecho os olhos e enxergo Heloísa. Encontramo-nos numa cegueira mútua e vamos fazendo o nosso caminho com a ajuda de uma bengala branca. Tateando, vamos evitando os transtornos e procurando um solo ameno. Quando a guerra se anuncia, levantamos a bengala branca e ela se transforma em bandeira da paz. Unimos de novo os nossos desejos e os nossos corpos. Do encontro nasce uma flor, uma pomba, um arco-íris, qualquer coisa de passageiro e belo. Risca, deixa o risco e vai-se embora. Prefiro o jogo de cabra-cega sem a venda nos olhos.

Tocam a campainha. Escuto o ruído da porta que se abre e as vozes de Heloísa e de Naná. Paro de escrever. Heloísa ainda não sabe que mantenho este diário.

[Sem data]

[*Graciliano intercalou aqui uma folha. Encontra-se manuscrita. Trata-se evidentemente de um acréscimo feito dois ou três dias depois, como atesta a data da revista. Talvez fosse do seu interesse incorporá-lo a alguma passagem da entrada do dia 21, como o fez com a informação acronológica referente a Agamenon de Magalhães. Talvez, ainda, não estivesse seguro de que compreendia corretamente as palavras do jornalista Osvaldo Orico. No receio de endossá-las definitivamente, preferia dar tempo ao tempo.* — N. do E.]

A *Careta* continua a ser o periódico que mais luta contra o espírito de golpe que está presente na atmosfera do Rio de Janeiro e certamente do país. Através de charges políticas sempre ferinas e, até certo ponto, audaciosas, vai tecendo um ácido comentário crítico à atuação do presidente na luta sucessória. Temo pelo futuro da revista.

O número desta semana estampa uma crônica bastante feliz na seção "Looping the loop", assinada por Osvaldo Orico, que fala da necessidade das eleições para que se evite a marcha ditatorial que já toma conta dos países europeus e cujo fantasma a gente passou a ver em cada esquina de uns dois anos para cá. A arbitrariedade judiciária — no que se refere aos presos políticos — começou com a criação do Tribunal de Segurança Nacional, e essas vozes legalistas são de suma importância quando penso no destino dos meus companheiros da Detenção.

Transcrevo os melhores trechos da crônica:

Argumenta-se para o absenteísmo do debate eleitoral com a situação delicada em que se encontra o país, estremecido ainda pelos efeitos do puff *comunista de 1935 e a braços com o julgamento dos cabecilhas e inspiradores da intentona de novembro.*

Ora, é indubitável, é irretorquível que a maioria do povo brasileiro — a grande maioria — é pelo regime democrático, com o qual está identificada e pelo qual está pronta a manifestar-se pelo voto, como já se pronunciou em outras eventualidades.

Nesse caso, por que subtrair ao seu veredicto um problema essencial na vida das democracias como é esse da escolha do supremo dirigente do país?

22 de janeiro

Passei hoje pela manhã por duas sucessivas sensações, estranhas e diferentes, que me envergonho de relatar. Passo por cima da vergonha e vou direto ao assunto.

Para aproveitar o sol que apareceu bem cedo, resolvi descer a São Clemente até a praia de Botafogo. Gosto de tomar o bonde, mas deixei-o de lado por causa do azul do céu. Pus-me a caminhar. Chegando ao destino, parei por alguns instantes junto a um repuxo que fica defronte à baía. É um repuxo onde, se não colaborou a mão do artista original, entrou a do artesão hábil e sentimental, desses que conseguem, se fazem filme ou escrevem peça de teatro, arrancar lágrimas de comoção da plateia. Sua intenção, bem lograda por sinal, foi a de fazer que os jatos circulares de água desenhassem no espaço uma gaiola líquida, dentro da qual se banhava uma ave em mármore. Um cisne, penso, pois tinha o bico voltado contra as penas da asa. Estava admirando a precisão e, por certo, a delicadeza da composição, quando de repente a imagem do repuxo é anulada pela do perfil de uma garota dos seus vinte anos. Atravessava a avenida, escapando dos carros. Ia bronzear-se neste dia de sol ralo, que se sucedeu aos dias chuvosos. A areia da praia, já tinha reparado, nem seca estava.

Admirei o corpo e o andar, o torneado das coxas e a rigidez da carne, as curvas esculturais do traseiro, o vigor no busto e a limpidez de pensamentos no rosto e no olhar. Admirei o corpo e o andar e, sem o sentir, já estava amarrado à corrente da concupiscência, como se fosse o mais fiel dos cachorrinhos. A moça deixava atrás de si um rastro de perfume silvestre, impregnando o ar com doçura e severidade. Deixava-me absorver por aquela atmosfera cálida e esquecia passantes, trânsito, barulhos, vozes. Apenas os dois. Caminhava ela na direção do Morro da Viúva, e lá ia eu atrás.

Nisso passou-se o inesperado: mais caminhava, mais sentia o meu membro enrijecer-se. Como tinha saído de paletó, não tive receio do escândalo que poderia causar. "Sátiro", "tarado", "ridículo" — foram palavras que nem passaram pela minha cabeça na hora. Passam agora, quando não posso impedir-me de rever moralmente a cena, encontrando dificuldade em narrar, de maneira singela e verdadeira, o que aconteceu. Enfiei a mão esquerda no bolso das calças e arranjei-o de tal forma que ficaria todo o tempo protegido da curiosidade alheia pelas abas do paletó que se entrecruzavam.

Obrigado a abotoar o paletó, já não sentia a aragem que circulava pelo seu interior, esfriando com a umidade da manhã as axilas. O suor ameaçava empapar a camisa.

O membro enrijecido — a sensação era extraordinária, tenho de confessar — inchava e subia. Ao subir, levava literalmente consigo o meu corpo, dando-me a nítida experiência de estar em ascensão. Flutuava no espaço. Levitava, como diria um amante das ciências ocultas. Era tomado por uma força que vinha da junção das pernas, da fricção operada pelo movimento cadenciado delas, como se ali estivesse um dínamo que transmitia energia para o membro e toda a parte superior do corpo, esquentando-a, dando-lhe vigor. Tomava conta do tórax, deixava a respiração solta e forte como um fole, atingia o esôfago, esquentava a boca, iluminava o rosto, fechava os ouvidos, clareava a vista, atiçava os cabelos curtos. Inchava como se fosse um balão de são-joão. Subia pelos ares.

Se fosse dado a magias, ou a crenças em mistérios do diabo, diria que estava possuído. Uma dormência ativa tomava conta dos ossos e dos músculos, relaxando-os e instigando-os. Fazia-me sentir como se fosse um animal alado. Uma ave de rapina sobrevoando a presa, deixando-se dominar pelo instinto de posse.

Lembrava-me de ter tido semelhante reação sexual apenas muitos anos antes. Coisa de adolescente — dirá o leitor mais entusiasmado dos meus romances, e, portanto, o menos passível de aceitar o que narro. Vejo-o já disposto a abandonar a leitura deste diário. Nem na cadeia — tendo ficado em jejum sexual por tanto tempo — me lembro de ter me ocorrido coisa igual. É claro que, tanto na Colônia Correcional quanto na Casa de Detenção, estávamos em regime alimentar de seminário: punham nitro na comida. Por outro lado, a própria vivência em reclusão forçada mutila o corpo e as suas necessidades vitais, deixando-o cadáver ambulante, mais vontade de repouso do que de ação.

Andando de membro duro pela praia de Botafogo, sentia-me finalmente em liberdade. Entregava-me à imagem do corpo gracioso da moça à minha frente. Recebia de cheio no rosto o sol e a brisa marinha. Reparava o movimento pacífico das ondas na enseada (tão diferente da máquina violenta das águas no mar de Ipanema). Submetia-me à plenitude do Pão de Açúcar dominando a paisagem. Lamentava o fato de estar recoberto de pano de alto a baixo. Suava a cântaros.

Seguia docilmente o corpo da moça, como se segue o andor de uma santa em procissão. Abria as narinas e deixava-me embalar pelo perfume que aspergia pelo ar ao passar, como um religioso se sente transportado ao odor do incenso. Aqui está o seu devoto fiel. Não a seus pés, para que tanta submissão? Sobrepairava no azul, como ave de rapina pronta para o bote final. E a moça seguia descuidada pelo passeio, dengosa e maneirosa. Não enxergava o seu fiel acompanhante. Se lhe perguntassem naquele momento pelo estranho senhor de terno que a seguia desde o repuxo, teria dito que não o tinha notado. Era a pura verdade.

Fiquei com raiva da minha insignificância e revoltado com o desprezo a que ela me relegava. Apressei os passos e passei à sua frente. Com passadas lépidas (já não coxeava da perna esquerda e as dificuldades do andar tinham desaparecido como por mágica), consegui logo uma boa distância dela. Sentei-me na amurada da praia e, como qualquer dom-joão da Galeria Cruzeiro, pus-me a seguir com os olhos, despudoradamente, o deslizar da moça em minha direção. Sentado, pude abrir o paletó, deixando-me envolver de novo pela brisa marinha. Tirei um cigarro do maço, afetando displicência. Coloquei-o na boca. Risquei o fósforo, acendi o cigarro. Fingi tranquilidade e interesse, escondi o meu alvoroço. Ela continuava a não me ver, como não via os carros que diminuíam a marcha quando passavam por ela. Aproximou-se de mim sem me ver, sem me ver passou por mim. O mais triste e abjeto dos mortais, tão corriqueiro e invisível quanto a amurada onde me sentava. Tive vontade de suicidar-me, justificando assim a minha inexistência aos seus olhos. Mas, de repente, a moça olhou para trás e reconheceu-me.

Disse o meu nome.

Pus-me de pé como um soldadinho de chumbo.

Perguntou-me se era comigo mesmo que falava. Certificava-se.

Meu coração estalou que nem milho de pipoca. Pulsava como leão colérico, querendo arrebentar as grades da jaula. Era entusiasmo, surpresa, ordem de prisão em flagrante. Tudo misturado e

agravado pelo sorriso aberto e descontraído da moça. Nunca me tinha visto tão descontrolado e nervoso, nem mesmo no dia em que o carro parou diante da minha casa em Maceió e os soldados saíram dele com a ordem de prisão. Já os aguardava então; hoje, o que menos podia esperar, acontecia: era reconhecido pela moça. Vencia-me pela surpresa. Duas vezes vencedora.
Fiquei mudo. Sem graça. Desprotegido. Cachorro que, depois de muito latir, descobre que quem abre a porta é o dono. Enfia o rabo por entre as pernas e vai ruminar no seu canto, desconfiado da necessidade de desconfiança.
Disse-me ela de quem era filha. Seu pai tinha muita estima por mim, gostava da minha literatura. Sua mãe apreciava as minhas posições políticas. Falava com desembaraço, como se eu não fosse até então um desconhecido.
Continuava eu mudo.
Balbuciei dois monossílabos, encabulado e nervoso, tentando transmitir-lhe o alto apreço em que tinha também aos seus pais.
Disse-me que soube, por sua mãe, que o meu último romance era muito bom. Tinha até recebido um prêmio. Mas era muito pesado — acrescentou em seguida. O sorriso aberto e cúmplice dizia que não tinha vontade de magoar-me.
Admiti a cumplicidade, elogiando de maneira esquerda a juventude moderna:
— Mas o que os jovens de hoje não sabem?
Desinibida, replicou:
— Não falo de "pesado" no sentido sexual. Não tenho uma visão moralista e tacanha de literatura. Minha mãe não me deixaria tê-la, por mais que eu quisesse. O senhor a conhece. Estava me referindo ao pessimismo dos personagens, à morbidez da atmosfera. Fico mais do lado da alegria. Almas torturadas não me atraem. Meu pai me acha frívola; palavra dele.
— Na certa não sabe a filha que tem — arrisquei.

Nisso, vejo que tira os olhos de mim. Compreendi imediatamente a razão pela qual caminhava na direção do Morro da Viúva. Um belo rapaz, saudável e jovial, acenava-lhe de longe com a toalha de praia.

Disse-me que tinha tido prazer em conhecer-me. Eu também. Pediu-me licença e lançou-se em direção ao rapaz, não sem antes exigir de mim um exemplar autografado de *Angústia*.

— Pode deixar lá em casa. — Disse o seu nome, em tom mais alto para que o barulho do motor dos carros e o som estridente do bonde não abafassem sua voz.

Esforço-me para não fazer ficção a partir dos acontecimentos que narro neste diário. Normalmente, teria emprestado à moça um estoque de pensamentos ocultos, de intenções não reveladas, de sensações experimentadas no seu íntimo. É a maneira que encontro para criar a intriga e os personagens nos meus romances a partir de experiências concretas e vividas.

Não gosto de imaginar como as pessoas se encontram, como as coisas acontecem, gerando enfado ou surpresa; não gosto de imaginar que frases são ditas, que gestos são feitos.

Pego, na minha lembrança, uma cena antiga, construída pelo meu cotidiano, e trabalho-a segundo a minha intenção no romance. Como um bom cozinheiro, recheio o personagem com a minha pessoa, antes de assá-lo no forno da imaginação poética. Transformo-o em personagem que pode apetecer os mais requintados gostos. Como bom copeiro, ponho a mesa, pratos e talheres para a situação banal do dia a dia, enriquecendo-o de detalhes acessórios e significativos. Gosto que tudo signifique. Até uma vírgula.

Conduzo a intriga dos meus romances como um mau maestro: sigo de perto uma partitura já composta, mas dou largas à imaginação no que se refere à combinação e à qualidade do som que quero extrair de cada instrumento, isto é, da língua.

Narrei com exatidão de monge beneditino o que se passou hoje pela manhã. Fui um bom maestro. Fui um leitor medíocre da partitura, mero escriba dos acontecimentos. Em outras ocasiões, teria feito literatura, teria sublimado a força do meu instinto sexual, discorrendo de maneira simbólica sobre o tesão que aquela moça despertou em mim. Teria falado do remorso de que fui possuído, ao descobri-la filha de grandes amigos meus. Teria exagerado nas pinceladas, substituindo o vermelho do desejo pelo negro das trevas infernais. Estaria, no entanto, inventando; não estaria narrando a verdade. Devia ter sido mais grosseiro. Ainda preciso fazer esforço para libertar-me do tolo preconceito da literatura. Existe o homem e as suas necessidades. Se for preciso falar delas, falemos com as palavras que nos passam pela cabeça no momento.

Confesso que, em certa passagem, me controlei: devia ter falado do ardor que sentia nos meus culhões. A vontade primeira foi a de coçá-los, como se estivessem com sarna. Se me pedissem para descrevê-los, afirmaria com toda a convicção que deviam estar vermelhos como pimentões. A força que sentia e que me fazia levitar não vinha do pau duro, mas dos culhões: da fricção deles contra as pernas em movimento emanava um calor que subia pelo umbigo afora e punha fogo nas minhas faces pálidas de ex-prisioneiro.

Pensando melhor, acho que foi uma combinação saudável de alimentação farta e sadia nos últimos dias com repouso forçado devido à chuva, mais a efervescência nervosa que me causa a tarefa de escrever; complementando tudo, está o vigor que me trazem os passeios matinais. Sou um homem que gosta de caminhar. Mas, mesmo assim, não consigo explicar a lepidez com que andava. Voltando para casa, subia a São Clemente coxeando de novo. Arrastava-me como se estivesse pesando não os meus 52 quilos, mas carregando um excesso de cem quilos de banha.

Esquecia-me da aguardente na combinação "saudável" acima descrita. Para a maioria das pessoas, segundo o comentário vulgar, a bebida alcoólica na quantidade em que a tomo enfraquece o organismo, debilita-o. Comigo é o contrário. Não sinto reação negativa alguma ao álcool. Quando muito, certa sonolência se abate sobre mim, deixando-me propício a uma ação que não é controlada pela razão, subconsciente, como dizem os discípulos de Freud. De maneira geral, ela me anima, dá corpo ao meu corpo, dá força à minha força, dá imaginação à minha imaginação, dá alegria à minha tristeza, aviva clarões no meu pessimismo, dá descontrole à minha razão. Põe minhocas na minha cabeça.

Perco-me, de novo, nos labirintos da explicação. Não posso simplesmente admitir que hoje, pela manhã, ao caminhar pela praia de Botafogo, tive uma forte ereção ao ver uma moça?

Posso e devo.

Antes do jantar

Calor insuportável hoje pela tarde. Enquanto relia algumas páginas deste diário, esperando a hora do jantar, o suor foi tomando conta do meu rosto, até que pingou uma gota na página escrita. Fiquei pensando nela e na sua curta e passageira existência. Ao contrário do arabesco no papel feito pela tinta da caneta, a gota de suor vai desaparecer tão logo passe a limpo este manuscrito.

Só permanecem as palavras.

Estas passam da caligrafia neste bloco a uma datilografia em folhas soltas, vão em seguida para uma gráfica onde são compostas em chumbo. Finalmente são impressas em cadernos, que circulam sob a forma de livro.

Se todos os praticantes da literatura pensassem um minuto nas implicações do corredor da produção e da indústria do livro, deixariam que a maioria dos seus escritos tivesse a transitoriedade de uma gota de suor na página escrita, em uma tarde de calor insuportável. Como num passe de mágica, as suas palavras escritas desapareceriam quando fossem passadas a limpo pela datilógrafa.

Somos escritores e precisamos produzir livros. Somos escritores e precisamos alimentar-nos e alimentar a máquina devoradora das editoras e livrarias. A condição de escritor acaba justificando a utilidade de qualquer palavra que manche uma página de papel. Reproduzi-la em mil, 2 mil, 3 mil exemplares, em primeira, segunda, terceira edição. Já é um escritor conhecido, com nome estabelecido na praça, a quem os editores solicitam avidamente originais.

Volto à gota de suor e vejo que derreteu a palavra "proibição". Um dia, o manuscrito será batido à máquina e o efeito da dissolução da tinta pela superfície do papel, deixando a palavra praticamente ilegível, estará perdido. Escreve-se um livro com palavras nítidas.

Se todos os gráficos do mundo começassem a suar e a deixar que o suor respingasse pelas páginas impressas! Teríamos uma revolução semelhante à de Gutenberg, só que às avessas: os livros voltavam a trazer a marca do homem que os produz.

A empregada pergunta a dona Naná (que conversa com Heloísa na sala) se já pode tirar o jantar.

Se não me engano, esta página é totalmente inútil. Mas vou conservá-la. É a gota de suor deste manuscrito. Não deve desaparecer quando passar a limpo o manuscrito.

25 de janeiro

Heloísa embarcou hoje para Maceió. A viagem foi planejada com antecedência e dela falamos diversas vezes. Fomos levá--la até o cais e, depois que o navio desatracou, Naná e eu voltamos para a Alfredo Chaves, enquanto Zé Lins ficou pelo centro. Heloísa foi ver se conseguia vender a casa de Pajuçara e ainda um ou outro pertence nosso que possa ter mais valor. Com o dinheiro, vamos ver se podemos mudar de vez para uma pensão no Catete ou na Lapa. O objeto que for do nosso interesse atual, ela vai mandar encaixotar e despachar para o Rio. A maior decisão foi tomada: transferimo-nos definitivamente para esta cidade.

O problema grave, no entanto, pelo qual Heloísa tem uma admirável frieza e despreocupação, é o dos filhos. Raramente entram eles no nosso universo de cogitações futuras; pouco preocupamo-nos com eles, quase nunca indagamos se estão, ou não, contentes e felizes na casa em que vivem desde a viagem de Heloísa para o Sul. Seria demais colocá-los, agora, à frente das maiores discussões que temos sobre a mudança. Seriam obstáculo de tal forma intransponível, que fariam com que, na primeira conversa, desistíssemos do projeto. São oito ao todo. Não vejo diferença entre eles: englobo os quatro do primeiro com os quatro do segundo de maneira natural.

A relação entre nós e os nossos filhos deve assemelhar-se à relação de paternidade tal como a "pensam" os animais mamíferos. Duas atitudes básicas determinam a nossa conduta com relação a eles: uma primeira, curta no tempo, de carinho e amor, onde transparece o excesso de cuidados; outra, para a vida inteira, de desapego e falta de consideração pessoal, que pode ser interpretada maldosamente como sendo de total descaso. Sai a criança do intenso e passageiro regime especial e entra na manada dos filhos, fazendo parte dela sem direito a protecionismo individual.

Quando nasce um filho é uma festa em casa. Um pouco exclusiva talvez, porque toda a atenção nossa se concentra no bebê. Somos um casal de bois que lambe o recém-nascido, procurando cercá-lo do mais intenso calor humano. Se, por obrigação de trabalho, o bebê saía do meu horizonte visual durante o dia, ao regressar a casa, ficava olhando-o e cuidando dele, mimando-o, como se fosse um delicado objeto de mecanismo curioso e frágil.

Nesses períodos, pouco saio de casa à noite. Aproveito para ler ou escrever. São meses de trabalho frutífero e rendoso. A pena corre pela página com mais vigor e exuberância. A literatura é a maneira que encontro para conceber. O trabalho não me cansa, é até fonte de prazer. Descubro forças para escrever a mesma página e tornar a escrevê-la, infinitas vezes. Chego perto da perfeição que busco.

Quando o bebê se transforma em criança, isto é, quando já anda pela casa e fala, damos-lhe total liberdade. Começa ele a organizar e a dominar o seu mundo por conta própria. É uma maneira um pouco dura e severa de educar um filho, principalmente num país onde o sentimentalismo piegas domina a maioria das relações afetivas. Não posso dizer que lhes faltava alguma coisa material (pelo menos até o dia da minha prisão), da mesma forma não posso dizer que os trate com o envolvimento amoroso — o afeto — que se costuma associar à paternidade. As relações são distantes, embora funcionem a contento. Damos-lhes uma responsabilidade precoce, retirando-os cedo dos mandos e desmandos do jugo paterno.

Tenho apenas receio por Márcio: encontrava-o sempre fechado e macambúzio, revoltado negativamente contra o mundo. Sim, parece estranho o advérbio. Nem toda revolta contra o mundo para mim é negativa. Ela pode ser construtiva também, visando então à criação de uma sociedade melhor. Quando a revolta é negativa, o revoltado acorrenta-se à raiva, irmana-se ao desprezo pela humanidade, desviando raiva e desprezo para si próprio, em gesto de autodestruição. De todos os filhos, é o que mais me preocupa. Dizem que tenho predileção por ele, pode ser. Não, não é verdade. Passava mais tempo com ele com o fim de mostrar-lhe como canalizar positivamente a sua rebeldia, transformando o ódio em legítima força social. Esta é a função do pai, como a vejo. Só ajudar aos que necessitam.

Com a prisão, os filhos espalharam-se por este mundo. Os três rapazes do primeiro casamento, já grandinhos, podem tomar conta do próprio destino. A mais velha, ainda do primeiro casamento, está internada num colégio de uma tia em Maceió. Os quatro do segundo casamento estão sendo cuidados e criados em casa de parentes da mãe.

Gostaria de reuni-los, colocá-los de novo dentro do mesmo curral, morando todos sob o mesmo teto. É impossível pôr em prática este desejo. Se mal tenho meios para me sustentar, como vou sustentar oito bocas sedentas e famintas. Teria de alugar uma casa com pelo menos três quartos para que não vivêssemos em promiscuidade. O preço do aluguel no Rio é absurdo. Teríamos de ir morar num cortiço. E a roupa? A escola? Os livros? Quando penso nisso tudo, chego ao desespero. Por isso, invejo a calma com que Heloísa cuida dos filhos. Vivendo todos sob o mesmo teto, não creio que seria necessário mudar a minha maneira de educá-los. Cada um encontraria as suas armas de sobrevivência, o seu arrojo profissional e a sua realização pessoal no embate constante dentro da disciplina familiar. Espalhados como estão, em casas diferentes e em contato com pessoas que talvez não sejam as mais desejáveis, tenho medo de que possa estar acontecendo algo de nocivo com eles. Algo que os esteja ferindo irremediavelmente. Alguns podem regredir ao primeiro ano da existência e começar a exigir de novo o excesso de amor que tiveram e não estão tendo mais. Sentem-se frustrados emotivamente. Outros, os mais audaciosos, podem estar construindo um caminho de individualismo e força que os distanciará para sempre dos outros seres humanos. Sentem-se donos do mundo e não enxergam o próximo. Outros mais, compadecidos pelo sofrimento e destino do pai, podem aproximar-se demasiado do conforto que a religião oferece, à guisa de recompensa pela miséria sobre a Terra. Serão fracos e dependentes pela vida inteira.

Espero que os meus prognósticos sejam falsos e que cada um esteja construindo a sua própria existência de maneira saudável, buscando formas autônomas, cordiais e sensatas de convívio humano.

Conversando com Naná no carro de praça que nos trouxe do cais até o largo dos Leões, disse-me ela que pressentia que o contentamento inicial do meu reencontro com Heloísa tinha desaparecido. No seu lugar, tínhamos estabelecido como limite para a nossa vida a dois uma cerca de espinhos que machucava a ambos e distanciava os amigos. Interrompeu bruscamente as suas palavras, perguntando-me se me incomodava comentar os problemas do casal.

Disse-lhe que não.

Continuou, afirmando que bastava olhar para cada um de nós, isoladamente, quando estávamos juntos, para perceber quão feridos estávamos. Não era o antigo casal, feliz e sofrido, ferido pelos acontecimentos inesperados do ano passado. Cada um, agora, tinha ferimentos distintos e individuais, produtos de uma guerra em surdina.

Permaneci em silêncio enquanto falava, notando como era perspicaz na análise dos sentimentos alheios. As relações do casal estavam deteriorando-se a olhos vistos, apesar da aparência tranquila que ostentávamos quando diante de outros.

Naná é uma mulher viva e esperta, ágil, apesar de vir da vida em engenho, onde a mulher só tem um problema: como ser a terceira perna do marido, preenchendo com inutilidade um dia que, por sua vez, deve ser inútil. Terminam sendo dependentes e preguiçosas, arrastando o corpo pesado pelos quartos da casa. Com a idade, tornam-se descuidadas na apresentação e desinteressantes na conversa. Naná é o contrário disso, como também Heloísa. São mulheres que vivem bem na agitação da grande capital; tão bem, que temos a impressão de que ainda se deixam cercar pela atmosfera lenta da modorra nordestina. Conversam com qualquer pessoa, tenham sido previamente apresentadas ou não. Soltaram-se, com facilidade e graça, das amarras que as prendiam à sociedade patriarcal do Nordeste.

No entanto, existe uma diferença básica entre elas: Heloísa perdeu toda a doçura que Naná distribui com a generosidade de um Papai Noel. Ambos os olhares são de mulheres que enxergam além da superfície, perscrutando o mais significativo por detrás das palavras e dos gestos humanos. Se o rosto de Naná — diante da paisagem melancólica dos sentimentos humanos — ganha brilho onde transparece a alegria das boas intenções, já o rosto de Heloísa deixa-se cobrir de nuvens sombrias, revelando uma amargura sem fim, capaz de alimentar reações imprevistas de raiva e mesquinhez.

Heloísa sofreu muito no último ano: marido encarcerado, filhos postiços e naturais esparramados pelos quatro cantos, casa e conforto abandonados, transferência para uma cidade grande e cara, onde não tem amigos nem dinheiro. Isso numa idade em que não se tem mais o gosto da aventura e o arrojo da juventude. Entra pela máquina burocrática da justiça adentro, para descobrir o poder e a força dos poderosos. Sente-se triturada, esmagada; sem forças, caminha de um lado para outro, como uma barata tonta. Reganha forças e, pouco a pouco, traça um caminho de sobrevivência e salvação.

Passei por tudo isso também e, como diz Naná, quando nos reencontramos, refizemos o casal sob o signo das feridas mútuas e idênticas. Heloísa mostrava-me uma chaga no corpo e eu lhe apontava uma semelhante no meu. Ela requisitava o bisturi para poder, ferindo-se mais, tentar compreender o porquê da chaga, para curá-la; usava também do mesmo bisturi, para examinar a minha ferida, e trocávamos informações, já que o quadro clínico era o mesmo e a cura tinha de ser a mesma. Quando nos encontramos, tomamos o mesmo remédio, e ficamos à espera da cicatrização. Ela não veio.

Naná continua dizendo-me que tentara conversar com Heloísa sobre o assunto, mas que dela veio apenas um silêncio que indicava reprovação por estar intrometendo o nariz onde não era chamada.

Disse-lhe, em favor de Heloísa, que o orgulho da minha mulher explicava muita coisa, aludindo ao fato de que ela passava por uma fase difícil de autoafirmação. Nesta, era mais importante guardar uma máscara de força, segurança e autossuficiência do que deixar que o outro entrevisse o sangue e os destroços do desastre recente.

— Eu sei disso. O que me incomoda é que ela não saiba distinguir uma amiga de uma pessoa a quem se procura com o único intuito de conseguir algo.

— Tudo é hoje uma luta para ela. E, na luta, mesmo o aliado pode ser um espião. Não é agradável para mim dizer essas coisas, mas é a verdade. Tento aclarar a situação dela para você. Ela acorda já com uma carabina debaixo do braço. Todo dia é dia de caça.

— Quando eu abri a minha casa para vocês, não me rendia às armas da guerra, mas às da amizade. Guerra é guerra, eu sei. Solidão é solidão, dor é dor, também sei. Mas guerra, dor e solidão não existem em si e nem como fim. Existem como estágio a ser ultrapassado. Na guerra, procura-se a paz; na solidão, a companhia; na dor, a alegria.

— O horizonte para Heloísa é ainda negro demais para que possa dar-se conta de que é lá que nasce o sol.

— Você está dizendo que ela não vislumbra o menor traço de esperança no futuro?

— Creio que não exagero.

— Tem a vida mais miserável do que pensava.

— Você acreditou na máscara da força e da autossuficiência. A máscara é postiça; não se cola ao rosto. É uma máscara, não é um ricto. Apesar das aparências, Heloísa é hoje um caule fragilíssimo tentando lutar contra a tempestade e, para isso, tem de valer-se da sua agressividade todo o tempo. Um minuto de descanso é um minuto de vitória da tempestade. Dobra-se o arbusto.

— Você está dizendo que todos nós somos, sem distinção, tempestade para ela? Que tudo o que difere dela é tempestade?

— Assim a vejo. Posso estar errado. Você sabe, nem sempre temos o mesmo ponto de vista sobre as coisas.

— Você está pintando um retrato dela mais triste, muito mais triste do que podia imaginar.

O carro parou diante do portão da Alfredo Chaves. Naná perguntou quanto era a corrida a pagar. O chofer disse o preço. Ela tirou o dinheiro da bolsa. Entregou-lhe a nota. Recebeu o troco. Guardou-o na bolsa. Entramos na casa. Sentamo-nos no sofá da sala de estar. Fui o primeiro a falar:

— Você a recebe como amiga, ela lhe é agradecida, e isso posso e poderei testemunhar. Várias vezes mencionou a gratidão que sente por você. Mas dentro desta casa, onde encontra apenas amigos, quer enxergar a sua própria casa onde gostaria também de receber seus amigos. E o que vê? Nada, absolutamente nada. A venda de uma casa em Maceió por preço irrisório, a alternativa de um quarto de pensão. Os filhos distribuídos entre os parentes e a impossibilidade de reuni-los sob o mesmo teto e o mesmo carinho materno. O marido sem emprego e sem possibilidade de trabalho permanente.

— Vocês podem ficar aqui. Já disse para ela que fiquem o tempo que quiserem.

— O problema não é a hospitalidade de vocês; o problema é a nossa vida daqui pra frente.

— O favor tem limite, você tem razão. Não tinha pensado nisso antes. De repente o favor vira caridade.

Sinhá Mariana entrou com a bandeja de café e serviu-nos.

Perguntei a Naná se não a incomodava servir-me um cálice de aguardente.

Ela se levantou, foi até a cristaleira, abriu-a e tirou um delicado vaso de cristal. Da parte inferior do móvel, tirou a garrafa, derramou o líquido no cálice. Trouxe-me o cristal na mão, sem o entregar à bandeja da empregada, como sempre faz.

Ao sentar-se, Naná repetia a sua última frase. Repetindo-a, descobria novas nuanças de significado até então desconhecidas. Há frases que são a melhor sonda para penetrar e investigar os acontecimentos passados.

— O favor vira caridade, o favor vira caridade...
Sorvi o cálice de álcool de um trago só. Interrompi o seu solilóquio dito como um murmúrio, porque não o suportava mais:
— Na certa Heloísa se sente em condição inferior quando conversa com você. Por mais que você demonstre ou diga que é sua amiga, no fundo não pode ser. Se se abrisse com você, estaria comendo o alpiste que a leva à arapuca, de onde não sairá mais. Ou, se sair, será para uma gaiola, no máximo um viveiro.
— Numa conversa franca, um amigo não arma ciladas para o outro. Pelo contrário, procura ajudar o semelhante a livrar-se delas.
— Você pensa assim porque é quem presta o favor. Pode demonstrar uma retidão no jogo de interesses que, normalmente, não se encontra nas relações humanas. Heloísa tem de viver só. Aprender a viver só. E sozinha, e contando com a minha ajuda, mínima no momento, é que ela pode sair da enrascada em que nos meteram. Ninguém mais pode ajudá-la. O problema de sobrevivência é pessoal e intransferível. Temos de sair com as próprias forças dessa embrulhada infernal, e não desesperados.
— Para vocês, então, aceitar o apoio de uma mão amiga num momento de dificuldade é sinal de fraqueza.
— Aceitá-lo, passageiramente, não. Conviver emotivamente com o apoio, senti-lo necessário, sim. Que o apoio venha, ótimo, que a mão amiga se estenda, extraordinário. Chega um momento em que é preciso dar um basta. E este gesto final e definitivo tem de ser construído pouco a pouco.
— Não entendo: por que todo gesto de libertação tem de ser solitário?
A frase não traduzia apenas um encaminhamento no pensamento lógico da nossa conversa. Era a concepção de vida que dá a Naná a certeza do viver correto.

A recíproca era verdadeira para mim. Tive vontade de responder categórica e autoritariamente: Porque tem de ser.

Sem o desejar, tínhamos solucionado o quebra-cabeça: esse era o conflito que separava os Lins do Rego de nós. Era isso que impedia Heloísa de aproximar-se de Naná, abrir-se com ela; era isso que impedia que eu me aproximasse de Zé Lins. Seria a solidão um mecanismo construído pelo homem para livrar-se da bondade do próximo? Ou seria uma arma mortífera contra o semelhante? Era a solidão a condição do cotidiano, ou produto de uma situação de guerra? Sempre pensei que a solidão estabelecesse o lugar e o clima próprios ao conhecimento de si mesmo. Agora, Naná pergunta-me se não posso ajudar-me mais, apoiando-me na mão amiga. Disse:

— Para se libertar, é preciso jogar fora as muletas. Libertar-se para mim é poder caminhar sozinho. Sozinho é que me revolto contra a injustiça humana. Não tem por que meter um amigo numa revolta que, no fundo, é só minha. Precisava que compartilhássemos das mesmas ideias e dos mesmos ideais para jogá-lo às feras. Mas já aí não precisaria das minhas mãos. As mãos foram dadas num gesto mútuo.

A minha voz caiu, retomei-a forte:

— Libertar-se é caminhar sozinho.

— Para mim, isso é egoísmo.

— E quem me diz que não há egoísmo na mão que presta um favor?

— Você leva a desconfiança longe demais. Quer dizer que, para você, a força que motiva qualquer ajuda ao próximo só beneficia a quem a pratica. Para você, o homem não constrói pontes para encontrar o semelhante; apenas atira para o ar *boomerangs* como se fosse um selvagem australiano.

— É isso. Não é bem isso. O problema é que existe algo de basicamente errado no favor. É preciso que não se precise dele.

Que seja uma lembrança do passado da humanidade, quando havia grupos de pessoas em situação de desequilíbrio econômico e social. Acredito na troca. Veja você, na troca há o egoísmo e a generosidade, simultaneamente. Não há o desprendimento, que é o que conduz à caridade e à superioridade de um ser sobre o outro. Eu lhe dou algo que é supérfluo para mim, portanto inútil, e você, em troca, me dá algo supérfluo para você. O ponto capital da questão é que nada temos de supérfluo hoje. E vocês têm tudo. Tudo nos é necessário. Estamos recomeçando do zero. Você não tem ideia do que é a miséria.

— E é por isso que estamos aqui, para facilitar o começo.

— Com desprendimento, num gesto superior de magnanimidade.

— Compreendo.

Naná baixou os olhos. Vi que o seu corpo elegante perdia a altivez da postura e se recolhia a um canto insignificante do sofá. Pedia um tiro de misericórdia daquele a quem prestava inúmeros favores. Seu rosto tornou-se sombrio e melancólico, um touro na arena pedindo o golpe definitivo e final do toureiro, misericordioso. Pedia-me compaixão por estar prestando-me favores, quando eu devia ser agradecido pelos favores. Não seria capaz de dar a estocada final. Seria capaz de recebê-la?

Buscava uma frase para não deixar que a nossa conversa morresse na desesperança. Por mais que a buscasse, não a encontrava. A cerca de espinhos a que se referia no início da conversa distanciava-a de mim. Se me aproximasse dela agora, traria as mãos cobertas de chagas. Fiquei no meu canto.

Não tenho certeza de que, na minha fala, tenha usado os legítimos argumentos de Heloísa. Parece-me que, ao reproduzir o diálogo meu com Naná, sou eu quem fala todo o tempo em nome de Heloísa. Desenvolvo ideias tipicamente minhas. Minha capacidade de despersonalização já é pouca e, depois da experiência da cadeia, tornou-se mínima. Só quero contar o que se passa comigo, ou o que acontece diante dos meus olhos. Daí este diário.

Heloísa não é tão egoísta quanto dou a entender na conversa. Egoísmo e solidão são traços do meu temperamento que se encontram, na época atual, agigantados. Heloísa é do tipo gregário. Por isso, deu-se tão bem por terras cariocas. Fez contatos. Aproximou-se das pessoas. Tornou-as interessadas pelo meu caso. Conseguiu convencê-las da injustiça que estava sendo cometida. Se não fosse por ela, ainda estaria por detrás das grades. É voz unânime. Para isso, teve de envolver-se politicamente com pessoas e com grupos. Sobrevive, economicamente, muito bem no Rio. Heloísa tem, hoje, mais compromissos políticos do que eu. Não deixa de ser paradoxal. Um intrigante paradoxo para quem nos conheceu há apenas onze meses, em Maceió.

Compreendo que ela não tenha querido abrir-se com a sua amiga (apesar do especial carinho que vota a ela — confessou-me várias vezes). Mas não se abriu por razões de caráter político, e não de caráter psicológico, como dei a entender falsamente. Heloísa teve de politizar-se para sobreviver e, sobretudo, para ajudar-me a sair da Casa de Detenção. Não é fácil convencer as pessoas a ajudarem um homem que está na prisão, quando o país entra definitivamente para uma ditadura de direita. É mais fácil convencer as pessoas que já estão convencidas, mas estas exigem compromisso e fidelidade à causa.

Heloísa me disse que, entre os seus novos companheiros, havia alguns que eram contra nós virmos morar na casa de Zé Lins, por causa das suas (supostas) simpatias pela causa integralista. Preferiam aqueles dar-nos uma pensão mensal para que alugássemos um apartamento. Este, aliás, foi o nosso primeiro pomo de discórdia. Heloísa está de tal forma envolvida com a organização, que chegou a convencer-se de que a proposta era razoável. Iríamos para um pequeno apartamento, talvez na Lapa, onde os aluguéis são mais baratos, e poderíamos trazer pelo menos as duas meninas menores para viverem conosco.

Não me desagrada a ideia de ter um vínculo partidário (apesar de não o ter no presente momento). Acho é temerário tê-lo abertamente no estado em que me encontro; tenho dúvidas de que meu caso tenha sido dado como encerrado definitivamente. Qualquer informação concreta que chegar aos ouvidos dos camisas--verdes será motivo para que acionem de novo os mecanismos para enjaular-me. Não posso mais suportar, física e moralmente, a cadeia. Posso e quero ter um vínculo partidário, mas desagrada--me profundamente a ideia de, em liberdade, ser sustentado e ter a família sustentada por um partido. Gigolô da causa.

Não se constrói nada de definitivo e belo quando os alicerces são podres. Caridade por caridade, escolho uma de que posso desvencilhar-me.

Desagrada-me morar aqui em casa de Lins do Rego. Mas sei que se trata de uma estada passageira e que, de modo algum, vai carcomer a minha integridade ética ou as minhas simpatias políticas. Não posso esquecer que foi Zé Lins quem fez gestões junto a Herman Lima para que este pessoalmente falasse com Getúlio a respeito do meu caso. Se me fiz valer dele antes, aproveitando os laços de amizade, posso continuar a valer-me por um curto espaço de tempo. Se me desagrada viver de favor aqui na Alfredo Chaves, desagrada-me mais viver de uma pensão do partido.

Ponderava essas coisas a Heloísa. Procurava explicar-lhe o difícil equilíbrio econômico, ético e político que buscava. Tinha pesado cuidadosamente os prós e os contras da nossa situação e tinha chegado a uma conclusão. O resultado não era e não podia ser o melhor. Dos males o menor. Estávamos num beco sem saída. Acuados. Nessa ocasião, qualquer porta que se abre, misteriosamente, é bem-vinda. O pavor e a incerteza são tamanhos, que entramos por ela adentro, sem antes refletir sobre o que pode estar por detrás dela. É preciso refletir. Heloísa sugeria que estava perdendo a coragem. Não era mais o Gráci decidido e altaneiro, orgulhoso, que ela conhecia. Um homem comido pelo medo é que saía da prisão.

Atacava-me às vezes, acreditando que, com isso, levantaria o meu moral, soerguendo das cinzas o seu antigo Gráci. Mas a influência da prisão e da tortura física e moral sobre o ex-preso é mais forte do que ela podia imaginar. Era irremediavelmente outro homem. Não julgo que a transformação foi para pior nem para melhor. Estava ferido, machucado, doente. Precisava de "remédios" que cicatrizassem as chagas e as feridas, que curassem de vez a doença. Era mais cauteloso — o jogo das sombras no cárcere úmido e repelente tornou-me uma cobra que vive da espreita e pronta para o bote certeiro. Se erro o bote, acabo é sendo despedaçado pelos leões. Sou mais egoísta, busco uma situação em que não tenha mais só desprazeres. Quero o meu. Procuro menos a dor, mais e mais a alegria e o prazer.

Outras vezes, Heloísa elogiava-me de uma maneira quase absurda. Julgava-me um indivíduo excepcional, com um papel histórico importantíssimo a cumprir. Não havia, no momento, um escritor brasileiro com uma obra tão vigorosa e atual quanto a minha. E continuava: "Perto dos outros membros do partido, todos medíocres e sem imaginação, você é gigante".

"Você não se dá o justo valor", repetia.

Tanto a injúria quanto o elogio eram os gritos de um animal ferido que deixava rastros de sangue por onde passava. Repetia a história do beco sem saída e da porta, insistia no fato de que, nessas ocasiões, não existe solução fácil. Que não se deve cair no engodo da porta aberta. Chamava-me de medroso, acrescentando que era preciso ter coragem para enfrentar qualquer quarto escuro. Todos os quartos seriam escuros de agora em diante. De repente, um uivo saía da sua garganta sem que tivesse consciência.

"Se eu fosse você, não me contentaria com um apartamentozinho na Lapa, queria logo era uma casa aqui em Botafogo, ou na Lagoa."

As discussões se sucediam e giravam em torno dos mesmos problemas. Ela queria tomar a direção da nossa vida, continuando o regime a que fora obrigada a submeter-se no período em que estava na cadeia. Agora, em liberdade, queria continuar a utilizar-se de mim como o fazia antes. Mas eu não podia prestar-me a esse serviço. Pressentia o quanto isso me custaria no futuro, o quanto podia custar-me em termos de retorno à Colônia Correcional. Ficávamos mudos um diante do outro, um olhando para o outro, agressivamente. É duro conviver assim. Dizia que ia sair para espairecer um pouco a cabeça e, quando voltava, não a encontrava no quarto. Começava a escrever, evitando a solidão. Pela primeira vez na minha vida, não tinha vontade de mostrar-lhe o que escrevia.

Arrependo-me de não ter tido uma conversa franca com Heloísa sobre o nosso sofrido relacionamento. Teria sido preferível a vê-la embarcar ressentida. Queixava-se do pouco-caso com que a tinha tratado na última semana. Quis conversar com ela num momento em que Zé Lins e Naná encontraram uns amigos que também viajavam para Alagoas. Já era tarde. O tempo era curto. Tinha medo de ter de interromper a conversa no meio e deixá-la tomar o navio, despedir-se, em piores condições psicológicas.

De maneira simplificada, digo que Heloísa gostou do papel que desempenhou da sua chegada até a minha saída da Detenção. Em virtude do excelente desempenho e das palmas que recebeu, não queria abandonar a peça no meio. Agradou-lhe — mais do que eu poderia supor — ter um marido necessitado e inútil. Agradou-lhe poder ajudá-lo com todas as suas forças, abandonando a casa e os filhos, entregando-se de corpo e alma ao trabalho de libertá-lo. Conseguiu. Teve os agradecimentos eternos do marido. Retribuiu-os com compreensão e amor. Inconscientemente, começou a criar uma prisão moral para ele. Quando o marido sai da cadeia, deixando de ser um necessitado e querendo ser um cidadão útil, ela começa a refreá-lo nos seus anseios, pois o prefere sob a antiga roupagem de preso político. Roupagem atraente, por sinal.

Cabe a mim interromper o desvario caridoso de Heloísa (como o fiz com o de Naná). Só o posso fazer magoando-a. Não tenho mais necessidade dela como antes. Cumpriu a sua função de forma magnífica. Deixasse, agora, para mim a responsabilidade das minhas ações. Os bons sentimentos são terríveis. O melhor agradecimento que se lhes pode dar é uma banana. Não há escapatória. A pessoa que se deixa tomar por eles se empolga, como um cavaleiro que monta um cavalo brabo que desembesta pelo cerrado afora. O prazer da cavalgada é tão excitante e voluptuoso, que só a queda pode parar o cavaleiro.

Heloísa caía do cavalo, dia após dia. Podia-se ver no seu rosto que ela ia perdendo a fibra, controlando o ardor, consultando-me sobre decisões a tomar, perdendo a ribalta e o holofote. Quando percebeu que não me convenceria a aceitar uma pensão do partido, entregou-se a um mutismo que chocava diante de seu alvoroço inicial. Voltava, com dificuldade, ao papel de companheira e amiga. Quando teve de mudar as intenções da viagem que tinha marcado com antecedência, perdeu de vez a alegria.

Tinha programado a viagem para ir buscar as duas filhas menores que estavam na casa da avó. Acreditava que logo iríamos mudar para um pequeno apartamento na Lapa. À medida que a ideia do apartamento gorava ainda no ovo, percebeu também que a viagem não tinha mais sentido. Quis devolver a passagem. Não estávamos em período de gastos desnecessários.

Voltava o impasse do dinheiro e da saída da casa de Zé Lins. Havia uma única alternativa, que nos apareceu ao mesmo tempo: vender a casa de Maceió. Ela gostou do plano. De novo, teria de ser útil, prestativa, negociante. O marido ficava inútil no Rio, enquanto ela tratava do anúncio, dos papéis, do cartório, da escritura etc. Voltaria com o dinheiro necessário para que mudássemos para uma pensão no Catete. Aliás, neste ínterim, eu iria procurar por uma.

29 de janeiro

Quase não falei de Zé Lins até agora. Pouco o vejo. Raras vezes cruzamos caminho. Quando isso acontece, é na hora do almoço. Chega e sai correndo: tem de alimentar-se e dar conta de todas as obrigações de marido e pai, de dono da casa. Fico no quarto pela tarde; ele está trabalhando. Quando fica em casa, ou aparece mais cedo, tranca-se no escritório. Está escrevendo um novo romance. Só sai de lá bem mais tarde. Hora em que Naná lhe serve pessoalmente o jantar, pois as empregadas já se recolheram. Já a essa hora, estou batendo perna na rua, ou no quarto conversando com Heloísa. Desencontramo-nos sempre.

Zé Lins tem uma extraordinária capacidade de trabalho. Fica horas e horas enchendo com a sua letra esparramada e confusa páginas e páginas do novo romance. Consegue escrever um livro em um mês. Passa o resto do tempo ditando o manuscrito para uma secretária (antes era para os amigos), solicitando a leitura a outros amigos (em particular, o Aurélio), para que sugiram correções de estilo. Acata-as com a inocência de um ginasiano diante de competentes professores.

Um colega nosso de profissão, que leu folhas manuscritas de um romance seu, disse-me que Zé Lins deixa-se empolgar pela história que conta e redige valendo-se de uma língua estropiada. Nos originais, encontra-se "janela" com três "*l*", "garga" em lugar de "carga", "Savaldor" em lugar de "Salvador", "marrido" em lugar de "marido", e assim por diante. Nunca relê o que escreve. Seus originais manuscritos acabam dando a impressão de limpeza e cuidado, já que não apresentam as costumeiras rasuras ou correções.

Numa recente conversa entre amigos, Zé Lins comparou o ato de escrever ao de furar um barril cheio. Sai o vinho copioso que se esparrama sem que o escritor possa conter ou controlar o seu fluxo furioso. A história se escreve por si mesma. O escritor é o recipiente privilegiado que a recebeu e a armazenou. Zé Lins não para por falta de imaginação, mesmo porque não há como perder o fio de uma história conhecida; para por exaustão física, ou por necessidade fisiológica. Para mijar, cagar ou comer. Tarde da noite, quando saía do escritório, comia como um d. João VI.

Naná me disse que dezembro foi um péssimo mês para o marido. Não conseguia dar sequência a *Pedra bonita*, romance que começara a escrever em novembro. O livro tinha ficado parado no meio. Pela primeira vez isso acontecia a ele. Não pensou duas vezes. Abandonou o manuscrito na gaveta e ficou de papo pro ar durante algumas semanas. Zé Lins não enfrenta a calmaria da criação. Não toma assento numa cadeira, diante de uma folha de papel em branco, à procura de uma cena que possa servir de sequência verossímil ao que já está escrito, ou em busca de um diálogo que engrandeça a cena. Se a escrita não sai fácil, de um jato só, abandona as folhas de papel em branco. Acontece, então, o fantástico: envereda por outro romance. É uma verdadeira cobra-norato da literatura: troca de romance como a outra troca de pele.

No final de dezembro, abandonou *Pedra bonita* (de acordo com o relato de Naná) e já na terceira semana de janeiro começou *Pureza*. Este está saindo tão rapidamente quanto o *Menino de engenho*. Eis o principal motivo pelo qual não o vejo. Fica a tardinha e a noite trancado no escritório, sem que ninguém o perturbe. Naná controla as três meninas, que passam a se comportar de maneira ajuizada. Ela conseguiu explicar para as filhas o que o pai faz em casa; elas compreenderam e deixam que o pai leve com tranquilidade o ofício.

De maneira alguma poderia escrever como Zé Lins. Tremo só em pensar que poderia mostrar um original meu em que houvesse graves erros de gramática. Se escrevi alguma coisa que pode parecer incorreta, foi proposital. Dificilmente posso aceitar uma sugestão linguística feita por um leitor antecipado de livro meu. Não é por orgulho besta. Penso cada frase, pesquiso cada palavra, cada expressão. Leio a frase e releio-a diversas vezes. Procuro o ritmo dela, tento combiná-lo com o ritmo do parágrafo e do capítulo. Se não sai boa é porque não posso fazer melhor.

O escritor é o guardião do repertório das histórias que o povo conta e vive, mas é antes de tudo o guardião da língua de que se serve este povo para contar as histórias do passado e as histórias que os acontecimentos de hoje (em todo o território nacional) fabricam. Numa sociedade complexa como a nossa, seria muito simples se o escritor fosse só o contador de histórias. Ele deve preservá-las, passá-las adiante, mas é responsável pela língua que as gravou. Para isso, é preciso que alargue as suas próprias possibilidades de fabricar uma linguagem, entrando por formas linguísticas que não possui, que não comanda. É assim que acaba por ter acesso ao coletivo da língua e à ficção do outro. Abrindo fronteiras, desbravando território estranho. Ganha, passa, recupera.

Não é exagero dizer que o escritor brasileiro tem a obrigação de *traduzir* o seu português (língua aprendida na escola, exercida através da função individual dentro da classe dominante, uniformizada pelo convívio, aprimorada e conscientizada através dos nossos bons autores daqui e de além-mar) para o brasileiro falado por pessoas de diferentes estratos sociais, que não tiveram acesso às instâncias de purificação da língua.

São Bernardo tem duas versões (na verdade três: a versão inicial, de 1924, é um rascunho). A primeira foi escrita em português, língua neutra de todos nós, intelectuais pequeno-burgueses, que serve tanto o colonizador quanto o colonizado. Todos temos bons anos de escolaridade e boas leituras. Repetia nesta primeira versão do romance, de certa forma, os efeitos de estilo que encontrara para *Caetés* e que levaram alguns críticos e amigos a me colocarem entre Eça e Machado de Assis. Nada mais natural — quis dizer, mas acabei não escrevendo. Foram aqueles dois romancistas que deram valor contemporâneo de qualidade à "última flor do Lácio", como disse o nosso velho Bilac.

Depois do livro pronto, notei que não era o Paulo Honório que falava. Eram os grandes estilistas, através da minha pena. Precisava, portanto, traduzir o livro para a língua dele. Acabou surgindo na folha de papel um brasileiro encrencado, muito diferente desse que aparece nos livros de gente das cidades, um brasileiro matuto, com uma quantidade enorme de expressões inéditas, belezas que eu mesmo nem suspeitava que existissem. Além do que eu conhecia, andei a procurar muitas locuções que fui passando para o papel.

Quem me serve de "dicionário" na árdua tarefa de traduzir? É o meu cunhado e fazendeiro José Leite, o velho Sebastião, o Otávio e o Chico.[14] O resultado é que a coisa tem períodos ab-

---

14 Clóvis Ramos, em artigo publicado no *Jornal do Brasil*, narra o seguinte encontro seu com o romancista de *São Bernardo*: "Uma vez ele me procurou para saber

solutamente incompreensíveis para a gente letrada do asfalto e dos cafés. Lido o romance, deve servir para a formação, ou antes para a fixação, da moderna linguagem nacional.

Assim como o escritor se interessa pelo alargamento das suas fronteiras linguísticas, também o leitor tem de trabalhar nesse sentido se quiser acompanhar o romancista, lendo a sua obra. Dessa forma terá acesso a um pensamento diferente do seu. Terá um melhor conhecimento do outro, do intrincado funcionamento da sua cabeça e da maneira como fabrica soluções e problemas. Tudo isso sem a interferência de uma única subjetividade individual ou de classe. Não concebo uma intriga — num país de tantos falares quanto o nosso — sem antes fazer uma investigação minuciosa da língua em que esta intriga foi vivenciada. Saio à cata do falar dos meus personagens, encontrando por aí uma série de línguas menores que precisam ser dicionarizadas.

Dizem que os meus livros são construídos demais. Existe nesse tipo de frase um elogio implícito à espontaneidade na execução da obra de arte que me incomoda. Quanto mais espontâneo o discurso de um semelhante, mais fácil a sua compreensão por outro semelhante, pois ficam ambos dentro de um circuito tautológico. O discurso ficcional não tem a obrigação de seguir o circuito a que chamo de jornalístico (de semelhantes para semelhantes). Pode segui-lo — e será uma opção do romancista, condizente com a história que quer narrar. De modo geral, o nosso romance do Nordeste é, básica e intrinsecamente, feito por não

---

algumas informações sobre a vida de uma fazenda. Perguntou não me lembro o quê, e eu, irritado porque estava fazendo umas contas de um gado que vendi, respondi rispidamente: 'Sei lá! Quem pariu Mateus que o balance'. Graciliano me agradeceu, todo alegre, dizendo que era daquela frase que ele precisava". (N. do E.)

semelhantes para não semelhantes. Ele tem de, como obrigação, criar um curto-circuito emocional no momento da leitura.

O leitor de jornal (ou de romance espontâneo) não quer fazer esforço algum quando lê. Contenta-se em absorver a escrita de outro como se fosse um papel mata-borrão. Deixa-se guiar apenas pelas faculdades da memória e não pelas da reflexão. Este leitor tem uma visão fascista da literatura. Fascismo não é apenas governo autoritário e forte, de preferência militar, que deixa que se reproduzam, sem contestação, as forças econômicas da classe dominante. Fascismo existe todas as vezes que o ser humano se sente cúmplice e súdito de normas. Amolecem o cérebro, espreguiçam os músculos, soltam a fibra. O homem deixa-se invadir por modelos de comportamento que não representam a sua energia mas que o transformam em um uniforme a mais. Chega a uma triste conclusão: quanto mais semelhante sou ao meu semelhante, mais sei a respeito do mundo, da sociedade e das pessoas.

A verdadeira leitura é uma luta entre subjetividades que afirmam e não abrem mão do que afirmam, sem as cores da intransigência. O conflito romanesco é, em forma de intriga, uma cópia do conflito da leitura. Ficção só existe quando há conflito, quando forças diferentes digladiam-se no interior do livro e no processo da sua circulação pela sociedade. Encontrar no romance o que já se espera encontrar, o que já se sabe, é o triste caminho de uma arte fascista, onde até mesmo os meandros e os labirintos da imaginação são programados para que não haja a dissidência de pensamento. A arte fascista é "realista", no mau sentido da palavra. Não percebe que o seu "real" é apenas a forma consentida para representar a complexidade do cotidiano.

O romancista ocupa, por isso, uma posição difícil dentro da sociedade e do seu grupo. Ele traz problemas sem solução para os seus semelhantes. Incomoda-os, não os deixando quietos e tranquilos com a vida que estão levando. Todas as vezes que percebe que uma norma está sendo criada e seguida como modelo ideal por um grupo considerável de cidadãos, é o momento em que entra em cena com as suas armas críticas. Esta crítica, no entanto, não aparece de forma explícita. Seria preferível, neste caso, escrever um ensaio. A crítica na ficção joga com a ambiguidade: reproduz a norma (momento em que o leitor, tendo encontrado um semelhante, simpatiza com ele), mas, ao reproduzi-la, começa a instilar gotas de insatisfação que perturbam o mesmo leitor (tendo simpatizado inicialmente com os personagens, o leitor começa a achar o seu/dele comportamento estranho, deixando, enfim, de simpatizar com o livro).

Frase comum que ouço: Graciliano tem imaginação e força para criar personagens, mas o livro é decepcionante. Frase que traduzo: Graciliano consegue criar personagens com quem simpatizo, pois apresentam características semelhantes às minhas. Ao colocar, porém, esses personagens em uma intriga, começo a perceber como são fracos, irresponsáveis, daninhos à sociedade, de tal modo que começo a não gostar mais deles. Ora, isso faz com que acabe por desgostar do livro. É o caso de se perguntar: de quem o leitor desgosta?

Se a obra espontânea existe pela cumplicidade que estabelece entre o livro e o leitor, impossibilitando um verdadeiro questionamento das posições que este sustenta, é preciso falar também de outra cumplicidade mais triste: a do romancista com os seus próprios valores sociais, políticos e econômicos.

Veja o caso dos quatro romances já publicados de Lins do Rego. No levantamento da glória passada e da decadência presente do latifúndio da cana-de-açúcar, percebo tal envolvimento emocional do romancista (não digo só do narrador) com a matéria tratada, que orgulho e tristeza são os tons dominantes quando se trata, respectivamente, de páginas de glória e de páginas de decadência. Os dias gloriosos envaidecem o romancista; os dias decadentes ensombrecem o estilo. O processo de desqualificação social e econômica dos personagens de hoje não chega a "sujar" os seus antepassados. A decadência presente não vem do passado; é fruto exclusivo da incompetência dos homens de hoje. Como ousar tocar nos gigantes do passado? Seria um sacrilégio. Passado e presente são áreas estanques dentro da ficção.

Vê-se que o projeto romanesco de Zé Lins, apesar de se propor como histórico, acaba não o sendo. Só o seria, caso os dias de glória continuassem a permear a situação negra do presente. A ruptura histórica que empobrece e desorganiza o clã, que leva os seus membros a se embrenharem pela cidade e pelas carreiras liberais, a abandonar a exploração dos canaviais aos usineiros, não é analisada, dramatizada. Não há, em suma, uma consciência crítica que procura englobar os dois momentos em um mesmo devir histórico. Idealização e pessimismo: passado e presente. Nem tão ideal, nem tão triste.

Por outro lado, Zé Lins não gosta de armar conflitos. Suas narrativas fluem sem que haja grandes desentendimentos entre os personagens, que ficam assim à mercê dos acontecimentos ditos naturais para que tenham a sua condição de vida modificada. Se existe uma morte, existe sofrimento. Descreve-se o sofrimento. Se existe um casamento, existem alegrias. Descrevem-se as alegrias. Mas o casamento pode também trazer tristeza para alguns, como para o órfão que tinha a noiva e futura esposa em conta de mãe. Perde-a para outro homem. Como já tinha perdido a sua mãe antes. Conflito entre o filho postiço e o recente marido. Zé Lins não trabalha o potencial dramático que impregna as relações. O menino sofrido não enfrenta "o ladrão da mãe"; interioriza o conflito sob a forma de doença, para melhor negá-lo. Descreve-se a doença.

Seria interessante saber por que Carlos sofre de asma. Seria o mesmo que começar a investigar por que Zé Lins é tão hipocondríaco. Desde que aqui cheguei, houve duas visitas de médico para ele. Tudo indicava que seria eu o doente da casa. No almoço, ingere medicamentos vários. Por qualquer coisa, pede uma aspirina e um copo d'água à empregada. Mas não lhe ocorre desvendar o mistério da doença, os conflitos camuflados que podem estar por detrás dela. Existe cumplicidade entre o homem e o romancista, como entre o romancista e os personagens. Que não se toque no problema da doença em casa, é tabu.

Heloísa, um dia, quis saber de Naná se Zé Lins estava tão grave assim, a ponto de chamar médico em casa. Naná respondeu que era uma crise. E toda crise é séria, pois não se adivinha o seu desenrolar. A doença, para ele, é, em si, uma crise, mas não verdadeira, porque ela esconde, ao mesmo tempo que o mostra, o conflito que a gera. Cai sobre a casa uma atmosfera de morte, que retira até das crianças o gosto pelas brincadeiras. Todas as vezes que Zé Lins tem crise, pode morrer. Veste-se, inutilmente, de luto a casa.

Se não existe o conflito psicológico entre os personagens da classe dominante, não o há também — de caráter sociopolítico e racial — no jogo dos superiores com os inferiores. Zé Lins não tem o sentido da hierarquia, ou o tem de maneira a dar a impressão de que ela não existe. Minto. A hierarquia existe, não existe é o peso da hierarquia. Eis como pode explicar-se o fato de ele nivelar todos os personagens — tanto os da casa-grande quanto os da senzala — em um universo que caminha em equilíbrio e harmonia. Como consegue ele camuflar a hierarquia? Ainda e sempre pela bondade.

A bondade toma conta dos corações masculinos e femininos, aristocráticos ou decadentes, gerando uma idealização dos seres humanos. Agem, segundo preceitos éticos que nem no século XVIII encontraríamos. Para Zé Lins, o homem é originariamente bom. Só quando atacado nos seus brios é que pode desenvolver forças malignas. Essa idealização torna o engenho semelhante a um paraíso, onde não chegou a noção do mal. No universo de Zé Lins, os personagens vivem no limbo. Aristocratas e decadentes são bondosos diante dos seus inferiores. Estes, por sua vez, diante de corações tão generosos, comportam-se adequadamente, respondendo com bons sentimentos aos bons sentimentos.

Entendo por que os amigos de Heloísa não nutrem grande simpatia por Zé Lins, chegando a considerá-lo como conivente com a causa integralista. A recriação que faz do latifúndio nordestino funciona a contento para a visão do Brasil que querem passar os camisas-verdes. O romancista oferece-lhes o álibi que os ajuda a provar que o brasileiro é pacato e ordeiro, que não se deixa influenciar por malignas teorias estrangeiras, que dizem ser a luta de classes o motor da história. Podem propagar, como programa político, a ideia de um Brasil-nação uno e indivisível, com as diversas camadas sociais soldadas de tal forma, que ninguém sai perdendo no cômputo final. O projeto de nação integralista — porque é feito para convencer as camadas médias da população — não se interessa pelas diferenças. Com isso, também justificam eles a necessidade de um poder único e centralizador no Rio, o executivo, que cobrirá com igualdade e justiça todas as vastas e semelhantes regiões do Brasil. Acaba é o governo do Brasil sendo entregue a um homem da elite, que assim vê justificada a sua tomada de poder.

O autoritarismo em Zé Lins, como entre os camisas-verdes, ergue-se sobre os pilares da bondade congênita do ser humano. Compreensão política dos homens tirada de mau catecismo. Veja-se, como exemplo, o retrato do avô, generoso e justiceiro, nos primeiros livros, e o Natal dos Pobres, patrocínio dos integralistas de Botafogo. Essa bondade, manifestada através da caridade, consegue efetuar uma boa divisão social dos bens comuns (?), pois os mais bem aquinhoados dão o que lhes sobra aos que têm necessidade. A necessidade sente-se suprida e caem por terra todos os gritos de descontentamento. Vivemos em um clima de bem-estar geral. Não entendemos os descontentes.

Não é por coincidência que esse mesmo tipo de justificação, que visa evitar reformas sociais radicais, se encontra na boca dos católicos. Passando outro dia pelo consultório de Jorge de Lima, ali na Cinelândia, encontro na sala de espera Murilo Mendes, Alceu Amoroso Lima e Mário de Andrade. Os três primeiros fazem parte do Centro Dom Vital e foram muito ligados a Jackson de Figueiredo. Quanto a Mário, sei que o catolicismo não o desagrada. Fascina-o. Como já estavam num bate-papo acalorado, fiquei escutando a conversa e pensando com os meus botões. Jorge, Murilo e Alceu evocavam para Mário a figura extraordinária do padre Júlio Maria (que nem sei quem seja), verdadeira revelação de apóstolo dos pobres entre nós, encarnação viva do Evangelho. Quem era ele — descubro pelas palavras de Murilo — se não o legítimo representante, no Brasil, do espírito de Ozanam?

Ozanam é o responsável pela criação de asilos nas periferias das grandes cidades. Para os asilos são levadas as famílias que vivem em tal estado de miséria, que já não podem sobreviver de maneira autossuficiente. No asilo recebem, aos sábados, a visita de famílias católicas abastadas, que proveem os necessitados com o que lhes sobra em casa. A cidade fica preservada do espetáculo deprimente da miséria. Os miseráveis organizam-se no seu próprio mundo concentracionário, sem que tenham a esperança de sair dali, pois são mantidos na inércia e na preguiça pela generosidade alheia. É o que se pode chamar de política das mãos limpas.

Terminado esse tipo de indagação, poderia passar à análise

de um traço do temperamento de Zé Lins e outro do seu comportamento, que se casam de modo admirável ao que venho desenvolvendo sobre a sua obra.

Zé Lins ri demais. Está sempre sorrindo, sempre contando a última piada, trazendo, com os braços pesados, o ouvinte para o seu círculo, contaminando-o, fisicamente, com a graça. O que mais odeia em conversa de amigos é que saia discussão. É capaz de dizer cobras e lagartos das pessoas. Mas quando um dos interlocutores interfere no seu julgamento, contrariando-o, criando tensão na conversa, muda de assunto e diz que não vale a pena perder tempo com ninharias. Passa para os amigos a imagem de um homem feliz, despreocupado, sem contrariedades e sem inimigos. O sorriso é a arma que encontrou, na vida real, para manter o espírito que constrói — no escritório — um mundo injusto que vive em harmonia. Esquece as contradições praticamente insolúveis da sociedade. O sorriso suaviza as arestas do entendimento, descontrai a conversa, adocica as divergências. Um preso político, ao ouvir-me dizer que um tipo fascista, apesar de tudo, era simpático, alertou-me: "Você já viu um fascista que não seja simpático?".

Começo a perceber que existe uma relação íntima entre o homem que ri demais e o seu credo político.

Não é que seja contra o sorriso. É o excesso dele que me incomoda. O humor exercita a imaginação e o exercício crítico. É cáustico e revelador das fraquezas do homem. O sorriso discreto nos lábios é uma coisa. A gargalhada que vem por qualquer razão é outra coisa. Não é que devamos ser sérios o tempo inteiro. Digo que não se deve abusar do sorriso.

O traço do comportamento a que me referia é o seu enorme interesse pelo futebol. É Flamengo doente. Naná dizia que não conseguia escrever *Pedra bonita* porque o Flamengo tinha perdido o campeonato carioca para o Fluminense na melhor de três. Leônidas é um ídolo maior do que Dostoiévski nesta casa. É Diamante Negro a qualquer momento da conversa. Só que o Diamante (pelos comentários que ouço) anda perdendo o brilho, pois Batatais no gol do Fluminense não deixou passar frango algum. De vez em quando, Zé Lins fica praticamente o dia inteiro em casa trabalhando no seu novo romance e só sai à tardinha. Perguntei-lhe um dia se ia trabalhar àquela hora; respondeu-me que ia assistir a um treino do Flamengo.

Percebo que, como interioriza os conflitos psicológicos através da doença, para negá-los, passando aquela a significar a não existência de animosidade entre as pessoas, também exterioriza os conflitos sociais na ludicidade do futebol, para negá-los. As partidas são como o reflexo dos conflitos da sociedade, só que estes conflitos são resolvidos em noventa minutos, ou no espaço de tempo que é coberto por um campeonato, e são resolvidos sempre sob o império da justiça de um único árbitro. Refere-se sempre ao Flamengo como o time do povo e ao Fluminense como o time dos pós de arroz. Entrega-se assim à dramatização de uma luta entre os pobres do subúrbio e os ricos das Laranjeiras. No campo de futebol, ele só podia ser a favor do povo. Como filho de coronel, era a favor dos moleques da bagaceira. Assim é fácil.

Que coisa terrível! Heloísa viajou para o Nordeste, não tenho mais com quem brigar. Passo toda essa tarde brigando com Zé Lins pelo papel.

Por que escrevo e por que não falo? Por que permaneço de voz calada, embora tenha tantas coisas a dizer? O papel, benevolente e submisso, escuta, escondendo dos olhos o que o coração não pode ver. Seriam os ouvidos alheios benevolentes e submissos? Ou eles, de imediato, comunicam ao coração as palavras que escutam? Os ouvidos não são benevolentes e submissos, por isso calo-me. Por que escrevo e por que não falo? Anoto a resposta que vem primeiro: por tolerância.

O que vem a ser a tolerância? Estranho sentimento, se sentimento for. Sentimento não deve ser, pois a tolerância é mais um produto da razão do que da inclinação. Feita a pergunta e testada a caracterização da palavra, percebo que me enganei de conceito: não se trata de tolerância, mas de respeito. Um filósofo diz que uma pessoa não respeita um indivíduo, mas sim este enquanto símbolo ou representação de alguma coisa. Não respeito Zé Lins, mas o romancista que ele é. Como artista merece o meu respeito, e escrevo sobre ele nesta folha de papel. Calo-me diante do homem, quando as questões que giram em torno de respeito não fazem sentido. Aí, sim, estou sendo tolerante.

É-se tolerante com o homem; respeita-se o artista.

A tolerância possibilita que eu mantenha relações cordiais com uma pessoa de quem, na verdade, discordo. A mesma tolerância possibilita que Zé Lins se exponha publicamente, acolhendo na sua casa um ex-preso político, apesar de não simpatizar com as suas ideias. A tolerância torna viável um relacionamento humano, onde as asperezas de temperamento e de situação individual não contam. Sobre a tolerância erguem-se as melhores amizades da idade madura, e é ela que deixa que perdurem, na eternidade, as amizades (entre pessoas tão diferentes!) da infância.

Mas a tolerância e a amizade não devem ser repressivas a ponto de calar as nossas opiniões sobre o homem (o amigo) enquanto artista.

Por tolerância, fecho a boca. Por respeito, escrevo. Heloísa está cada vez mais intolerante. Só disposta a aceitar no seu círculo de amizades os que comungam suas ideias. Enclausurou-se ela num mundo de semelhantes, como se fosse uma monja que reduzisse a Terra à dimensão do seu convento. Todos, ali, colecionam as mesmas palavras que reproduzem com a insensibilidade de um alto-falante. Qualquer pessoa que discorde das suas ideias passa a ser um inimigo. Creio que não exagerei quando disse a Naná que tudo para Heloísa é hoje uma luta e que ela já acordava com uma carabina na mão.

Ou será que Heloísa já não enxerga o indivíduo, enxerga apenas o que ele representa? No caso específico de que estou tratando: não enxerga o indivíduo Zé Lins, mas o que ele representa enquanto romancista e força política mobilizada pelos integralistas. Deve ser terrível chegar a tal descrença no indivíduo. Nesse caso, todas as relações humanas são de respeito, e por isso tudo pode ser dito. Não há lugar para a tolerância, porque não há lugar para o indivíduo.

Mundo sombrio e devastado o de Heloísa, povoado de numerosos inimigos, que percorrem as mesmas ruas e respiram o mesmo ar. Deve chegar a ter náuseas, quando é obrigada a caminhar pelas ruas de Botafogo, olhando os esplêndidos sobrados da alta burguesia carioca. Mundo efervescente e caloroso o de Heloísa, povoado de poucos amigos, que se reconhecem ao menor gesto, pois o gesto pertence também a ela. Quanta alegria não deve transbordar, quando se vê, num possível inimigo, um cúmplice. A cumplicidade é uma razão mais forte para a luta do que a tolerância. A cumplicidade joga com o que o outro tem de nosso. A amizade repousa sobre a diferença que acato no outro. Na cumplicidade, vejo a mim refletido no espelho das relações. Não somos aparentemente semelhantes, somos todos iguais. Heloísa luta por um mundo de iguais — eu a compreendo, mas não a posso seguir.

Ela ainda pode transitar entre o mundo dos amigos e o dos inimigos. Mas, no fundo, gostaria de ir fechando os sinais verdes do trânsito. É isso que ela quer de mim. Que abandone logo esta casa, que aceite a pensão do partido, que me decida de uma vez por todas de que lado estou. Para ela, devo estar abusando do sinal verde. As constantes viagens de ida e volta enfraquecem a fibra do militante, amolecem o desejo da luta social.

Heloísa é forte.
Não, Heloísa é teimosa.
Heloísa é decidida.
Não, Heloísa é desembestada.
Heloísa é corajosa.
Não, Heloísa é temerária.
Heloísa é contemporânea.
Não, Heloísa é intempestiva.
Salvem-me de Heloísa!

Nunca esteve tão presente. Quando converso com Naná, falo dela. Quando discorro sobre Zé Lins, tomo o seu partido. Quando viaja, não sai do meu lado.

1º de fevereiro (segunda-feira)

Existe alguma lógica na escolha dos sucessivos assuntos de que trato neste diário? Possuo eu esta lógica? Ou seja: sou eu quem organiza os temas? Ou está ela sendo dada de presente, como eu acreditei, pelo acaso? No início deste, dei mais crença à força e ao papel das circunstâncias do que eles merecem. Dou-me conta — verdade bem acaciana — de que não posso escrever neste bloco tudo o que acontece, mesmo se qualifico de importante o que acontece. Pois o que é importante e o que não o é, quando não se tem uma perspectiva de avaliação? Às vezes, um pequeno detalhe que julgava tolo, como a primeira visita de um médico à Alfredo Chaves para ver o dono da casa, adquiria importância com a repetição da visita na semana seguinte. É o segundo fato ou o primeiro que tem importância? Ou é o segundo que dá importância ao primeiro? Ou é o primeiro que era já suficientemente importante mas pouco visível, e só com a repetição consegui vê-lo com nitidez? De qualquer forma, no momento de comentar o temperamento de Zé Lins, foi, sem dúvida, o detalhe concreto que legitimou a minha análise da doença, não resolvida de forma dramática, que se encontra nos seus romances.

Outras vezes, coisas que julgo de grande importância, perdem-se horas depois. Quando consigo a solidão no quarto e me proponho a narrar o acontecido, vejo que a bolha de sabão explodiu no ar. Pura tolice. Busco um exemplo. Cilada: são tantos. Escolho um.

No terceiro ou quarto dia em que estava aqui, presencio uma reprimenda grosseira que Naná faz à empregada. Naná, muito compreensiva em geral, consciente de si e das suas palavras, ficou possessa e parecia haver perdido completamente a razão. Tratava a empregada como se fosse um bicho do mato trazido para a civilização e em vias de ser domesticado a lambadas de chicote. Não me recordo mais das palavras. Tudo o que aconteceu na primeira semana está sendo esquecido, ou foi esquecido, com uma rapidez impressionante. Por sorte, escrevi este diário. Volto à cena: estava furiosa e, pelas duas primeiras palavras, não conseguia descobrir o motivo por trás de tanta agressividade.

Pouco a pouco, fui montando o quebra-cabeça das alusões e reconstruindo o crime. Tudo girava em torno das meninas, da educação das meninas. Do papel que os pais tinham nesta educação. Em seguida, percebi que era questão do papel da empregada em casa. (Toda essa arrumação de conversa, é claro, se passou na minha cabeça.) Da sua relação com os patrões e com a filha do casal. Gritava: "obediência", como um capataz grita: "ordens". Já tinha dito diversas vezes para que a empregada não desse ouvido às meninas. Como ousava ela dizer que as meninas, se não tivessem fome, não precisavam comer a merenda na hora do recreio na escola?

Acabei não narrando o episódio no dia em que aconteceu. Quis aproveitá-lo dias depois, para comentar o silêncio que se encontrava estampado no rosto de sinhá Mariana. Naquele momento, percebi que desviaria o assunto (nem mais sei qual) que estava narrando e não chegaria a produzir efeito contundente sobre o leitor. Podia parecer que estava enchendo linguiça. Ou o episódio tem bastante força de revelação em si mesmo, ou então deve perder-se no lixo dos acontecimentos sem importância.

Surge outra pergunta: escrevo sobre o que me agrada escrever, ou sobre o que acho importante narrar? As duas coisas ao mesmo tempo. É impossível continuar a distinção na resposta. Se houver um critério pessoal na escolha dos assuntos, creio que ele repousa sobre o meu prazer em escrever e sobre a importância desse escrito nas mãos do leitor. É preciso que fique claro: se comecei este diário para dar-me forças, forças que me faltavam ao sair da cadeia, essa intenção foi gradativamente se modificando. Tanto quanto posso, trago o leitor para dentro do diário, para que participe dos acontecimentos meus, como eu participei da cena em que Naná dava uma bronca na empregada. Gostaria de que todas as cenas deste diário fossem dadas "como" cenas reais, cabendo ao leitor o papel de decifrá-las, de dar sentido a elas (se significado tiverem, mas sempre o têm).

A intenção de apenas narrar sem comentários é válida, embora o escritor não esteja correspondendo aos desígnios nela expressos. Tenho comentado demais o que acontece. Compreendo por que assim ajo. O diário é um lugar de reflexão para mim que, depois das confusões e das amizades forçadas da cadeia, me permite compreender melhor os fios que tecem a minha vida em liberdade. Procuro, então, buscar um significado para as coisas que acontecem, ao mesmo tempo que descrevo as relações pessoais que se estabelecem. Nessa busca de significado, traio-me. Acabo dizendo o que o leitor deveria dizer, segundo a minha intenção.

Eis aí um bom motivo para parar tudo e recomeçar a escrever cortando os excessos. Não.

Mudei de intenção, ou melhor, estou mudando de intenção. Confesso. E basta. Não caio na armadilha da ficção. Tendo descoberto uma contradição na arquitetura do diário, não vou de repente reescrever tudo com o fim de salientar a clareza de propósitos do livro que disso sairá. Não, não devo reescrever. Faria do diário um romance. É preciso que ele traduza os descaminhos do romancista e as perplexidades da escrita. É por esses dois importantíssimos dados que o diário se diferencia da ficção. A presença onipotente do romancista, construtor de enredo, é relegada a segundo plano. A sequência das cenas é dada pelos caminhos e descaminhos de uma vida. Sigo os passos do personagem, não sigo o enredo do romancista. Pela primeira vez.

Capital é saber se a minha vida apresenta interesse bastante para ser contada fora do círculo das amizades. Os amigos são sempre curiosos, pois têm parte com o diabo que escreve.

Mas outro qualquer leitor terá curiosidade? Manterá ele os olhos abertos e a atenção alerta durante a leitura? Só ele poderá dar-me a resposta e, assim mesmo, depois de ter acontecido o desastre. Veremos. O chato do nosso ofício é que não sabemos, de antemão, se o que fabricamos interessa. O nosso objeto nem sempre é necessário. Qualquer sapato é sempre necessário. Tão necessário que, até em segundas mãos, continua a ser útil. Se a sola gasta, o couro ainda presta: mandamos pôr meia-sola. São os críticos os nossos usuários mais renitentes. Sempre dependemos das opiniões deles. Não vou dizer que sou insensível a elas. Acho que a facilidade que encontro para escrever este diário vem da opinião favorável que todos têm de *Angústia*. Se este tivesse sido um fracasso, malhado pela crítica, não sei se estaria dedicando-me com tanto empenho à pena e ao papel.

De uma só coisa tenho certeza: não sou romancista novato e se, por acaso, comecei este diário é porque nele vi um potencial dramático de interesse para qualquer leitor. Apesar de sabermos em que país estamos e sob que regime vivemos, não é todo dia que um escritor é preso, como não é todo dia que se pode ter a narrativa dos seus primeiros dias em liberdade.

Contra a minha afirmação otimista de romancista experimentado, tenho a tradição da literatura ocidental: ao leitor culto interessam muito mais as experiências de um homem na cadeia do que as do mesmo homem em liberdade. Pode-se dizer que no ambiente "de fora" estamos todos nós e, por isso, não temos curiosidade. O "de fora" para quem esteve "lá dentro" não é o mesmo, tanto não o é que, por mais que queira ficar "cá fora", os meus melhores amigos querem que eu continue "lá dentro", revivendo o período através das memórias.

Todos exigem — e nisso há unanimidade — que eu escreva as minhas memórias do cárcere. Ninguém me pede as anotações que estou fazendo dos meus tateios em liberdade.

Será que todo leitor é intrinsecamente mau? Será que só se interessa pelo lado sombrio de uma vida?

Vejo-me na escuridão, procuro desesperadamente o comutador, quero enxergar o que me rodeia, ser dono dos meus atos e não uma força cega que se desloca ou é deslocada, encontro o botão, consigo empurrá-lo para baixo. Glória: a luz! Chega o leitor por detrás de mim e desliga o comutador. "Continue nas trevas, é aí o seu lugar."

Grandíssimo filho da puta. Não cairei na sua armadilha. Não vou dar-lhe o livro que exige de mim. Dou-lhe em troca o que você não quer.

Estou trabalhando com a sua decepção. É ela a preciosa matéria-prima deste diário.

Toda essa lenga-lenga vem para justificar uma dupla omissão neste diário. Não narrei um acontecimento importante e não falei de outra atividade literária a que me dedico. Não os anotei no devido tempo. Falo deles, hoje, no momento em que já se encontram, o primeiro, engavetado no esquecimento, e o segundo, guardado na gaveta, à espera das indispensáveis correções. Termino com o clima de surpresa: trata-se do meu encontro desastrado com o ministro Capanema e da minha primeira tentativa de literatura infantil, *A terra dos meninos pelados*. O encontro e o livro têm a ver, por isso os omiti ao mesmo tempo (creio) e, agora, narro-os conjuntamente.

No domingo, 17, quando estiveram vários intelectuais cariocas em casa de Zé Lins, trazendo-me o abraço de solidariedade, Santa Rosa mencionou um concurso de literatura infantil, instituído pelo Ministério da Educação e Saúde. Santa não se lembrava dos detalhes; disse-me que podia ir ao ministério pegar uma cópia do edital. Ele mesmo pretendia concorrer ao prêmio de desenho. Os prêmios, em dinheiro, eram bons.

— Não perca a oportunidade, Graça — advertiu-me.

Zé Lins, que escutava a conversa, deu todo o apoio à advertência de Santa, e acrescentou que o seu *Histórias da velha Totônia* tinha vendido muito bem no Natal e estava trazendo bons direitos autorais. Continuou:

— O público infantil está à espera de coisas brasileiras. Já não aguenta mais ler essas histórias que se passam em outros países com gente de tradição e costumes diferentes. Veja você que o Lobato, em São Paulo, está ganhando rios de dinheiro com os seus livros infantis.

Convenci-me de que não devia perder a oportunidade, concordando com a motivação financeira e não com a intelectual. Não tive o apoio de Heloísa. Perguntava-me como poderia aceitar, depois de toda a injustiça da prisão, um prêmio oficial. Confesso que dei mais crédito à pergunta de Heloísa do que aos encorajamentos de Santa e de Zé Lins. Adiei por dois ou três dias a ida ao ministério.

Conversando mais com Heloísa, fiz-lhe ver que uma coisa

não tinha nada a ver com a outra. Se tivesse, seria noutra direção, a inversa por sinal. Pensasse como seria desmoralizante para um governo forte, como o de Getúlio, reconhecer que estava premiando um autor que tinha sido preso injustamente. Ela sabia que os jornais e as revistas — todos, sem exceção — não puderam publicar matéria sobre a minha libertação. Ganhando o prêmio, talvez mencionassem os fatos anteriores, e o grande público poderia ter acesso a essa informação que estava, até agora, relegada a grupos de intelectuais.

Heloísa acabou por achar que o raciocínio era válido. Encorajava-me também. Não tive mais dúvidas.

Na quinta, 21, tomei o bonde Gávea pela tarde, tendo descido no Passeio Público. O relógio da Mesbla marcava uma hora e quinze. Era cedo. Os funcionários do ministério deviam estar almoçando. Caminhei vagarosamente em direção à Cinelândia. Parei para comprar um maço de cigarros e tomar um cafezinho. Tomei uma aguardente num bar da Álvaro Alvim. O corre-corre na área é intenso e, assim, o serviço é demorado: os minutos passam mais depressa. Nada existe que alongue mais o tempo do que esperar por alguém em uma esquina deserta.

Duas horas. O ministério fica no edifício onde está o cinema Rex. Entrei. Estou tranquilo no elevador, esperando um momento oportuno para perguntar ao ascensorista em que andar devo descer, quando o mesmo se empertiga como um recruta ao receber brado de sentido dado por um sargento valentão. Talvez exagere, bateu os calcanhares. Aprumado, obsequioso, disse literalmente: "Boa tarde, Senhor Doutor Ministro".

Não olhei para quem entrava; não conseguia tirar os olhos do ascensorista. Despertava-me maior curiosidade naquele instante. Era o típico mulato carioca, cheio de mesuras e rapapés, magro e desengonçado, vestido de azul-marinho, terno já surrado mas impecável na limpeza. Usava um estranho bonezinho na cabeça, de tamanho menor que a circunferência do crânio. Ficava meio no cocuruto, como se fosse chapéu colocado na cabeça de um burro. Olhando melhor, vi que parecia um desses bonés de motorneiro de bonde. Com meus botões pensei que o mulato devia ser mesmo militar. O hábito do quepe faz o monge. Queria saber de onde tinha desentranhado o "Senhor Doutor Ministro" e o boné.

Nisto dou de cara com o ministro Capanema. Mineiro compenetrado, tinha o nariz avantajado (quase de negro) e o beiço caído. Bochechas grandes e flácidas. Reconheceu-me, creio, e esboçou gesto de cordialidade na minha direção. Não posso adivinhar a cara que fiz para a S. Ex.ª, sei que cortei o seu gesto pelo meio. Subimos. Deixei que descesse primeiro e fui até o último andar. A sós com o mulato do boné, perguntei-lhe onde poderia obter informações sobre um concurso infantil do ministério. Indicou-me o andar, já sentado de volta no seu tamborete. Aliás, nele sentou-se tão logo fechou a porta nas costas do Senhor Doutor Ministro.

O andar era o mesmo em que tinha descido o ministro.

Pelo visto, deste eu não escapo. Pensei melhor: ridículo um ministro de Estado a dar informações.

Na saída do elevador deparo-me com um poeta mineiro, que veio para o Rio junto com Capanema para ser o seu auxiliar de gabinete, de quem elogiam o caráter e a poesia. Seu nome escapa-me. Magro e taciturno, tímido e falante ao mesmo tempo, trocamos muitas palavras dentro de uma sucessão de mal-entendidos mútuos. Ele fazia questão de não mencionar a situação passada, escondendo-se por trás do leitor atento e apreciador dos meus livros. Eu, querendo apenas pedir-lhe informações sobre o edital, retribuía as honras e elogios literários.

Eram dois escritores que se encontravam à entrada de uma Academia de Letras. Competia a mim acabar com a situação falsa, declarando o motivo da minha presença naquele lugar. Se não o fizesse, na certa pensaria que tinha vindo visitar o ministro. Nunca se sabe neste país. Escrevendo agora e conhecendo a matreirice dos mineiros, não posso deixar de pensar que Capanema tinha de propósito colocado o auxiliar na porta do elevador, à minha espera. Conhecendo ainda como as coisas da literatura se passam nesta província chamada Rio de Janeiro, tenho a certeza de que alguém — talvez o Zé Lins, ou mesmo o Santa — já tivesse advertido o ministro da minha intenção em concorrer ao prêmio infantil. De qualquer forma, expressei o motivo de eu estar ali.

De imediato, levou-me a uma sala onde uma senhora velha e gentil deu-me cópia do edital. Agradeci a ambos e fui rever o amigo de boné de motorneiro. Deixou-me, de volta, na entrada do edifício. Respirei aliviado e resolvi fazer uma visitinha ao Jorge de Lima, cujo consultório se encontrava no edifício de esquina. Lá encontrei o Alceu, o Murilo e o Mário, que tinha vindo de São Paulo. Mas já contei isso noutra ocasião.

Na hora do jantar, narrei o episódio do elevador para Zé Lins, enquanto Naná e Heloísa escutavam. Zé Lins me deu a maior espinafração.

— Onde já se viu isso, você se comportar como um menino diante de um ministro do Estado!

Não entendi a intenção das palavras de Zé Lins, e comecei por retrucar-lhe que, em toda a história que contei, de infantil só tinha a literatura de que falava o edital. As mulheres riram primeiro e logo em seguida o romancista. Tomou um copo d'água e precisou o sentido das suas palavras.

— Não estava querendo dizer que você devia ter se comportado como adulto. Longe disso. Você devia é ter dado uma de moleque. Ao cumprimentar cerimoniosamente o ministro, o ex-preso político seria a encarnação do moleque brasileiro. Com sorriso e ironia.

Ficamos calados. Ele levou um pedaço de carne à boca, o último que estava no seu prato, mastigou-o às pressas e voltou à carga:

— Graça, você precisa compreender que este país é uma bagunça geral. Nada aqui se sustenta dentro de uma ética rigorosa. É sempre um jogo de interesses vergonhoso, mesquinho e camuflado. Na esculhambação nacional, qualquer atitude lógica e coerente torna-se inapropriada. Em lugar de se beneficiar dela, a pessoa correta acaba por ser o único palhaço no carnaval geral da nação.

Ninguém abria a boca. Heloísa fazia caretas no seu canto. Mantinha com grandes dificuldades a boca fechada. Zé Lins alongou-se:

— O verdadeiro palhaço não é o moleque, ou o malandro. Este é um sujeito esperto, sabido, que sabe tirar o melhor partido mesmo nas situações que lhe são mais desvantajosas. O verdadeiro palhaço é o homem correto, que torna ásperas as relações, dificultando uma solução fácil para os probleminhas do cotidiano.

Continuava o silêncio. Heloísa continha-se. Naná chamava a empregada para trazer mais uma garrafa de água da geladeira. Para quebrar a espessura que se criou em torno do silêncio, Zé Lins continuou o seu monólogo:

— O negócio é ou não é resolver os pequenos problemas que a gente tem pela frente? O negócio é ou não é sair vencedor? Você acha que você estava aí, em liberdade, se eu não tivesse mandado um recado para o Getúlio e o Herman não tivesse falado pessoalmente com o Filinto?

Achei que eram perguntas retóricas, e não as respondi. Esperei a resposta que seria dada por ele próprio. Dito e feito:

— Você ainda estaria comendo o pão que o diabo amassou. Este é o país dos conchavos, das amizades e das conversas ao pé do ouvido. Das ordens secretas. Todo mundo manda neste país e ninguém manda. Se algum dia você quiser saber de onde veio a ordem para te prender e de onde veio a ordem para te soltar, você não saberá. Ambas as ordens foram molecagem. Não se apoiam em lei alguma. O governo forte acaba sendo o círculo vicioso de que tão cedo não nos poderemos safar. Pedro Álvares Cabral e Getúlio são ambos ditadores. O primeiro, dos índios, e o último, dos moleques.

Parou um instante. Continuou, empolgado:

— São ditadores. Mas ditadores de meia-tigela. Getúlio não é o homem que manda. Getúlio é o lugar por onde as pessoas têm de passar para poderem mandar. As ordens não vêm dele, passam por ele.

Heloísa não aguentava mais, explodiu:

— Pensando assim é que vamos acatando e justificando todas as ditaduras. Uma hora esse gênero de argumento descamba para o egoísmo natural do homem, outra para a malícia do brasileiro, em seguida fala da chamada democracia tipicamente brasileira, onde todos mandam porque ninguém manda. Por aí vamos desfiando argumentos em favor da tomada de poder pelos integralistas. E estes, calados, ficam agradecidos.

Zé Lins quis cortar o ímpeto de Heloísa: dirigiu-se a Naná, pedindo-lhe que mandasse servir a sobremesa logo, pois tinha compromisso esta noite. Heloísa não se deu por terminada:

— Gráci agiu corretamente. Nem como menino, nem como adulto, e muito menos como moleque. Não tinha sentido que ficasse cortejando o ministro de um governo que o mandou para a cadeia. Nem provas conseguiram levantar para mantê-lo lá dentro trancafiado. Foi por isso que saiu. Não foi por conversinha ao pé de ouvido com Getúlio, ou com Filinto. O Sobral me disse que não conseguiriam provar a sua culpa diante do Tribunal de Segurança Nacional. Frente ao futuro fiasco, retrocederam. O juiz Costa Neto pode ser burro, mas imbecil não é. O país pode ser uma bagunça, mas que a repressão funciona na direção certa, disto não tenha dúvida. E funciona dentro da lei. Por que não julgar os presos políticos por um tribunal civil? Por que criar o Tribunal de Segurança Nacional? Onde estão os crimes de guerra? Heloísa continuava, não se deixando vencer pela empregada que tinha trazido a sobremesa e pelo pudim que era servido a cada um de nós:

— Essa esculhambação brasileira é péssima. É péssima, não porque o ex-preso político pode falar cordialmente com o ministro, mas porque um ministro pode mandar uma pessoa com quem conversa para a prisão sem motivo algum a não ser os que possam passar pela sua cabeça desvairada. Gráci agiu corretamente. Capanema não merecia o seu cumprimento. Se as pessoas não começam a marcar a diferença, acabaremos todos por cair na cilada da ditadura, que já está rondando a esquina.

Heloísa ficou tão agitada que recusou a sobremesa. Disse que só tomaria o café.

— Ninguém manda neste país, correto. Mas quando um grupo de oposição quer mandar, aparecem ordens de prisão, os presos são colocados incomunicáveis, são torturados. Você chama isso de molecagem, Zé Lins. É simplificar demais. Se você tivesse passado pela metade do que o Gráci passou, você veria que molecagem não é a palavra mais apropriada.

A empregada entrou trazendo o café. Aproveitei a oportunidade e:

— Não mereço tanto. Até parece um tribunal. Fala o advogado da acusação, fala a advogada de defesa, e só não fala o réu. Se o meritíssimo juiz — dirigi-me a Naná — e os augustos magistrados o permitirem, fala o réu.

Zé Lins soltou uma gargalhada escandalosa, cuspindo metade do café que estava na sua boca. Naná correu a limpar-lhe a boca com o guardanapo. Heloísa continuava de cara fechada e tensa, como a dizer que não tinha gostado da brincadeira. Não me intimidei com o seu olhar.

— Fui movido a não cumprimentar o ministro por algo menos lógico do que você pensa, Zé Lins. Talvez tenha dado a entender no meu relato que tinha agido de propósito, ou com certo propósito, como um menino birrento, como você disse. Lô, você também me justificou com razões que de modo algum servem para recobrir as minhas atitudes de hoje. Afinal, fui eu quem foi ao ministério para pedir informações sobre um concurso patrocinado por eles. Pelo menos em tese, quem está interessado em uma aproximação sou eu. Não eles. No máximo eles podem estar é querendo tornar o Estado patrão das artes. Mas eu, como artista, tenho o direito de aceitá-lo, ou não, como patrão.

Tomei o meu café. Era o mais calmo dos quatro. Zé Lins queria levantar a todo custo. Ficava, por educação. Heloísa, estabanada, derrubava o café no pires e não bebia. Naná queria acabar o jantar o mais depressa possível.

— Para falar a verdade, não tive a intenção de não receber o cumprimento de Capanema, ou de não cumprimentá-lo de volta. Isso nem me passou pela cabeça. Minha cara é que devia transmitir certas coisas que ele tomou como atitude de animosidade. Se ela transmitia animosidade, ou não, é impossível saber. Não tinha espelho no elevador. Mas se transmitia qualquer coisa de agressivo, era algo que não se passava no plano racional.

Parei um minuto. Terminei o café. Acendi um cigarro.

— Foi uma reação de corpo, não uma reação de cabeça. E quem consegue dizer com palavras o que o rosto exprime tão bem? É uma escrita mais sutil e mais misteriosa do que a que usamos para falar ou escrever. O ministro deve também ter as suas razões para ter interrompido o gesto de cordialidade ao meio. Quem sabe se não foi ele quem não quis dar sequência ao cumprimento? Não fica bem para um ministro de Estado cumprimentar, no prédio do seu próprio ministério, um ex-preso político. E se, com o cumprimento, o ex-preso se animasse a entrar no seu gabinete e a pedir-lhe um favor? Já imaginaram? Não seria das situações mais agradáveis para um ministro.

A calma com que falava, os intervalos que deixava brotar entre uma frase e outra, o cinismo descompromissado que transparecia nas minhas palavras, tudo isso serviu para ir relaxando o ambiente. O menor interesse vai sempre para as palavras do réu. Ninguém o escuta. Nem mesmo a lei o deixa falar. Cada um foi tomando o seu caminho, enquanto dizia:

— O réu aguarda o veredicto.

Juiz, advogados, corpo de jurados dão o pira, movidos por razões próprias, as mesmas razões que os levam a julgar a procedência ou improcedência de um ato.

Alonguei-me demais no meu relato. Já é hora do jantar. Retornarei ao diário mais tarde, para falar do meu livro infantil.

NOITE

Devo penitenciar-me pela omissão do episódio relativo ao ministro da Educação. Narrando-o hoje, revendo-o com as consequências que teve na hora do jantar e da plataforma da folha de papel, vejo que teve mais importância do que supus. Sempre soube que era importante. Por que, então, o deixei de fora no tempo devido? A resposta encaminha dois problemas que não tenho tido a coragem suficiente para tratar em detalhe neste diário. Evito alongar-me no relato das minhas divergências — e mesmo discussões — com Heloísa. Passo sempre por cima das poucas e difíceis conversas que tenho tido com o meu anfitrião.

Em ambos os casos — analiso, agora — percebo que tenho medo de ser considerado uma pessoa ingrata. São pessoas que estão fazendo o possível e o impossível para ajudar-me, e não quero, através da minha discordância contínua, levantar a mão contra eles.

Chegado o fim do mês, não dava mais para fazer de conta que essas coisas não aconteciam. Tinha dito para mim que o incidente do elevador era sem importância e que a discussão que dele derivara tinha sido esquecida. Mentira. Mais dou-me conta do episódio e das suas consequências, mais percebo o seu valor para a compreensão das relações entre o casal Ramos e entre os dois casais.

Por não ter narrado esse episódio em que entra, de ricochete, o concurso de literatura infantil do MES, acabei deixando de lado os comentários sobre o livro infantil que escrevi inteiro na semana passada (do dia 26, terça, ao dia 31, domingo). Com a viagem de Heloísa e não querendo zanzar à toa pela casa, fiquei com um enorme tempo vazio pela frente. Tranquei-me no quarto e meti a cara no livrinho. Para descansar-me do outro, adiantava este.

Já está pronto, necessitando apenas uma revisão para valer. Chama-se A *terra dos meninos pelados*. Testei uma versão oral dele com as filhas de Zé Lins e a resposta foi favorável. Pelas palavras que obtive a perguntas que fiz, não compreenderam os problemas que quis levantar. Não sei também se o método melhor para saber se a criança entendeu uma história é a pergunta-resposta, usando a linguagem fonética. Devia ter reparado mais, quando contava a história, nas reações que tinham. Não quero repetir a dose, portanto ficarei com a dúvida. De qualquer forma, o saldo é positivo e isso me anima a entrar no concurso. Se não tiro o primeiro lugar, tiro o segundo; se não tiro o segundo, tiro o terceiro. E uns bons cobres entram para a caixinha — bem necessitada, diga-se.

Na história procurei não cair em três armadilhas comuns

nas histórias infantis de que me lembro: nada de tom piegas ou sentimental; nenhuma referência concreta ao chamado mundo real (é um conto "maravilhoso"); nenhuma distinção precisa entre crianças e adultos. O sentimento, o realismo e a diferença de geração estão no nível das intenções e não no nível da execução. Joguei constantemente com os dois níveis, e só espero que tenha obtido, no final, um verdadeiro conto maravilhoso que fala de problemas do homem concreto.

Estão vendo que optei por uma narrativa de caráter alegórico. O livro é sobre o conformismo e a divergência, a prisão e a liberdade. São dois os personagens principais: um garoto com um olho preto e outro azul a quem rasparam a cabeça, e uma princesa, nem menina nem mulher, sedutora e mágica, ingênua e fatal, a quem dei o nome de Caralâmpia, numa alusão a uma palavra que usávamos constantemente na Casa de Detenção. No menino, quis dramatizar a diferença não compreendida e na princesa o único ser que o compreende totalmente. Pela compreensão e pelo afeto, Caralâmpia pode libertar o menino de todo o peso de culpa que traz por ser diferente, como ainda pode sustentá-lo na sua dissidência. Ela não quer torná-lo igual aos outros, como seria a tentativa de muitos.

Os amigos mais chegados na prisão, quando lerem o livrinho, ficarão surpreendidos. Não só utilizei, no arcabouço dramático, situações vividas, como semeei o livro de frases que realmente foram ditas. Não creio que isso o torne enigmático ou hermético. A história "funciona" sem que o leitor reconheça as alusões. Pelo menos, foi a intenção do autor. Este, cansado, pede desculpas e retira-se para a cama.

3 de fevereiro

Chegou o Carnaval!

Tanto martela o rádio, que não deixa que eu me esqueça de que estamos para entrar em pleno reinado de Momo. Fico pensando como o homem moderno tudo faz para que não haja silêncio na sua casa. Primeiro, inventa o telefone; depois, o rádio; e, agora, o gramofone. (Não sei se a ordem é cronológica. Perdoem-me a ignorância.) Só quero saber se vão inventar alguma coisa para acabar com o barulho nas ruas e o do rádio dentro de casa. Uma máquina de fazer silêncio, engenhosa e econômica. Não seria bom negócio. Vão apenas aperfeiçoar o sistema de alto-falantes (já comum nesta época do ano) e empilhar música em cima do barulho já existente nas ruas. Pode-se vender música. Silêncio é como água, tem de ser gratuito. São produtos naturais, não comercializáveis. E por não serem economicamente viáveis, vão desaparecer da face da Terra. Os meninos já não tomam água, compram refresco, ou água gelada, que é o picolé. Os adultos pagam pela cerveja que mata o calor. Assim por diante.

Na natureza nada se perde, nada se cria, tudo se comercializa. Quando parecia que o silêncio ia ser eterno nesta casa, lá vem o rádio a toda. O rádio em si não me incomoda tanto. Em vésperas de Carnaval, demais. Deve ser pela repetição, enfadonha e demoníaca, do mesmo ritmo e das mesmas canções durante todo o dia. É como o bê-a-bá ou a tabuada na escola primária. Repetida infinitamente para entrar na cabeça da criança. Nem o método de memorização da cartilha e da aritmética nem o da música de Carnaval são os melhores. Mas não deixam de ser os mais convincentes. Se bem me lembro. Se bem escuto. A música de Carnaval requer instrumentos mais estridentes e o ritmo menos imaginativo. Até o cantor muda de voz, adquirindo um tom e um registro falsamente alegres, que acabam por ser apenas desenxabidos.

Enquanto Zé Lins escrevia o seu romance, o silêncio imperava na casa. Só na hora das refeições escutava-se o barulho das vozes e os ruídos da refeição. Durante o dia inteiro, a voz e a música do rádio desapareciam, como também o barulho paralelo, proporcionado pelos três diabinhos de saia. A exigência de silêncio e a redação de *Pureza* terminaram, se entendi bem a chegada de uma secretária na segunda-feira. Logo trancou-se no escritório com o romancista e pôs as teclas da máquina de escrever a funcionarem a todo vapor. Vejo que o romancista, quando dita, é menos exigente com o silêncio ao redor. A casa virou uma fábrica moderna: o tac-tac ininterrupto da máquina de escrever, a alternância de rádio e discos e a balbúrdia esganiçada das crianças.

Chegou o Carnaval! até em casa.

Ontem, terça, resolvi descer à cidade depois do almoço. Passeei um pouco pela Cinelândia, notando o clima de festa que impõem à população através da decoração das ruas. Todo mundo acaba por adotar como obrigação civil o brincar, já que transitamos todos por um grande salão de baile. Santa Rosa desapareceu de casa e do papo. Vive trabalhando noite e dia, supervisionando a execução das suas maquetes. Passou rapidamente aqui na Alfredo Chaves no sábado, para deixar uns convites para o Baile da Associação dos Artistas Brasileiros. Palace Hotel, quinta-feira. O salão do Palace foi decorado por ele. Passeava um pouco pela cidade, para espairecer a cabeça. Parei na Galeria Cruzeiro, sentei e tomei duas aguardentes. Troquei palavras com alguns novos amigos cariocas e com o garçom. Aproveitei a conversa fiada para indagar sobre pensões no Rio de Janeiro. São caras e pouco confortáveis, informam-me. Sucedem-se casos de doença e escabrosos.

 Todos me dizem que a época não é oportuna para procurar um quarto. Só depois do Carnaval e, talvez, só quando começarem as aulas. Senti falta de Heloísa. Reneguei mil vezes o dia em que ela me incumbiu de procurar uma pensão. Devíamos ter mudado antes de ela embarcar. Mas o eterno medo de faltar dinheiro para a sobrevivência material inibe. Vi que o remédio é conversar e perguntar; conversando e perguntando, chegarei certamente a algum quarto vago. Questão de paciência. Passei depois pela José Olympio. Este me diz que o romance vai vendendo muito bem. Apesar de ser um período morto para a literatura, as vendas continuam estáveis. O prêmio da *Acadêmica* deve ter ajudado e a palavra que corre sobre a minha libertação também. Lamentei apenas que já tivesse retirado da casa o equivalente à quantia global dos direitos autorais da primeira edição. Só na segunda é que tocarei de novo em alguma grana. Se houver segunda.

 Retornei à Cinelândia e fui dar uma volta pelo Passeio Público. Não queria chegar em casa cedo. Preferia hoje o bonde cheio à algazarra que tomara conta da Alfredo Chaves. Li um jornal sentado num banco e depois reparei no movimento das pessoas que transitavam pelo parque e pelos passeios ao redor. Quando o relógio da Mesbla deu cinco badaladas, tomei o bonde de volta.

Só à noite, ao tirar as calças, é que percebi que tinha perdido a minha carteira. Por sorte, não tinha quase dinheiro, alguns minguados mil-réis — o que tinha sobrado dos pequenos gastos que fizera. Depois de investigadas todas as possibilidades de tê-la perdido em casa (chão, banheiro, sala de jantar etc.), cheguei à conclusão de que foi na rua. Como? Não atinava com a resposta. Descuido ao pagar a conta no Brahma? Impaciência ao guardá-la no bolso, com as manchetes do jornal chamando a curiosidade na outra mão? Foram as duas únicas vezes que me lembro de ter tocado na carteira.

Dormi com o enigma e acordei com ele.

Na hora do almoço, atentei para a solução.

Na mesa cheia (Zé Lins e Naná, a secretária e mais as três meninas), para alhear-me à confusão geral, fiquei concentrado, matutando sobre a perda. De repente, eureca! E fiquei com um sorrisozinho besta nos lábios, que chegou a incomodar Naná, que disse, em tom de brincadeira, para as meninas: "O Graciliano viu boi voar". As meninas pediram-me para contar como era, na certa esperançosas de mais outra história do gênero da que lhes narrara. Desconversei. Pretextei saudades da Heloísa. É uma linguagem que todos entendem, compreendem e respeitam.

Chegou o Carnaval!

Fui roubado em plena luz do dia no Passeio Público. Era este o motivo do risinho incômodo na hora do almoço. Parecia brincadeira. Tinha sobrevivido à sanha feroz dos maiores gatunos e marginais do Brasil na Ilha Grande e sucumbi diante da esperteza de três punguistas de merda. Se contasse esta na prisão, teria sido estraçalhado na primeira noite.

É melhor contar a cena como eu a visualizo.

Depois de ter lido o jornal, resolvi caminhar pelas aleias do Passeio Público. As notícias na primeira página não eram boas, o dia estava quente e a Cinelândia muito barulhenta. Além do mais, soprava uma aragem gostosa vinda da baía. Estava a caminhar, quando vejo que uma mocinha que vinha à minha frente tropeça em algo — uma pedra? — e cai no chão. De imediato corro para prestar-lhe ajuda. Percebo também que um casal tem o mesmo ímpeto, pois sinto que me tocam pelas costas. Estamos os três a levantar a moça e a perguntar-lhe se tinha se machucado. Diz que não, um tombo à toa. Nem chegou a torcer o pé.

Separamo-nos e fomos em direções diferentes. Achei estranho, no entanto, que a moça que vinha à minha frente caminhasse em rumo oposto. Tomou a direção da Cinelândia. O casal não sei para que lado foi.

Dou-me conta. Trago sempre a carteira no bolso de trás das calças. Ao debruçar-me sobre a moça para ajudá-la a levantar-se, o casal aproveitou da posição para surripiar a minha carteira. Em belo estilo. Daí ter sentido de maneira tão forte os esbarrões dos dois nas minhas costas. Bons sentimentos, a que me levais?

Chegou o Carnaval! Cada um tem a cidade que merece para o seu Carnaval.

[Sem data]

Pede-me Murilo Miranda, da *Revista Acadêmica*, a lista dos dez melhores contos brasileiros. Não é o tipo de pergunta que me seduz. Não me sinto inclinado a dar uma negativa como resposta a quem tem sido um excelente amigo.

Comunica-me, ao mesmo tempo, que o número de maio da citada revista, dedicado a *Angústia*, romance que, em dezembro, recebeu o prêmio Lima Barreto, já está na gráfica. A revista abre com a opinião dos três membros da Comissão Julgadora. Mário de Andrade, Aníbal Machado e Álvaro Moreyra. Seguem-se apreciações críticas de Rubem Braga, Emil Fará, Peregrino Júnior, Tavares Bastos e outros mais. Portinari enriquece o número com um desenho.

Sem mais delongas, eis a lista que lhe dei:

"A causa secreta", Machado de Assis
"Trio em lá menor", Machado de Assis
"O macaco que se fez homem", Monteiro Lobato
"O bebê de tarlatana rosa", João do Rio

"O homem que sabia javanês", Lima Barreto
"O plebiscito", Artur de Azevedo
"Demônios", Aluísio Azevedo
"GCPA", Gastão Cruls
"O enterro de seu Ernesto", Rodrigo Melo Franco
"Galinha cega", João Alphonsus

Essas pequenas bobagens, que — dizem — tornam a vida literária competitiva e excitante, são de grande importância no Rio. São mais comuns do que eu podia imaginar. Os intelectuais levam a sério essa e outras questões e, apesar do pouco tempo aqui, tenho visto verdadeiras discussões por um dá cá, toma lá. Os prêmios literários são concorridos. Isso dá para entender: está sempre envolvida a questão do dinheiro, que nunca é demais, nem mesmo nas bolsas mais fornidas. O pior são certos certames onde o único ganho é a vaidade.

Um velho escritor amigo meu, cujo nome prefiro calar, diz que estou errado. Não é apenas uma questão de vaidade, pondera ele. É principalmente uma maneira de ter prestígio. Pedi-lhe que estabelecesse a diferença. Respondeu-me que a vaidade se esgota no plano individual, quando muito absorve os amigos íntimos, enquanto o prestígio se dá no plano social, envolvendo grupos, partidos, instituições civis e religiosas, o Estado.

Como não soubesse exatamente a que ele se referia, pedi--lhe um exemplo concreto. Não se fez de rogado. Aproveitou a briga que existe em torno de uma vaga na Academia Brasileira de Letras, para arrolar as vantagens que tem um acadêmico. Enumerou-as durante alguns minutos, utilizando os dedos para contar. Passou de uma para a outra mão, voltou à primeira. Parou no décimo segundo dedo esticado para o alto. Faço questão de não transcrevê-las. Perguntei a ele se, por acaso, na sua opinião, uma pessoa mudava no momento em que entrava para a ABL e passava a ter o que ele chamava de prestígio. Se mudava para melhor, é claro.

Pensou alguns segundos. Para espanto e decepção minha, respondeu-me afirmativamente. Por que me espantei? A resposta afirmativa era coerente com a sua argumentação inicial. A decepção minha por ele era menos esperada: trata-se de alguém com uma inteligência rara e um profundo conhecimento das coisas literárias. Esperava dele um julgamento do homem que pendesse para o lado da qualidade da obra; recebo uma avaliação da obra que pende para o lado do prestígio do homem.

Coisa estranha. De repente, este velho e querido amigo meu tornava-se terra desconhecida para mim.

O enigma perseguiu-me por alguns dias, bem alimentado que foi pelos inúmeros concursos literários do mês. Minha tendência, agora, é a de não considerar a resposta do meu amigo como enigma. Caiu na minha estima ao julgar que o prestígio melhorava as pessoas. Só isso. Revejo rapidamente a sua vida: apesar de ter ele grande acuidade crítica, sempre foi um perseguidor de prestígio social. Por razões que desconheço (ficamos bem uns dez anos sem nos ver pessoalmente), acabou não tendo o prestígio ambicionado. Frustrado, retira-se para uma vida contemplativa e solitária. Reduzido à vaidade — penso. Será que, por não ter conseguido prestígio, admira os que o conseguem? Ou será que o isolamento total é a forma paroxística da vaidade? Mesmo na segurança da minha amizade por ele, consigo instalar novas dúvidas. Isso apenas prova o quanto estimo o velho amigo e quanto é difícil para mim rebaixá-lo de uma hora para outra.

Talvez se passe o contrário comigo: quanto menos prestígio (seguindo sempre a definição inicial), mais alto na minha admiração. E ele, obviamente, como não o tem…

Dando uma olhada pelas revistas da semana, vejo que os meios literários andaram assanhados com o concurso "Levemos a mulher à Academia de Letras". Mal terminou este, a súbita morte de Alberto de Oliveira reabre outro: o do "Príncipe dos Poetas Brasileiros". Só podia ser coisa dos camisas-verdes de *Fon--Fon*. Querem novo substituto para Bilac, o defensor do serviço militar obrigatório.

O *Malho* — sigo as palavras da própria revista — fez um plebiscito para saber que cinco mulheres de letras, no país, estão à altura de receber a láurea da Imortalidade. O problema é antigo — a Academia só aceita homens; o problema é justo — por que não aceitar mulheres?; o problema é bem colocado — o concurso é de âmbito nacional. Incomoda-me menos esse concurso. Vejo nele uma maneira de forçar a porta masculina da ABL com a ajuda da opinião pública. O acadêmico Ataulfo de Paiva, atual presidente da ABL, que se cuide. Será pisado por saltos altos.

No dia 21 de janeiro, no salão de honra da ABL, foram entregues os diplomas às vencedoras. Não fui à reunião, nem fazia sentido que fosse. Segundo me disse Santa Rosa, estava bem concorrida, com o comparecimento de inúmeras autoridades, entre elas destacava-se o ministro da Educação. Ao ler a lista abaixo, será fácil saber o porquê do seu comparecimento. Dou uma bala a quem acertar. Eis os nomes das cinco candidatas à Imortalidade: Maria Eugênia Celso, Gilka Machado, Alba Canizares do Nascimento, Ana Amélia Queirós Carneiro de Mendonça e Henriqueta Lisboa.

Comédia do acerto e do desacerto, do engano e da malevolência, do incenso e do chicote, do labirinto e do acaso, de Narciso e de Eco — a vida literária engole os homens, deixando a descoberto as mais mesquinhas formas da ambição e do sucesso, os menos estreitos e os mais interessados laços de companheirismo. Nela naufragam irremediavelmente tantos, que acabam sendo poucos os eleitos. Também não conheço maneira de dela participar sem naufragar. A pureza de caráter e de sentimentos não tem lugar na literatura e muito menos na vida literária. A lição a ser aprendida é a da convivência com tudo o que torna réptil o homem. Convivência licenciosa em uns casos, estoica em outros. A qualidade moral de um escritor não torna sua obra melhor nem pior. A perversidade também não afeta o valor da arte. Prefiro, no entanto, conviver com homens de caráter reto. É apenas uma questão de escolha. Não cabe fazer proselitismo de uma escolha pessoal.

Quarta-Feira de Cinzas[15]

Saí da cadeia doente e pessimista. Lutei contra a doença, alimentando-me com regularidade e dormindo bem, sem, no entanto, cortar o fumo e o álcool. Salvei-me da sedução fácil do pessimismo — apesar da insistência dos amigos, brigando com eles e comigo neste diário. Em ambas as brigas, a arma vitoriosa foi o contínuo distanciamento da minha vida na cadeia. Mais nela pensasse, mais mergulharia no seu abismo infinito. Deste quis fugir.

Não é conseguindo que se abram as portas da prisão que se chega mais depressa à liberdade. É não deixando que as pessoas mais chegadas venham correndo fechá-las de novo. A saída da cadeia se dá através de um corredor com milhares de portas semelhantes e abertas. Todos os amigos estão preparados para serem carcereiros: cada um fecha uma das sucessivas portas. Este é o lado trágico e infeliz da situação. O problema, para mim, foi sempre o de enxergar, primeiro, a chave da cela na mão da

15 Dia 10 de fevereiro. (N. do E.)

pessoa com quem ia conversar. Antes que fizesse uso da chave, lançava-me contra ela impetuosamente, arrebatando-a. Assim, fui evitando que as portas que transpunha no cotidiano fossem fechadas.

Essa corrida com barreiras tornou-me um ágil atleta da palavra. Tinha de evitar a palavra "cadeia" a todo custo. Lançava-me à conversa com a desenvoltura de um advogado baiano. Tornei-me palavroso, bom papo e curioso de todo e qualquer assunto que viesse do meu interlocutor. Ganhava terreno, avançava, conduzia a batalha a bom termo, via-me vitorioso. Um general teria inveja das minhas táticas de conquista do adversário na chamada vida social.

A pior luta, porém, travei-a comigo mesmo. Nos primeiros dias em liberdade, ao mesmo tempo que não queria falar na Casa de Detenção ou da Ilha Grande, ficava desconfiado quando uma das duas não aparecia na conversa. Será que o meu interlocutor está evitando o assunto por piedade, comiseração ou o que seja? Vejam vocês: eu, querendo driblar o adversário, adiantando-me a ele, sentia-me inseguro quando ele não me marcava. Tenho prazer em enfrentar o touro à unha. Sou mais forte na luta; ganho forças quando pressinto um adversário.

Se considero a todos como adversários, nem todos são inimigos. O ex-preso tem a vantagem do estigma sobre o comum dos mortais. Os inimigos ficam com receio de se aproximarem de alguém marcado, temendo o contágio. Dessa forma, em liberdade, fui sempre cercado de amigos. Mas eles, como dizia e repito, são os piores adversários, porque sentem prazer em realçar as marcas do estigma, dando a elas a valoração de uma medalha por ato de bravura.

O verdadeiro ato de bravura é rechaçar a medalha.

A quem pode interessar um corpo doente?

Ao dono da casa funerária: vê ele, no corpo mofino, o futuro caixão a ser vendido. O lucro do negócio é já visualizado no leito do enfermo, nos corredores e quartos de hospital. Também ao dono da flora: começa ele a executar uma coroa de flores gigantesca e barroca, para enfeitar a cova, dando-lhe a aparência de uma festa às avessas. A um romancista pessimista, que se deleita a entreter os vermes. A morte só interessa a quem dela se alimenta. São os abutres do mundo moderno, as carpideiras do capitalismo funerário, que tornam asséptico e pequeno-burguês um ritual que devia ter a naturalidade de um banho diário. Fecham o morto em caixão luxuoso, passeiam com ele em carro fantasiado pelas ruas da cidade, depositam-no e cobrem a sepultura de flores. O espetáculo torna-se bonito e agradável aos olhos. Desperta no povo o desejo da morte e da glória.

Só uma sociedade que gosta tanto do Carnaval pode conceber a morte como um espetáculo de tal dimensão e tão grandioso. É sempre uma questão de representação: a máscara da alegria (o Carnaval), a máscara da tristeza (o enterro). Excetuada a diferença de tom, em ambos os espetáculos tudo é fantasia, tudo é cores, tudo é música, tudo é, em suma, busca de ritmo. Outra diferença: um espetáculo tem programação e o outro é produto da providência divina. Mas de tal forma são magníficos, que o desejo da população passa a ser o de buscar a máscara da festa todo o tempo. Recuam mais e mais para o ano anterior às festividades (hoje o Pré-Carnaval é o chamado baile do "Réveillon"); mais e mais atiçam no indivíduo o desejo da morte, armando um palco de guerra no país. Os jornalistas de O Globo, ou bem cobrem com mil detalhes o Carnaval ou então descobrem (?) células comunistas em Jacarepaguá ou na rua da Alfândega. Põem fogo nas duas canjicas.

Os regimes fascistas têm loucura pelo espetáculo. Através destes, confundem a alegria e a tristeza, justificam a morte (o sacrifício da) com o ouropel barato das fantasias de Carnaval.

Os participantes de blocos, ranchos, das grandes sociedades, o carnavalesco em suma — todos se dedicam o ano inteiro à confecção de fantasias e de carros alegóricos. Parodiando esses pensadores contemporâneos alemães, se a única coisa de que o homem tem certeza é a sua morte, a única certeza do brasileiro é o Carnaval no próximo ano. Vivem com tal intensidade esta certeza que, em nome dela, sacrificam tudo. O autossacrifício para a festa assemelha-se ao diuturno enfraquecimento do corpo humano a caminho da velhice. No batuque e na marcha fúnebre, encontram-se homens fantasiados que se deleitam com o autossacrifício e o sacrifício. Isso em nome de uma alegria e de uma tristeza que não são oriundas do próprio ser: a tristeza é pelo desaparecimento definitivo do outro, a alegria é porque a ordem do rei é brincar. São sentimentos impostos, não são espontâneos.

Não se deve confundir o duplo espetáculo do Carnaval e da morte com a paixão. Seria o mesmo que confundir amor e paixão. Esta é, antes de mais nada, um hino à vida, à perpetuidade do ser humano. Na sua loucura, a paixão exige o mais completo desnudamento. Tem horror ao espetáculo postiço, à máscara, à fantasia, aos sentimentos estereotipados. A paixão é uma crença no excesso de energia, excesso este que pode e deve ser gasto sem o sacrifício da cota de energia suficiente para alimentar o corpo. Na paixão, não pode entrar a ideia de sacrifício ou de autossacrifício. Tudo é feito para o gasto sem medidas, num além que foge à dimensão humana propriamente dita.

Na paixão, não somos súditos de um Rei Momo ou de um Deus implacável. Somos companheiros dos deuses, porque exigimos a liberdade total. Ousamos a imortalidade, porque não conhecemos a morte. Ousamos a vida, porque é dela que se extraem os prazeres mais voluptuosos do corpo. Ousamos o além, porque a falsa medida do corpo é dada pela obediência ao limite. Súditos de Momo — passam os atores, repetindo a mesma mar-

cha, os mesmos trejeitos, as mesmas palavras. Se a igualdade entre os homens — que desejo e busco — for um desrespeito ao ser humano, fugirei dela. Não posso contentar-me com um dócil rebanho, alegre sob a ditadura do rei.
Servos da morte, súditos do rei. Existe subserviência aos desígnios de outro, mesquinho e mortal. Não existe rebeldia, vontade de liberar-se das amarras com que os poderosos gostam de aprisionar o homem. Sem rebeldia, não existe liberdade. A busca da liberdade transparece em gestos que ultrapassam a dimensão do cotidiano. O Carnaval não ultrapassa o cotidiano. É a alegria em ritmo de todo dia. É um trabalho para o corpo cansado que substitui o outro batente.

A paixão não é substitutiva, à diferença do Carnaval e do enterro. A paixão é. Vive em eterno presente. Se acaba é porque chegou uma impressentida morte. Não vivo porque sei que a morte é inevitável. Vivo porque não sei da existência dela. É uma dama desconhecida que um dia pode cruzar o meu caminho, bater à porta do meu quarto. Olharei para ela com os olhos indiferentes de um estranho. Se me matar, tem de me matar à traição, pois dela espero o que posso esperar de desconhecidos, ou de um traidor. Não cabe a mim imaginar o que se passa na cabeça dela.

Não usarei de truques com ela. O subterfúgio só é eficiente quando conhecemos bem as intenções do adversário. (O futebol só pode ser uma arte de fintas porque o jogador está familiarizado com o oponente.) Para saber das suas intenções é preciso conhecê-la. Ela é e será uma dama desconhecida. Como tal, tratá-la-ei. Com o rosto limpo, gestos claros, intenções abertas. Se for o momento, será. A mim não cabe adivinhá-lo. Se começo a querer adivinhá-lo, caio na armadilha da desconhecida senhora. Por tanto ruminar sobre ela, termino por interiorizá-la no meu próprio corpo. Existe pior veneno?

Se Carnaval é liberdade, o povo já a tem. Nada preciso fazer por ele. Se Carnaval é igualdade, o esquema ditatorial que se apossa do Brasil é mais do que democrático. Aliás, a própria civilização brasileira sempre o foi, pois não é este o país onde as diferenças são abolidas em favor de um espírito nacional que irmana pretos e brancos, índios e negros, pobres e ricos, senhores e escravos? Democracia racial, democracia social — não são estas as palavras usadas pelos nossos melhores intelectuais e políticos?

Se quisermos lutar a favor da liberação do povo brasileiro, não será dando-lhe melhor Carnaval; se quisermos falar da liberação do povo brasileiro, não será incentivando mais o espírito "alegre", "fraterno", "contagiante", "democrático" do Carnaval. Disso já falam os jornais da situação, fazendo o comentário acompanhar-se de abundantes fotos que não deixam mentir. Daquele espírito, tiram partido os gordos e bem alimentados políticos que se aproximam do povo só no dia de feriado. Ou no Carnaval e no campo de futebol.

O Carnaval, quando crítico e debochado, pode, no máximo, deixar transparecer o desejo de vingança que existe em todo aquele que se considera súdito de alguém. Esse desejo, no entanto, não é construtivo e, por isso, não é verdadeiramente revolucionário. Se o fosse, o Brasil seria um país socialista desde o século passado. A história ensina-nos o contrário: terminados os regimes fortes, terminam as críticas feitas pelos blocos e pelas grandes sociedades; fica só o Carnaval na praça. A crítica dura enquanto duram a bota e a espora; o Carnaval permanece insensível, na sua essência de festa, à política ou à rebeldia. Não seria o caso de perguntar se a crítica não é um produto da bota ou da espora? Uma manifestação consentida, para poder indicar que nem tão pavorosas são a bota e a espora?

A vingança carnavalesca é a parcela de rancor que o rei deixa que apareça no transbordamento da festa. Para usar da linguagem cara aos nossos engenheiros de 30, todos com noções decoradas de termodinâmica, a vingança é a válvula de escape que não deixa que o excesso de calor faça a caldeira popular explodir. A vingança carnavalesca é o vapor que a máquina social expele para poder continuar a funcionar. O excesso é inútil, é desperdício. O súdito que assim age, encontra-se mais preso às ordens do rei do que pode pensar a sua cabecinha fantasiada. O rei é tão generoso que até possibilita a crítica. O súdito é tão alegremente súdito que, aproveitando-se do momento de aparente descuido do rei, instila uma gota de veneno no corpo do Carnaval.

O veneno acaba voltando-se — como o feitiço — contra o feiticeiro. Na inconsciência dos outros carnavalescos, o veneno funciona como uma alegoria a mais na Rio Branco, ou na praça Onze: o bloco dos descontentes. Por que não teriam eles o direito de expressar a sua frustração? Estamos ou não estamos numa democracia? O estandarte deve ser, pois, carregado em triunfo pelas mãos cúmplices da vingança e da democracia.

Exagero, dizendo que de nada adianta o estandarte dos descontentes. Exagero de propósito, porque também exageram do outro lado. Dão como "magnífica vitória" das forças democráticas alguns carros alegóricos que puderam sair. Se a vitória magnífica vier do espírito de vingança, estamos perdidos. Isto quer dizer que o súdito quer ser sempre súdito; vê-se vitorioso dentro da posição hierárquica inferior que ocupa. O grito alegre de revolta no momento em que se é pisado. O gosto em confundir humilhação com humildade. Os infindáveis labirintos dos sentimentos, aparentemente livres, mas apenas permitidos. O prazer na vingança. Eis alguns tópicos que submeto aos que, como alguns companheiros de mesa na Galeria Cruzeiro, defendem o Carnaval como a verdadeira fonte de revolta popular.

O Carnaval carioca é o produto que o executivo exporta

para o resto do país e para o estrangeiro, para dizer como tudo vai bem sob o calor tropical do verão.

Feitas essas ressalvas, posso melhor admirar a crítica da eletrificação da Central do Brasil, feita no domingo pelo bloco Turunas de Monte Alegre. Acusavam eles a prefeitura pelos abusos que vem cometendo nos subúrbios. Em nome do progresso, desapropria casas, deixando os moradores com alguns minguados mil-réis (a avaliação do imóvel feita pela prefeitura é sempre uma piada) e sem lugar para morar. O progresso, no Brasil, apenas melhora as condições de vida de quem já as tem boas.

No desfile das Grandes Sociedades, na terça-feira, os Democráticos vieram com uma curiosa crítica aos apartamentos (verdadeiros "apertamentos", como se podia ler na faixa), de quartos mínimos e sem conforto. A especulação imobiliária começa a incomodar a população: os arranha-céus de luxo vão substituindo as antigas mansões cariocas. A classe média — insatisfeita com a casa, de jardim e quintal mas distante — começa a espernear diante dos altos preços. Mas morar no subúrbio, ninguém quer. A especulação trabalha em cima da própria idiossincrasia da pequena burguesia. Se quiser morar pela Zona Sul, que fique então de acordo com as nossas normas — dizem as imobiliárias.

Em ambas as alegorias, é o sentido da propriedade que está em jogo. É a velha teoria do liberalismo brasileiro do final do século passado: os cidadãos ficarão satisfeitos no dia em que tiverem a sua casa para morar. Não ficam. Nesse dia, vão querer uma segunda para auferir lucro. Uma terceira, e assim por diante. Não se trabalha impunemente, despertando o sentido da propriedade no homem. Ele já o tem por demais forte. Serve ele apenas para justificar, moral e racionalmente, a sua desenfreada cobiça.

O mesmo grupo trouxe uma típica alegoria de súdito (ou de "democrata", se brincamos com o nome da sociedade): "O Grande Domador".

O carro principal leva o título de "Sossega Leão" e nele vê-se um boneco semelhante ao presidente, vestido a caráter, domando um enorme leão, onde se pode ler a palavra "Oposição". O presidente doma o leão da oposição, e é a esta — e não a ele — que pedem que "sossegue". Onde está a crítica ao atrevido presidente e aos seus comparsas? Em lugar nenhum. O domador é "grande". Exigem — isso, sim — boas maneiras da oposição.

Neste momento em que tantos atos brutais e injustos são cometidos em nome de uma falsa confraternização dos brasileiros, é ridículo, ou absurdo, pedir moderação aos opositores do regime. Os leões já estão detrás da jaula — para que outra mordaça? Ou, então, a palavra de ordem do carro alegórico não é ridícula nem absurda: traduz a ambição ilimitada de Getúlio. Quer ter ele adversários pouco valentes, que se submetam docilmente ao chicote de político hábil e adestrado.

Que a esquerda deixe de ser preguiçosa!

Que comece a trabalhar por uma maneira original de arregimentar as massas. Que não caia na armadilha do Carnaval. Esta pode ser uma arregimentação de tipo natural, mas está há muito tempo sendo trabalhada pelos cuidados da situação. Acho mais fácil conquistar uma praça pública do que tirar o Carnaval dos tentáculos do poder institucional. Se o Carnaval é a festa popular que vingou, por alguma razão há de ser. Nada vinga impunemente neste país. Pensem.

12 de fevereiro

Hoje tenho obrigatoriamente de preencher apenas esta página. A última que me resta neste bloco. Fui ao centro, à tarde, para comprar um novo bloco de papel e um pente. Precisava do bloco porque este chegou ao fim anteontem. Além do mais, depois de amanhã é dia de escrever para Heloísa, fazendo um relatório desta terceira semana (escrevo-lhe cartas semanais). Domingo, tenho uma grande novidade para contar a ela: Rubem Braga e Zora conseguiram-me, para o dia 15 deste, segunda-feira, um quarto na pensão em que moram. Fica na Correia Dutra, quase esquina da Bento Lisboa, no Catete. Ontem estive lá, para conhecer a famosa dona Elvira, a proprietária. Acertamos tudo. Mudo-me para lá no dia 15 mesmo. No quarteirão moram as irmãs e cantoras Linda e Dircinha Batista (disse-me o Rubem). Mas isso não conto a Heloísa. Para ir me acostumando ao lugar, volto à pensão no sábado, à tarde, para mais uma partida de xadrez com o casal amigo.

 Estou sem pente. O último, já bastante usado, partiu-se esta manhã. Meus cabelos estão crescendo mais fortes e mais insubordinados. Não sei se a indisciplina deles vem do tamanho que atingiram ou se do modo como o barbeiro os cortou pela última vez. "Quando a cabeça foi raspada e o cabelo ainda está crescendo", disse-me ele, "é difícil conseguir um bom corte." Acabou cortando "à Príncipe Danilo", que é o corte — ainda segundo ele — que melhor se adaptava ao estágio de então. Para um bom corte, é preciso haver excesso a ser desbastado. Os cabelos estão renitentes ao pente. Prefiro-os compridos, penteados para trás. Em todo caso, não posso reclamar muito. Crescem e vêm fortes — o que é importante. Cheguei a temer que não voltariam mais.

    Fiquei reduzido a esta folha e a um caco de pente. Alguns esquecem guarda-chuva no bonde. Esqueci bloco e pente.

Domingo[16]

Terminado o Carnaval, volta-se a falar com insistência no problema sucessório. Diversos candidatos, vestidos ao gosto do dia, entram no palco, recitam os respectivos monólogos, decorados, e recebem as vaias ou as palmas da seleta plateia. O público, por enquanto, é reduzido — é o que se chama de ambiente dos bastidores. O espetáculo, portanto, tem todas as características de um ensaio geral, mas nem por isso deixa de ser divertido. Os diversos jornais afiam os dentes e começam a tomar partido. À medida que os nomes circulam pela cidade, o carioca vai se encarregando de fazer as suas piadas.

Oswaldo Aranha tem sido o alvo da maioria delas. De todos é o que pior recita o papel. Dizem que, se, por acaso, chegar a ser candidato à Presidência, mesmo os piores inimigos de Barreto Pinto iriam até este defensor da prorrogação do mandato presidencial, para hipotecar apoio ao seu projeto. Com Oswaldo

[16] Dia 14 de fevereiro. (N. do E.)

Aranha como candidato sério, que Getúlio fique mais quatro ou oito anos no Catete.

São muitos os candidatos de que se fala abertamente. Detenho-me nos mais cotados. Oswaldo Aranha, homem de confiança de Getúlio na sua política de estabilização nacional; embaixador nosso em Washington; foi antigo ministro da Justiça e da Fazenda. Os liberais se articulam em torno do ex-governador do estado de São Paulo, Armando de Salles, que quer ver se os paulistas retomam o poder depois da derrota de 32. Os militares de 30 se reúnem em torno do nome de Góes Monteiro. Fala-se também no nome do ministro das Relações Exteriores, Macedo Soares. Derradeiro na minha lista, mas não o menos forte, o atual presidente.

As intenções de Getúlio em permanecer no cargo são claras: demonstra-as sem os cuidados que a "democracia" às vezes exige. Barreto Pinto fala para a imprensa sobre o projeto de prorrogação do mandato presidencial. Oswaldo Aranha é candidato apenas para enganar os cegos e surdos; levanta poeira na estrada e, a qualquer hora, pode causar o acidente que só vai ajudar ao presidente. Os jornais já estão arrochados e entulhados de informações sobre as maravilhas do governo. O ministro interino da Justiça cria o "Bureau da Imprensa", cujo melhor nome seria "Bureau de Censura à Imprensa".

Tudo isso indica uma coisa: Getúlio veio para ficar — e por muito tempo. Se não puder ficar graças às eleições, ficará à força. Como é do seu estilo, antes fecha todo o país e depois encaminha-se à sacada do Catete e, diante de uma multidão frenética, faz o seu "Dia do Fico".

As manobras políticas de Getúlio, coordenadas por alguns dissidentes do integralismo (não satisfeitos com a política muito brava de Plínio Salgado), têm sido inteligentes para estes tempos de radicalismo. Sempre insiste na discórdia junto à família brasileira, que tanto os vermelhos quanto os fascistas querem trazer para o Brasil. Em seguida, apresenta — como substituto e remédio para a anarquia — a boa índole do brasileiro, que apenas quer encontrar um clima propício ao trabalho e à prosperidade. Aproveita-se, então, para tecer longos elogios ao liberalismo, que é a *bête noire* das ideologias totalitárias modernas.

Como o seu compromisso oral com o liberalismo está ficando cada vez mais forte, a maioria das pessoas com quem falo acredita que ele não poderá, sob pena de contradição, suspender as eleições do próximo ano. Penso o contrário: chamam-me de pessimista. Acredito que, até o fim do ano, cria artificialmente algum incidente "radical" em que terá de intervir com brutalidade, a fim de evitar outro "derramamento de sangue". Está mais no caráter do homem. Este gosta dos plenos poderes e da política de portas e janelas fechadas. Abre a casa só em dia de festa, e neste dia — por casualidade — aparecem os amigos.

Getúlio tem tudo para ser o ditador cordial: para os amigos, tudo; para os inimigos, nada. Como se cerca apenas de amigos, pode sempre deixar transparecer um sorriso de satisfação e otimismo, que traduz a unanimidade (falsa) de que goza. O difícil, na cordialidade, é mantê-la com o inimigo. Getúlio é amigo dos amigos — como diz a frase corrente. A frase não é inocente: é preciso ser próximo para ser favorecido. O *slogan* só serve para aliciar mais partidários. Quem gosta de ser inimigo do presidente em terra de Tribunal de Segurança? Só alguns abnegados idealistas, que por isso são levados a deixar, por onde passam, um rastro desenhado com o próprio sangue.

Há outra ideia que os integralistas dissidentes sopram no ouvido de Getúlio: o nacionalismo. Lembram-lhe a Rússia, lembram-lhe a Itália e a Alemanha, e retomam o discurso antilusitano do século passado: as grandes potências de hoje querem fazer deste país uma colônia, onde vão apenas explorar-nos. Fechemos as fronteiras antes que seja tarde. Lembram-lhe a Espanha atual e falam do interesse que as brigadas estrangeiras têm em derrubar o bom nacionalista Franco. Getúlio negocia com a Alemanha e os Estados Unidos, mas aceita as ideias dos amigos. O carro-chefe de Getúlio até as eleições será o nacionalismo social. Como o seu liberalismo, o nacionalismo é demagógico: estreito e mesquinho, interesseiro. Só o podia ser: a inspiração veio de onde veio.

Oswald de Andrade, que encontrei várias vezes nesta semana de Carnaval, defende uma tese *sui generis*: a sociedade brasileira, que tem estado em mãos ditatoriais, egoístas e atrasadas, só evolui no momento em que o país se abre ao estrangeiro, absorvendo o movimento de avanço da humanidade.

Nesse sentido, ele é a favor de um contato constante com o estrangeiro, que serve para atualizar a nossa história social e, ao mesmo tempo, como razoável antídoto para o excesso de nacionalismo demagógico. Acrescenta ele que não há perigo de voltarmos a ser colônia, pois o nacionalismo é um sentimento forte demais entre nós.

O autor de *Pau-Brasil* (que só leio agora) disse que descobriu o Brasil na praça Clichy, em Paris. De lá, pôde ter a verdadeira dimensão nossa. Ridícula, sob todos os pontos. Essa crítica — segundo ele — não é derrotista. Pelo contrário, é a ideia que pode impulsionar-nos para o aprimoramento do país. Somente quando somos colocados no nível do concerto das nações mais adiantadas é que podemos construir um projeto realista e grandioso para o Brasil. Precisamos ter um termo de comparação, para evitar os realismos demagógicos. Caso contrário, ficamos para sempre com a grandiosidade verde-amarela, ufanista, que é um balão inflado com a lenha dos oprimidos (a imagem é dele).

Incomoda-me, no pensamento de Oswald, a falta de senso crítico quando se refere ao estrangeiro, ou, mais precisamente, às nações mais avançadas no mundo. Para ele, qualquer uma vale. Falta-lhe o sentido da direção. A única direção de que fala é uma direção inata — o nosso nacionalismo. Este é capaz de fazer a triagem: escolhe o que nos convém, joga fora o joio. Uma hora, elogia o socialismo russo (investindo-se, violentamente, contra André Gide, que apenas ajuda os fascistas com o seu recente livro de viagens); outra hora, só falta escancarar as nossas portas para a revolução industrial americana. Logo depois, lamenta-se por não pertencer às brigadas de estrangeiros que auxiliam a Espanha.

Não tenho dúvida de que, inteligente e bem informado, verdadeiro espírito cosmopolita entre nós, Oswald consegue selecionar de cada país o que ele tem de melhor. Mas será que os nossos possíveis dirigentes teriam a mesma perspicácia? Poderiam trabalhar sem programa definido e com a mesma disponibilidade?

Quando escuto a descrição de uma teoria, sempre ponho-me a vê-la na prática. Já é um cacoete. Claro é que o exercício não é dos mais fascinantes no Brasil. Foi essa a atitude que deixei transparecer na crítica que fiz a Oswald sobre a falta de direção no contato com o estrangeiro. Oswald não se deu por vencido, abriu os braços, levantou as mãos e esbravejou: "Elejam-me presidente e verão!".

Em surdina, escutei uma voz macia por detrás deste "elejam-me presidente". A outra voz dizia: "Elejam Armando de Salles". Não posso deixar de desconfiar das intenções de Oswald nas suas constantes viagens ao Rio. É homem influente em São Paulo, com ótimos amigos na área governamental. Por uma ou outra coisa que disse — até mesmo no convite que me fez para ir trabalhar em São Paulo — vejo que é uma espécie de mentor intelectual da candidatura Armando de Salles. Este, sabendo que um dos pontos fracos de Getúlio é o seu endosso dos arbítrios cometidos pelos militares contra os comunistas, procura arregimentar os insatisfeitos.

A favor de Armando de Salles, diga-se que é o único candidato à Presidência que fez coisas concretas pela cultura no seu estado. Enquanto, no Rio de Janeiro, o presidente — instigado pelas forças fascistas dentro da Igreja — fecha a Universidade, bota Pedro Ernesto na rua e obriga Anísio Teixeira a responder processo, em São Paulo constroem uma grande Universidade com a ajuda de professores franceses (estaria aí o dedo do nosso irrequieto Oswald?). Isso feito durante o governo de Armando de Salles. Aqui, Francisco Campos é nomeado para a Secretaria de Educação do município, em lugar do Anísio.

Todos os jornais e revistas que leio nos últimos tempos trazem referência a *Retour de l'URSS*, de André Gide. Referências apenas em alguns; artigos de caráter geral em outros; resenhas do livro — em geral assinadas por estrangeiros — em outros mais. O assunto empolga o mundo e não deixa de sensibilizar os brasileiros. A tese de Oswald — a que me referi linhas atrás — traduz de certa forma a opinião generalizada dentro da esquerda: é um livro pernicioso porque vem apenas a favor da subida do nazifascismo na Europa. Em outras palavras: não é o momento de discutir as críticas de Gide, porque a discussão serve para engrossar o caudal de literatura antissoviética que já encontra espaço e respeito por todo canto neste país desde os acontecimentos de 35. O silêncio seria a melhor maneira de acolher o livro, a reação mais justa às críticas que faz à classe dirigente soviética.

Posso concordar, do ponto de vista tático-político, com essa opinião. Desagrada-me nela o papel secundário que dão ao debate das ideias e à função do intelectual dentro da sociedade (seja ela a do seu país, seja qualquer outra). Sei do perigo que se corre quando se entra na luta de peito aberto; sei do inimigo que sorri satisfeito ao vislumbrar o calcanhar de aquiles; sei da utilização maquiavélica que se pode fazer da autocrítica honesta; sei dos labirintos da honestidade numa política suja como a nossa. Mas não aceito o silêncio total. Por isso, ouso colocar alguns problemas, sem mesmo saber se terei conhecimento, ou forças, para tentar respostas. Vamos, primeiro, às perguntas.

Podemos encarar como relativos os fatos deprimentes apontados como existentes na União Soviética? É preciso, sempre, descaracterizar a crítica negativa ao comunismo porque ela, em essência, apenas ajuda a engrossar as poderosas fileiras reacionárias do mundo? Será a crítica negativa ao comunismo apenas um álibi de que se valem as temerosas nações não comunistas? Existe lugar para a dissidência dentro do comunismo internacional, ou será sempre ela exemplo de individualismo pequeno-burguês? A dissidência interna tem de ser esmagada — como o fazem no presente momento com Trótski, em favor de uma linha única e rigorosa? Esta linha única e rigorosa não é o caminho mais propício para se chegar ao autoritarismo do Estado? Será viável uma sociedade socialista — no presente estágio da humanidade — sem recurso à ditadura do proletariado? Ao não mencionar os excessos dos homens políticos soviéticos, não se está apenas adiando a "solução" do problema para mais tarde?

Claro é que essas perguntas tornam-se mais prementes e angustiantes porque existe um movimento mundial comunista que está encontrando excelente receptividade na maioria dos países ocidentais. Nesse sentido, pode-se perceber por que Getúlio se vale tanto do nacionalismo estreito como arma de contra-ataque ideológico ao comunismo. Como exemplo, basta citar o barulho que a imprensa fez em torno dos estrangeiros Leon Vallée e Rodolfo Ghioldi, Victor Alan Baron e Harry Berger. Pior ainda: a decisão da repressão de mandar a mulher de Prestes, Olga, para as câmaras de tortura da Gestapo. Significativa é a maneira como trataram o caso Berger: o estardalhaço que fizeram em torno do seu verdadeiro nome, Arthur Ernest Ewert, e em torno do seu passaporte americano. Por outro lado, não me sinto confortável diante do proselitismo simplório e monolítico que vejo os comunistas fazerem. Bons exemplos os tive na cadeia. Esse tipo de proselitismo intransigente cria dois grupos diametralmente opostos: os simpatizantes e os intransigentes. Conseguem — e nisso aproximam-se dos integralistas — eliminar o direito à dúvida na reflexão social ou política. Trabalham na base da escola primária: tabuada e cartilha, abc. Não nego que exista certa eficiência (brutal, de resto) nesse tipo de ensino, mas o processo de proselitismo político, se não é mero jogo superficial, aprendido de cor e salteado, é um verdadeiro esforço de reflexão crítica, onde existe lugar para a dúvida. No primeiro caso, passa-se diploma de burro ao ser humano. Convenhamos que não é a melhor maneira de construir uma sociedade igualitária e justa.

Deixei-me empolgar pela política quando abri esta manhã este novo bloco. Coisas de ex-prefeito, dirão. Comecei disposto a comentar uma propaganda que estava sendo distribuída ontem, na Cinelândia, em frente ao Theatro Municipal, e acabei enveredando pelos caminhos da sucessão. A propaganda fala da sucessão e da permanência de Getúlio — daí o seu interesse. Passo para o leitor o panfleto como o recebi.*

---

* Se, por acaso, na época da publicação deste não for possível reproduzir o panfleto tal e qual, substituir esta última frase por: "Eis o que estava impresso na folha volante:".

NO MEIO A VIRTUDE

JURACY MA**G**ALHÃES

MAC**E**DO SOARES

AN**T**ÔNIO CARLOS

FLORES DA C**U**NHA

ARMANDO DE SA**L**LES

BENED**I**TO VALADARES

OSWALD**O** ARANHA

NOITE

Ao arrumar as minhas poucas coisas para a mudança de amanhã, encontro, numa das gavetas da cômoda onde Heloísa guardou a sua roupa, uma lata de biscoitos Maria. Seu nome, escrito num pedaço de esparadrapo colado à tampa, indica que pertence a ela. Esqueceu-a aqui e deve conter os apetrechos necessários para a costura miúda. Tiro a tampa da lata, esperando encontrar carretéis de linhas, agulhas e dedal; encontro um grande envelope de papel Kraft. Fico com o envelope nas mãos e o controle da curiosidade no sistema nervoso. Está aberto, e contém papel. Muitas folhas de papel, diz-me o meu tato. Não resisto. Abro a aba do envelope e lá dentro vejo cartas. Têm um aspecto familiar. Não resisto. Retiro-as do envelope. São cartas e mais cartas, algumas escritas por mim, por ocasião do nosso noivado e das poucas separações do casal. Abro uma ao acaso, que traz a data de 18 de janeiro de 1928. Retenho estes dois parágrafos, que me agradam ainda hoje:

Estou a atormentar-te, meu amor. Perdoa. Se não fosses como és, eu não gostaria de ti.

És uma extraordinária quantidade de mulheres. Quando me vieste pedir não sei quê para o Natal, eras uma. Depois, em um só dia, ficaste duas, muito diferentes da primeira. Desejei ver qualquer das três e levei à casa do padre um bacharel que vendia livros. Apareceu-me outra. Daí por diante o número cresceu assustadoramente. Na sexta-feira, antevéspera de tua partida, encontrei pelo menos vinte. No sábado, em nossa casa, havia uma na sala, outra na sala de jantar, dez ou doze ao pé da janela. És multidão. Como me poderei casar com tantas mulheres? O pior é que todas me agradam, não posso escolher.

SEGUNDA PARTE
Mesmo ano

Pensão de dona Elvira
Rua Correia Dutra — Catete

Vive outra vez: das cinzas da ruína
Ressuscita, ó Salício; dita; escreve:
Seja o epitáfio teu: a cifra breve
Mostrará no discreto, e no polido,
Que é Salício, o que aqui vive escondido.

Cláudio Manuel da Costa, "À morte de Salício"

15 de fevereiro

É difícil abrir a fechadura da porta. A chave entra demais no buraco e é preciso ir trazendo-a de volta, pouco a pouco, até chegar ao vão central onde ela pode girar sobre si mesma e destrancar. A maçaneta — dessas em forma de L — está bamba e fico com medo de que acabe na minha mão. Abro a porta com cuidado exagerado. Entro.

A lâmpada cai do teto, segura por um fio negro de uns cinquenta centímetros. Deixo a mala num canto. Acendo a luz: é impiedosa, mesmo durante o dia. Dona Elvira — a proprietária da espelunca — sabe que os seus pensionistas gostam de ler à noite. Uma cama de casal, encostada à parede, com colcha azul--clara (melhor dito: azul desbotado). Contra o espaldar de metal, dois travesseiros com fronha de cor indefinida. Um guarda-roupa, seboso, e com cheiro de mofo, domina o ambiente. Dentro, alguns poucos cabides e um cobertor. A porta dele range como em filme de terror. Está em frente à cama.

A arrumadeira varre o corredor e canta. Canta, triste e monotonamente, as canções do Carnaval que passou. Cala-se ao ouvir a patroa gritar o seu nome lá no andar térreo. Ela grita, em seguida, números: 7, 12, 16. Descubro que são referentes aos quartos cujos hóspedes deixaram as respectivas chaves na portaria. Os quartos já estão desimpedidos para a faxina diária. Sílvia é o nome da arrumadeira. Não consigo adivinhar, pela sua voz, como ela seja. A cozinheira e copeira é negra, mas ainda não sei o seu nome.

A cama e o guarda-roupa fazem um curto corredor da porta até a janela. Esta se abre sobre metade da cama. Só o seu lado esquerdo é utilizável. Encontro-a já aberta, retirando o ar viciado pelo hóspede que se foi de madrugada. Quarto de fundos, sem paisagem verde. Entre este sobrado e a casa vizinha, um vão recoberto de folhas de zinco. Protegem um galpão, onde — presumo pelo barulho e pelas conversas — consertam-se automóveis. Encurralada entre os pés da cama e a porta (quando aberta), encontra-se um arremedo de escrivaninha, capenga e já com o verniz gasto. Com o calor e a umidade, a superfície fica pegajosa. O antecessor não chegou a usá-la. Descubro um trapo esquecido em cima do guarda-roupa e limpo-a. A escrivaninha deve ser o enfeite do quarto, pois não se faz acompanhar da necessária cadeira. Como ainda não quis reclamar a falta, arrastei-a para o lado da cama e me sirvo do colchão como cadeira. O quarto fica intransitável. Andar ou escrever.

No canto inverso ao da escrivaninha, uma pia encimada por um espelho. Uma toalha de rosto e outra de banho caem de um cabide branco parafusado na parede. Uma pequena prateleira de vidro espera os apetrechos da limpeza matinal. Uma corrente pende de uma haste para o sabão de bola, que ali não está.

Falta também um cinzeiro. Uso uma caixa de fósforos vazia para as cinzas. Os tocos apagados são jogados pela janela. Não encontro solução melhor para este primeiro dia.

No corredor, o banheiro e a latrina. Dona Elvira disse que tinha água quente no chuveiro. Se não fosse pela oficina mecânica de consertos, o quarto seria silencioso. À medida que o dia caminha, o calor torna-se insuportável. É por causa do zinco que recobre o galpão. As folhas absorvem o sol, reverberando-o, e é como se estivesse morando ao lado de uma chapa de fogão aceso. Fico pensando no forno que deve ser lá embaixo. Fecho as venezianas: prefiro respirar o ar do meu antecessor. O quarto na penumbra é iluminado, de fora, pelas vidraças superiores. É preferível. Acendo a luz quando tenho de fazer alguma coisa.

Meu quarto fica no segundo andar do sobrado. No térreo, mora a proprietária, está a cozinha e o refeitório. Tenho direito a três refeições. Na chegada, fui apresentado por Rubem e Zora a mais dois outros casais que tomavam o café da manhã. Todos dizem que a comida é sadia e farta. Alguns, mais delicados no gosto, compram frutas numa quitanda da esquina para melhorar a sustância do prato. Yvone me disse que era luxo desnecessário.

A mala que trouxe é leve. Quase não tenho roupa. O maior peso vem dos livros que tenho ganhado dos amigos. Sinto falta dos dicionários meus que ficaram em Maceió. Pedi a Heloísa que não deixasse de trazê-los. Subi a escada sozinho, despedindo-me antes dos novos amigos que iam para o trabalho.

Apesar de todos termos já certa idade (eu, talvez, o mais velho), o ambiente da pensão é descontraído e lembra república de acadêmicos. Para tanto, ajuda o temperamento italiano e histriônico de dona Elvira. Gesticula, grita, fala sem parar. As palavras brotam na sua garganta com facilidade e estridência, ecoando por todo o sobrado. Controla-o e domina-o pela voz. Fala pelos pés, pelas mãos, pelos cotovelos e pela boca. Nervosa e um pouco caricata, não para um minuto, supervisionando todo o serviço da pensão. Nesses poucos minutos, ocupou posições na porta, na portaria e no refeitório. Quando a cozinheira atrasou-se ao servir um hóspede apressado, fez-se de copeira.

O turbante que traz amarrado na cabeça desperta o riso. Deve ter percebido o meu olhar matreiro, pois logo o justificou, dizendo que era para evitar a poeira e o cheiro de gordura nos cabelos. Ainda tem pretensões a mulher coquete. É viúva de um oficial do Exército.

Ponho a mala sobre a cama. Abro-a. Tiro os livros e revistas que estão por cima e coloco-os sobre a escrivaninha. Não está acostumada a servir o homem, tanto que reclama, rangendo as pernas. Retiro o outro terno e penduro primeiro a calça e logo depois o paletó. Como é de casimira, não amarrotou. Quatro camisas, algumas cuecas, pares de meia, lenços vão para a gaveta que está na parte inferior do guarda-roupa. Neste também guardo a lata de biscoitos Maria (de Heloísa) e uma garrafa de aguardente que Naná colocou na mala, quando me trouxe as últimas peças de roupa que estavam sendo passadas pela empregada. O cheiro de mofo do guarda-roupa incomoda-me e, possivelmente, passará para a roupa. Vou ver se me lembro de deixar a porta e a gaveta abertas durante a noite. Se as deixo abertas durante o dia, não há trânsito no quarto. O par de chinelos vai para debaixo da cama. Escova de dentes, pasta dentifrícia, sabonete, navalha, pincel, tigelinha etc. vão para a prateleira de vidro. Coloco a mala vazia em cima do guarda-roupa. Range os ossos como a escrivaninha.

Resolvo tomar um copo de aguardente. Não há copo. Desço os dois lances da escada para pedir um. Assustam-se com o pedido e, logo depois, a cozinheira entrega-me junto com ele uma bilha d'água. Dona Elvira pede desculpas pelo esquecimento de Sílvia. Não sei o que fazer com a bilha que me deram, já que praticamente não tomo água fora das refeições. Ocupará um espaço que não existe para ela. A arrumadeira vai levar um susto quando encontrá-la debaixo da pia. Fico com receio de quebrá-la com uma patada de mau jeito. Vai fazer companhia à mala em cima do guarda-roupa. Dona Elvira grita lá de baixo, dizendo que o almoço já está sendo servido. A voz da mulher é potente. Só eu e mais dois gatos-pingados. Sou apresentado a dona Laura, uma pensionista bem simpática, e à sua filha Marli, de uns quatro anos. Os outros pensionistas meus conhecidos, ou chegam para o segundo turno, ou não vêm. Talvez não valha a pena se abalar do local de trabalho para pegar o grude. Servem, primeiro, uma sopa rala com macarrão de letrinhas e, depois, arroz e feijão, carninha moída com chuchu. Boa a quantidade e a comida tem gosto. Limpo as travessinhas, enquanto escuto o estranho diálogo entre dona Laura e a sua filha. Não faz sentido para mim. Fruta de sobremesa: uma laranja ou uma banana. Banana, digo. A cozinheira me informa que doce é no jantar. Vou tomar um cafezinho num botequim qualquer.

Na rua, decido descer a Correia Dutra até a praia. A rua é estreita e ventilada, mais fresca do que o quarto. De longe, vejo duas palmeiras na praia do Flamengo e, no fundo, uma paisagem indistinta por causa da bruma. A rua é calma e o barulho de bondes e carros vem da Bento Lisboa em cima, ou da rua do Catete embaixo. Poucos passantes, a maioria banhistas que voltam da praia para o almoço. Tenho de fazer alguma coisa da minha vida. Não posso continuar neste marasmo. Fico de papo pro ar, esperando. Esperando o quê? É preciso que vá à guerra. O *Observador Econômico* me pediu um artigo. O Rodrigo me prometeu um serviço para o Patrimônio e o Almir outro de revisor. Como tenho sido, em várias conversas, muito crítico do governo Vargas, receio que isso esteja retardando essas e outras ofertas de trabalho. Não posso cair na ilusão de não saber quem eu sou: um ex-preso político.

Ainda tenho o dinheiro que Heloísa me deixou. Dá para pagar mês e meio da pensão (até 31 de março) e sobreviver dentro de limites estreitos. Amigos que trabalham em redação de jornal têm sugerido que submeta à apreciação dos redatores-chefes resenhas de livros e até mesmo pequenos contos. Não pagam bem. Dá para o cigarro e a aguardente.

Ao mesmo tempo, preciso não descuidar-me; quero um projeto literário mais substantivo do que este diário. Quero retomar a experiência da cadeia, porém sem fazer obra de realismo estreito, sem fazer narrativa de tipo jornalístico (como o Morel está querendo fazer). Quero qualquer coisa em torno da oposição entre a política e o cárcere, qualquer coisa sobre o destino trágico do intelectual no Brasil, sobre o desejo de morte e o desejo de vida, sobre compromisso com os seus e a liberdade.

O sol do meio-dia fere-me a vista. Cheguei à avenida. Procuro o bar mais próximo para tomar um café.

Lamento não poder participar da alegria e da algazarra do ambiente. De pé, ao lado do balcão, olho para a sala do restaurante que se deixa entrever por trás do homem gordo com cara de português, que está sentado junto à caixa registradora. Fico olhando as bocas que se enchem e sorriem, que mastigam e falam; olhando os olhos acesos e vivos dos clientes, que brilham quando se levantam do prato que têm em frente e se dirigem ao interlocutor. Peço um cálice de aguardente. O café que tomei estava bom. Peço uma segunda xícara. Há no ar uma inquietação de metal — garfos e facas que digladiam nos pratos — que me apavora e me atordoa. Um zumbido forte apaga qualquer outro barulho. Sinto a vista turva e o corpo vacilar. Apoio-me no balcão. Ponho a culpa na má qualidade da cachaça e, depois, na comida da pensão. O zumbido nos ouvidos para e volta o zum-zum atordoante do restaurante. Acendo um cigarro. Resolvo respirar o ar puro.

Caminho de volta para a pensão. Com os olhos semicerrados, por pura brincadeira, vejo as sucessivas casas se desenrolarem como duas fitas multicoloridas. Prolongo o corredor visual até a pensão e me vejo caminhar dentro de um universo alegre e feérico, onde o contorno nítido das coisas não conta; só a confusão de cores que irradiam. Queria conseguir esse gênero de ambientação para as aventuras que narro no meu livro infantil — será que o conseguirei? Não quero que o livro seja o lugar para a criança tomar contato com o mundo. Quero deixá-la no seu próprio universo de coisas não decifradas, não conhecidas. Uma casa já é uma casa fora do livro, para que o ser de novo por escrito? Um livro não repete as coisas como elas são; serve para indicar o caminho do seu esclarecimento.

Já estou de volta ao quarto. Aproximo-me da pia. Lavo as mãos. Escovo os dentes. Enxugo as mãos e em seguida passo a toalha úmida pelo rosto. Há só um cabide para as toalhas, portanto esta vai deixar úmida a outra. Penso em comprar outro cabide. Só em pensar nos parafusos, desisto. Abro a janela e estendo a toalha úmida no parapeito. De dentro do quarto, olho o telhado de zinco e escuto os barulhos mecânicos da oficina. Um som áspero de martelo que bate na placa de ferro, ou em bigorna. O quarto esplende em claridade. Apago a luz. Cerro a janela.

Reganho a penumbra.

Estiro-me na cama. Levanto o braço direito. É um guindaste de porto que se distancia da terra e se adentra pelas alturas. A mão aberta quer agarrar alguma coisa. Fecho a mão e agarro o ar. O ar se esvai por entre os dedos. Fico com a mão vazia e fechada. Trago a mão de volta ao peito e a deixo espalmada, sentindo as vibrações do corpo. O coração bate. Fico imóvel. A minha respiração chia quando atravessa o nariz.

Lembranças da prisão. Tiro um lenço do bolso da calça e

assoo o nariz. Coloco-o de volta no bolso. A respiração flui silenciosa.

De novo, tento agarrar alguma coisa levantando o braço. A mão vazia pesa demais e lanço-a para trás, batendo contra o metal da cabeceira. Agarra-se forte ao cano redondo, como se o corpo estivesse em perigo e coubesse a ela salvá-lo do perigo da queda. A diferença de temperatura se faz sensível para a mão. Agarro-me mais ao espaldar e faço movimentos com o corpo: um ginasta deitado. A mão esquerda agarra-se também ao cano do espaldar. Já sou um trapezista sem o vácuo do espaço. Sem o perigo do tombo. Os movimentos que faço são falsos na realidade.

Acordei bem mais tarde e lembro-me de um sonho estranho. Narro-o.

O fluxo de carros era constante e impedia que eu atravessasse a rua. Por isso, fiquei dando voltas em torno do mesmo quarteirão, olhando as mesmas casas e edifícios, sem poder chegar ao lugar aonde queria ir. Quando ameaçava atravessar a rua, os motoristas imprimiam maior velocidade aos carros, não deixando que nem o pé eu pusesse no asfalto. Era dia claro e o passeio estava deserto. Todos os humanos se protegiam dentro dos carros. Era a única pessoa a pé. Os edifícios estavam de janelas fechadas. Cheguei a tentar entrar em um. A pesada porta de ferro da entrada estava trancada. Depois de qualquer tentativa de atravessar a rua, reganhava ânimo e continuava a caminhada. Ao querer dobrar uma próxima esquina, deparei com algo que não estivera ali até então. Uma espécie de barreira dividida em duas partes. Se quisesse dobrar a esquina, tinha duas opções: subia por uma cerca de arame farpado de uns três metros de altura e, de antemão, um cartaz me desaconselhava a tentativa, já que alertava para a "alta voltagem"; ou bem adentrava por um verdadeiro chiqueiro, onde os vermes mais nojentos pululavam na lama, ameaçando tomar conta do meu corpo em segundos.

Acordei banhado em suor. A boca seca amargava. A garganta arranhava; tinha dificuldades em respirar pelo nariz. Levantei-me de um pulo só e fiz uma limpeza geral da boca e das narinas na pia. Sentia-me melhor. A comida da pensão é muito mais salgada do que aquela a que estou acostumado de um ano para cá. Na cadeia, praticamente não tinha tempero e, em casa de Zé Lins, era baixa de sal, por motivo de problemas da patroa. Aqui, para que tenha algum gosto, abusam do sal e, receio, da pimenta. Terei que tomar mais água durante as refeições. A bilha em cima do armário encontra a sua razão de ser neste quarto. Bebo um copo d'água.

Sinto-me enjoado e vou até a latrina. Era o excesso de gases comprimidos no estômago que me trazia o mal-estar.

Sinto falta dos jornais e revistas que encontrava esparramados pela casa de Zé Lins. Distraíam-me — apesar da má qualidade das matérias e das informações — nos momentos vazios do dia. Não tenho paciência para ler todo um livro. Falta-me a tranquilidade, falta-me a disponibilidade. Tudo o que rodeia exige tanto a minha atenção que sinto despropositado dedicar--me tanto tempo à compreensão de uma única cabeça, de uma única estória. Quero envolver-me com tudo e com todos, para de novo aprender como são as pessoas e as coisas. Era muito exigente nas minhas escolhas; e, feitas estas, agia como se todo o resto não existisse. Hoje, faço poucas escolhas. Quero enxergar tudo, compreender também as pessoas bobas, inúteis, fúteis ou medíocres. Saber por que a maioria das pessoas são mais atraídas pela pobreza de espírito do que pela riqueza da inteligência.

Chego a pensar que, assim como existe uma lei do menor esforço que é seguida pela maioria das pessoas no que se refere ao trabalho físico praticado pelo corpo, há uma lei semelhante para a vida espiritual. Tudo o que é inteligente é tenso, e esta tensão exige cuidado e atenção do homem, requer a sua energia.

É preciso que a mente esteja acordada, viva, elástica, alerta. O corpo e a cabeça do comum dos mortais preferem a preguiça. Como tornar todos os corpos e cabeças aptos para a constante vida ativa? Não encontro forma. Sei que a humanidade encontra movimentos passageiros em que todas as pessoas de uma comunidade vivem em constante efervescência, como se o dia fosse uma festa de excessos e de loucuras. São os períodos revolucionários da história. Mas mesmo esses momentos privilegiados são passageiros. Logo quer o homem a rotina. Delega, de novo, o poder e as decisões de governo a um pequeno e seleto grupo. Requer, de novo, as hierarquias. Encaixa-se nelas, de maneira subalterna. Dentro da rotina que lhe é dada de graça, imbeciliza-se de novo, torna-se preguiçoso e começa a exigir a mediocridade ao seu redor. As pessoas que sobressaem no círculo têm a cabeça cortada. É o preço que pagam por quererem insistir na recorrência da vida e da audácia. Da alegria.

Ou será que o homem — como o trapezista, o artista de teatro, ou a bailarina clássica — só pode viver algumas horas do seu dia em semelhante estado de tensão?

Já reparei como as pessoas que se exibem de forma extraordinária durante algumas horas, têm necessidade de um contraponto inverso nas horas restantes da sua vida diária. Costumava observar um trapezista de circo que ia, de dois em dois anos, a Palmeira dos Índios. Era viúvo e prefeito então.

Apesar de másculo e forte no circo, os seus gestos no resto do dia traduziam certa languidez que não me incomoda chamar de mórbida.

Andava pelas ruas como se tivesse desparafusado as diversas partes do corpo, cada uma se espichando em torpor até o ponto em que se encontrava verdadeiramente distendida e relaxada. Sua caminhada era leve e se subtraía ao rigor dos músculos que, no trapézio, não podem falhar. Suas passadas levavam a nenhum lugar, pois eram contraditórias na direção do caminhar. Aproximando-se de um trecho da rua em sombra, retardava os passos e — como uma jovem sonhadora de romance romântico — deixava o corpo felinamente aproveitar-se de cada reserva de sensualismo que existia no contraste da sombra com o calor do sol. Ele era um misto de tigre e de gato. De animal selvagem e doméstico. De másculo e langoroso. Eis as formas distintas da atração que exercia, silenciosamente, sobre as pessoas, desconcertando-as. Passeava estranha e solitariamente pela cidade, parecendo não absorver com os olhos o concreto das ruas e da arquitetura das casas, ou a presença dos habitantes. Absorvia alguma coisa que estava no ar, flutuando, e que nos escapava. Caminhava pelas ruas, parava nas praças, sentava-se num banco público à sombra de uma árvore, recostava-se e ficava imóvel por horas, absorvido por um ponto no espaço que eu não conseguia identificar. Às vezes, encaminhava-se para o alto do morro e por lá ficava toda a tarde. De tal forma era mágica a sua presença entre nós, que as pessoas — sobretudo os moleques — o reconheciam mas não tinham coragem de perturbá-lo. O mesmo não acontecia com os outros artistas do circo: com dificuldade andavam sós pela cidade. Todos estes tinham uma apresentação sofrível no picadeiro. Íamos todos ao circo para ver o número do trapézio. Ele salvava a sessão, valia o dinheiro do ingresso. Era o artista que todos esperavam e que tinham, depois, receio (ou pudor) de reconhecer, caminhando sensualmente pelas ruas de Palmeira dos Índios.

Ele habitava a cidade como se ela fosse só dele. Era eu o prefeito, mas a cidade, enquanto ele esteve ali, irradiava a sua presença.

Tenho o esqueleto tenso, tenho os músculos tensos. Gostaria de aprender a soltá-los, como que para deixar que o meu corpo exista sem os constantes enredos, mandos e desmandos da cabeça. Queria o meu corpo solto no ar do Rio de Janeiro, fazendo brincadeiras com a brisa marinha, como se travasse com ela uma relação sexual. Quando passo pela rua, sinto que abro caminho no ambiente como se fosse um navio torpedeiro, antagonizando o ritmo natural das ondas humanas. Viver no ar como se boia na água. Deixar-se envolver pelo ambiente, retirando dele um gozo que se projeta como bem-estar geral.

Queria ter a cabeça alerta e os músculos soltos. Tenho a certeza de que brotaria em mim um novo tipo de inteligência. Teria uma concepção mais acurada da realidade e dos homens, porque a percepção que teria da realidade não traria a marca do ressentimento inspirado pela carne que não se sente bem no mundo. Um corpo triste é um corpo triste, e esparrama abatimento sobre o mundo, recobrindo-o de um espesso véu roxo de infelicidade, como fazem com as imagens de santos na igreja, durante a Semana Santa.

Para retirar esse véu roxo é preciso que o corpo se alegre. Como seria o mundo sem o véu? Dar a cada pessoa, a cada ação, a cada pensamento, o peso certo no julgamento. Lucidez e liberdade totais. Não tentar impor à pessoa, à ação e ao pensamento — alheios ou meus — o roxo do meu padecer; não fazer a análise crítica do humano a partir da tristeza. Seria outra pessoa: em paz com o mundo e com os homens. De cabeça alerta, no entanto.

Não busco a paz que se confunde, nas cabeças medíocres, com a preguiça. É a paz do trapezista que busco: misto de tigre e de gato. Carnívoro, quando em gala de apresentação; lânguido, quando transita com as ideias e o corpo pelo mundo.

Sei artimanhas de corpo que não ouso confessar.
Sei deleites sensuais que não chego a oferecer.
Sei brilhos de gozo que não posso desfrutar.
Sei gritos de contentamento que param na garganta.

Tenho tudo isso guardado — como o enxoval de uma noiva que ficou sozinha no altar. Artimanhas, deleites, brilhos e contentamento acabam não tendo utilidades, objeto apenas de veneração. Sei, sei, sei, não basta saber. Vejo-os aprisionados e acorrentados a uma vivência triste e sem grandes alvoroços de calor humano. Eu, que não acredito no pecado, acabo sendo casto. Eu, que não acredito no inferno, sou modelo de virtudes. Para quem me guardo? Com que fim me resguardo? Digo-me que é por causa de certa agressividade que encontro no Rio de Janeiro, onde as pessoas vivem impiedosamente as relações humanas. Mas e o meu lado tigre?

Deixar-me sair pela floresta do asfalto, carnívoro e sedento, lânguido e autossuficiente, sabendo atacar defendendo-me, sabendo me defender atacando.

16 de fevereiro

Consegui uma cadeira para a escrivaninha. Não preciso mais arredá-la para junto da cama quando quero escrever. Mesmo assim tive um pequeno problema, já resolvido. No canto em que está, a luminosidade do quarto (natural e artificial) deixa a desejar: a minha cabeça faz sombra sobre a folha de papel. Inventei uma posição que acaba por agradar-me. Viro o espaldar da cadeira para o lado da porta, sento-me de banda para a mesa e de frente para a parede. Fico menos prisioneiro do espaço entre a cadeira e a mesinha. O braço direito, com a caneta, fica todo apoiado na escrivaninha, enquanto o esquerdo repousa sobre as minhas pernas. Posso também cruzar as pernas. O papel, diante de mim, recebe toda a luz da janela, ou da lâmpada no teto.

Ontem à noite, fiquei conversando com Vanderlino, sentados no sofá da entrada do hotel. Rubem e Zora tiveram de sair e penso que pediram a ele para fazer-me companhia nesse meu primeiro dia de pensão.

Vanderlino tem tudo do novo intelectual que vejo ser comum no Rio de Janeiro. Já não tem a ambição de um conhecimento geral do mundo, da sua história e das diversas facetas da sabedoria humana, acumulada pelos sucessivos séculos. Conhecimento amplo, generoso, gratuito, que existe como produto da curiosidade e preexiste à vontade de criar. Estes intelectuais querem apenas saber — e bem — algumas poucas coisas que lhes dão acesso imediato ao mundo das artes. Não sei se os chamaria de artistas, parecem-me mecânicos. Não lhes importam tanto a reflexão e a marca pessoais na criação; preocupam-se antes com o acabamento e com a quantidade de palavras (sempre mínima) — ideias fixas que são mais dignas de uma máquina que do homem.

Nesse sentido, vejo por que Santa Rosa se adaptou tão bem ao Rio. É capaz de executar, com horário marcado por cronômetro, qualquer serviço ligado às artes plásticas. Só a sua produção para os suplementos literários e revistas deixaria em polvorosa qualquer artista à antiga. Quantas vezes já, neste curto espaço de tempo em que estou no Rio, presenciei o José Olympio encomendar-lhe uma capa de livro — para amanhã. Não se faz de rogado. Recebe das suas mãos os originais e, não sei como, no dia seguinte a capa está pronta, bem inventada, pertinente, executada à perfeição. Num fim de semana, fez o álbum de desenhos para o concurso infantil do MES e a capa para *Pureza*, de José Lins. Tenho a certeza de que ganha o primeiro lugar no concurso. A capa está bonita.

Santa ainda tem tempo para ilustrar livros, fazer decoração em salões de Carnaval, meter-se com a gente de teatro para desenhar figurinos e cenários. Seus conhecimentos gerais são parcos, mas entende como ninguém de tudo o que se refere a linha, cor e volume no espaço. É capaz de encontrar soluções originais para o que se mete a fazer, mas o trabalho — a obra — em si não é original. Tanto a sua concepção de desenho quanto a de pintura são derivadas. Pertencem mais à nossa época do que a ele. Falta-lhe uma opinião própria sobre a arte; sobra-lhe tudo o que se refere ao "saber fazer". Planeja, esboça, executa, faz. E muito bem. O bom gosto é a sua marca registrada. Não mantém, paralelamente, uma conversa crítica com o que faz: antes, durante e depois de o fazer. Ele não domina a linguagem que fala sobre a arte; só conhece a linguagem da arte. Exprime-se pela linha, cor e volume; não sabe por que esta linha, ou esta cor, e não aquelas. Parte, basicamente, de uma intuição genérica sobre o ofício das artes. Exprime-se pelas leis das artes plásticas, como uma criança de cinco anos exprime-se pelas leis da gramática: ambos inconscientes dos processos, das combinações e das regras, do peso enfim dos elementos. Quando trabalha, tem a alegria da criança que inventa frases sem saber que está inventando. Falam o que pretendem dizer. Não sabem para que falam. A finalidade do trabalho de Santa Rosa é compreendida e justificada pela necessidade que representa a encomenda do trabalho. Com que fim faço este desenho? Para ser capa de um livro. E este outro? Para ilustrar um poema num suplemento literário. Na função, esgotam-se o significado e a área de influência artística que o trabalho pode ter.

Tal artista é semelhante a certos jornalistas com quem tenho conversado e cujos artigos tenho lido nos jornais. Têm o dom da palavra escrita. Sentam-se à máquina e, em poucos minutos, têm pronta a matéria pedida. Como Santa Rosa, sabem executar uma tarefa específica, mas não chegam mais a ter a necessidade de fazer algo que não seja trabalho imposto pelo outro. Em pouco tempo, seus conhecimentos já não estarão a serviço da arte de escrever, mas açambarcados pelas necessidades internas do jornal.

Os meios de comunicação modernos (imprensa escrita e falada) exigem do intelectual competente, quando deles se aproxima, que se despoje da sua personalidade e meta o casaco do dono da empresa, entrando para uma roda-viva diária onde o essencial é a boa execução da tarefa. Isso se complica mais quando se trata dos delicados problemas da imprensa hoje, como os de censura interna e externa: a boa execução deve passar ideias que não são as de quem escreve. Ideias que pertencem aos donos do jornal, da empresa e da nação. Em nome do salário no fim do mês, do profissionalismo e do prestígio entre os seus pares, vão engolindo em seco imposições que acabam por torná-los autores de textos impessoais, por destruir-lhes qualquer idealismo político ou social que possam ter.

São intelectuais que perderam a complexa noção de estilo pessoal. Aceitam fazer a tarefa dentro do estilo do meio de comunicação que os emprega. Vejo que não dominam o estilo literário: dominam os recursos da "cozinha" do jornal. Percebo que existe uma coisa passível de ser definida independentemente do sujeito que escreve: o "estilo jornalístico". Não é o estilo de x ou de y, jornalistas, mas do jornal (isto é: do meio de comunicação) em si.

Dominado esse estilo, tudo é passível de ser dito (e bem) no interior do seu círculo. Para quem escreve hoje em jornal, não interessa o conteúdo, mas a maneira como a informação é veiculada ao possível leitor. Para o dono do jornal não interessa tanto a maneira (para isso remunera — ? — condignamente os seus artesãos), mas a informação em si. O dono do jornal quer que a sua mensagem seja divulgada corretamente (isto é, de forma clara e atraente para o leitor), seja consumida e comece a interferir positivamente nos seus negócios particulares e nos da nação.

O jornalista não sabe para que escreve; o dono do jornal sabe para que mantém e edita o jornal. A finalidade do meu trabalho é compreendida pelo dinheiro que circula da mão do patrão para a minha — pensa o jornalista. A finalidade de um artigo, para quem o produz, é o salário no fim do mês. Nada de mais errado. A sua finalidade verdadeira é a de conseguir estabilizar o domínio do patrão, ou do seu grupo econômico e político, dentro da sociedade.

Relendo os parágrafos acima, dou-me conta de que, ao escrever, estou cavando o meu próprio e futuro precipício. Desta queda não conseguirei safar-me.

Não existe, para mim, outra maneira além dessa de ganhar dinheiro no Rio de Janeiro. Sempre me dei bem com o comércio: não tenho mais o capital para montar uma loja. Gostei das minhas experiências com a política: as portas estão definitivamente fechadas. Meu cargo era público e estadual: não se pode pedir transferência para o Rio de Janeiro. Sei escrever; gosto de literatura. Queria escrever romances e viver deles. A literatura não dá dinheiro no Brasil.

Estranha essa sensação de avistar um precipício no horizonte e caminhar para ele, adivinhando que é inevitável a queda. Querer poder controlar as pernas, desviá-las do destino, e não poder controlá-las. Num desvario momentâneo, passa-me pela cabeça a ideia de um condenado à morte que caminha por um corredor de onde vislumbra, no fundo, a cadeira elétrica. Aceito o precipício, acata ele a morte, e caminhamos como que ditados por uma ordem imperiosa da sociedade. "Nada de pessoal contra vocês. É o merecido." É uma punição mais violenta do que qualquer outra tortura carcerária que se pode inventar. Tenho pavor da minha situação, porque sei que a chegada à beira do precipício é questão de mais ou menos horas. De repente, perco a medida das minhas próprias forças, forças estas que tento recolher, ajuntar e animar desde que saí da cadeia. Enquanto indivíduo que passa pela engrenagem socioeconômica do Brasil de hoje, as alternativas do mercado de trabalho para mim são poucas e duvidosas. Vejo o peso da cadeia sobre uma vida; vejo o peso do governo autoritário e discricionário sobre uma comunidade. Percebo, de maneira concreta, o que conseguem: o silêncio do indivíduo. Pior: o silêncio de muitos indivíduos ao mesmo tempo. Trágico: uma sociedade civil silenciosa.

Se aceito, para safar-me da miséria econômica em que estou, os encargos que me oferecem alguns amigos e jornais, aceito também o meu silêncio. Serei um profissional competente a executar uma tarefa cujo lugar e função já estão predeterminados antes da minha entrada em cena. Faço a pantomima do grande ator. Valem-se dos meus conhecimentos da língua portuguesa (do meu "estilo seco e direto", como dizem), da mesma forma como um construtor de catedrais valia-se do artesão que sabia trabalhar a pedra. Produzo o serviço no anonimato. Somos todos artesãos a construir a catedral do autoritarismo de Vargas. Pedem o silêncio da oposição para que haja democracia. Dizem que não pedem muito. Apenas uma trégua para que a nação possa ser soerguida das cinzas de 35.

O desejo de ter uma voz, na presente situação, passa a ser negativo, por mais paradoxal que isso possa parecer a qualquer outro habitante do planeta Terra. A voz teria que, obrigatoriamente, ser eco da voz do presidente da República ou do dono da empresa jornalística. É preferível, então, calar-se. Encontro os meus companheiros de luta no silêncio. Em silêncio, trabalhamos; com o silêncio, ganhamos o nosso sustento; pelo silêncio, exprimimo-nos. A mensagem do trabalho e a da própria expressão são contraditórias. O salário justifica a contradição.

A mudez acaba sendo, portanto, o lava-mão de Pôncio Pilatos. É a conivência a meio caminho de um trabalho feito e de uma expressão calada. O lava-mão, hoje, se chama profissionalismo. Apoia-se ele na competência e na disciplina do indivíduo, na necessidade econômica e na manutenção da família.

O profissionalismo parte o homem ao meio, operando um corte profundo entre as duas metades. O profissionalismo dá-lhe casa, comida e bem-estar; tira-lhe sono, tranquilidade e boa consciência. São duas metades inimigas, sem a possibilidade de paz, porque são também contraditórias. Quando se beija uma, esbofeteia-se a outra, e vice-versa. Retorna o homem a casa, depois de um dia de trabalho, e começa a desfazer-se das tarefas que executou, da mesma forma como tira a roupa suja. Prepara-se para o banho que limpa e purifica. O trabalho diário é um acessório que não faz parte do ser. Melhor dito: é a planta daninha que impede o pleno crescimento e amadurecimento do indivíduo.

O trabalho, planta daninha — a que ponto chegamos! Sem trabalho, não posso sobreviver; pelo trabalho, construo um mundo onde não quero viver. Estamos todos sabendo que estamos construindo este mundo assassino, como se caminhássemos de mãos dadas para um precipício. Como no caso do condenado à morte, de nada adianta saber que se caminha para a cadeira elétrica. A marcha é animada pela voz do comando social. Viveremos num mundo onde estaremos mortos.

Quero tanto escapar da morte do meu corpo; mais e mais acato um mundo onde ele estará morto. Construo um espaço para ele, onde transitará morto-vivo. É uma pena. Impossível conciliar o meu desejo ardente de prazer e vida com o meu desejo político de uma sociedade justa e igualitária. Queria tanto conciliá-los. Seria tão importante. E o que vejo?

Mais puxo a sardinha para o prato da minha sobrevivência feliz, mais alicerço os valores de uma sociedade injusta.

Trabalho, trabalhamos em prol de uma nação que nos nega. Alimento-me para ser o prato futuro dos inimigos. Quando estiver bem gordinho e cantante, ciscando com alegria o terreno da vida, apalparão as minhas carnes, sentirão o saudável do meu peito e — como boa cozinheira — passarão a faca no meu pescoço. Deixa sangrar.

O chão imundo da prisão recolhe o sangue.

Ponho as duas metades do meu ser na balança. Sei qual é

a metade certa, qual é a errada. Fecho os olhos, tentando evitar o reconhecimento. Abro os olhos, distingo claramente o que faço. Enfureço-me ao perceber que estou dando corda à metade errada. A certa fica na penumbra das minhas ações, expressa-se pelas palavras deste diário. Que posso fazer? De nada adianta obstinar-se a uma luta vã que leva à minha autodestruição. Quero tudo na vida, menos ser mártir.[17] Nenhuma causa que exige o sofrimento do homem pode ser boa.

Nenhuma.

Vem-me à cabeça a imagem machucada, sofrida e dolorida do Senhor dos Passos. As mulheres de negro invadem a igreja, aproximam-se do altar, rodeiam-no com orações e respeito. Os seus rostos tristes e apagados, compenetrados, traduzem tudo o que não puderam fazer para que houvesse esse congraçamento profundo com o Senhor na tristeza. Seguem-no depois em procissão pela cidade, reconstituindo a vida da dor e do martírio. Qual vida? A dele ou a delas? Aqui, Cristo é obrigado a trabalhar forçado, carregando a cruz do próprio padecimento; ali, é chicoteado e coroada de espinhos a sua ambição de guia social; mais adiante, é escarnecido e ferido pela multidão; no fim, tem sede e dão-lhe fel para beber. É pregado na cruz para salvar-nos.

17 No verso da página anterior, encontra-se a seguinte anotação manuscrita: "4-3-1945.
   Com grande alívio e prazer, retiro da gaveta e abro este manuscrito para anotar uma frase de Plínio Salgado que, de repente, me deu força para continuar nas minhas ideias de então. Conversa ele com Getúlio, em 1937, às vésperas do golpe do Estado Novo. O presidente alerta-o para o perigo da candidatura José Américo, inimigo das forças integralistas. Plínio responde: 'No dia em que (nós, integralistas) tivéssemos uma perseguição federal, o nosso crescimento seria espantoso, porquanto é da própria índole e natureza do nosso movimento crescer pela mística do martírio. Por conseguinte, eu não temia uma perseguição em grande estilo'. É o que está no *Correio da Manhã* de hoje". (N. do E.)

Não posso acreditar que seja através dessa imagem, dessa mensagem, que a humanidade encontrará a sua redenção futura, humana e social. Quem tem sede e bebe fel, não pode dizer: Dai de beber a quem tem sede, dai de comer a quem tem fome. Quem bebe fel, precisa antes afastar o cálice da sua frente. Aproximar-se de uma fonte de água fresca e cristalina, saciar a sua sede. Lavar o corpo ferido e dolorido. Repousar. Não posso acreditar que o autossacrifício seja exemplo para a justiça entre os homens. Não posso acreditar que o gesto de bondade para com o semelhante apareça no momento da mais pungente dor física. Não posso. Como acreditar numa ética do perdão? Não sabem o que fazem. Sabem. E continuam fazendo.

Se acreditasse no autossacrifício como salvação ética, metade dos meus problemas estariam resolvidos. Não estaria debatendo-me entre duas metades contraditórias. Entraria na pele tranquila de um homem íntegro, prisioneiro de uma justiça injusta, perseguido de uma sociedade autoritária. Exemplo de sofrimento e coragem para os meus concidadãos. Paro aí, porque não posso acreditar que a minha vida se resolva nesse gênero de integridade. Tenho que arrebanhar os meus cacos de maneira diferente. É a minha imagem íntegra de mártir que não posso aceitar. Prefiro ver-me partido, contraditório, precário; prefiro ver-me escolhendo a metade errada. Não quero a tranquilidade do martírio porque para mim ela é falsa.

Perdi o sono. Continuo a escrever.

Erro para acertar com a minha autenticidade. Acertaria, contrariando a minha ânsia de vida. Erro para negar o meu lento suicídio. Acertaria, agradando aos outros. Erro para evitar que a oposição caia na panaceia do martírio. Erro para dizer que a condição de perseguido e massacrado não serve de exemplo. Antes, atiça mais a sanha dos sádicos algozes.

Posso entender que, devido às circunstâncias, alguém acabe por ser mártir de uma causa, passando padecimentos difíceis de um mortal suportar. Nesse caso, ele chegou ao martírio porque pertencia a um grupo coeso e decidido, metido na oposição contra um governo que julgava injusto. Reage este governo de maneira arbitrária e violenta ao questionamento do poder, e eis armado o palco da luta política. No pega pra capar, alguns poucos sofrerão mais do que o resto. Um ou outro pode até morrer, eleito que foi pela falta de sorte. O "eleito", portanto, não serve de exemplo das ideias do grupo, caso tivesse sido vencedor. O eleito é a imagem viva da derrota. Ele não representa o movimento político na sua ânsia de justiça inicial. Na sua largada otimista.

Quando o mártir passa a ser exemplo, não o é da pujança inicial (repito), mas da derrota final. Cria-se assim uma mentalidade derrotista nos que se inspiram pelos atos da sua vida. Eis o meu segundo ponto. O imitador passa a sentir-se bem sendo pisado, ferido, massacrado, tolhido, adaptando-se sem chiar às situações da posição inferior, subalterna. Surgem a subserviência, a docilidade e a intransigência (curiosa mistura) como traços psicológicos do neófito. Essa mentalidade é bem diferente dos princípios que norteavam o grupo primitivo, cuja vontade básica era a tomada de poder — como vencedores.

Continuo?

Entendo que o mártir é uma figura passageira no processo de construção de uma estrutura de poder que seja justa e igualitária. Não estou convencido, no entanto, de que seja uma figura convincente, chegando a arregimentar pessoas para o seu grupo. Assusta mais as pessoas do que lhes agrada. É funeral, não é vida. Inspira-lhes mais o temor da repressão do que a coragem para o combate. A matéria-prima psicológica do mártir é o luto. A matéria-prima psicológica da revolução é a audácia. A repressão passa a existir como alvo em si, quando o único alvo da luta política é a tomada do poder.

A comparação que me vem à cabeça não pode ser má, porque traduz ela os mecanismos da imposição do desejo de ser igual no Brasil. Os mártires políticos são semelhantes a essas imagens sofridas que aparecem nos "santinhos", distribuídos às crianças no catecismo. Os santinhos povoam a imaginação infantil, sem, no entanto, despertar-lhes a vontade de ação igual. Veem os meninos o santinho, mas não se tornam santinhos. Para usar a expressão vulgar, viram santinhos do pau oco.

Não posso deixar de narrar uma passagem de sermão do padre Antônio Vieira, que comenta melhor o que desejo dizer. Estava apreensivo o padre com o sucesso da catequese e a conversão entre o gentio brasileiro, porque este apenas se moldava passageiramente aos desígnios cristãos. A imitação esperada parecia a mímica de atores treinados, não era a aceitação de uma nova vida e de novos valores morais e religiosos. Ao se "converter", não se transformava o selvagem; continuava o mesmo. Ocorreu-lhe então uma comparação entre o trabalho de conversão e dois tipos diferentes de material onde o escultor executa o trabalho artístico. Há esculturas feitas em mármore e outras em arbustos. As primeiras, diz ele, adquirem uma forma que o material nobre mantém pela eternidade afora. São os convertidos europeus. As outras esculturas, passados alguns dias, começam a apresentar deformações, porque o material nada faz para perpetuar a forma. Requerem o cuidado constante do jardineiro de almas. Em um mês, voltam a apresentar-se como eram antes — conclui o pastor, constatando a inutilidade do seu trabalho. Mas em lugar de abandonar o arbusto, Vieira prega a necessidade de um jardineiro constante e amoroso no trato com os indígenas brasileiros. Pobre arbusto!

Gosto da passagem no seu contexto histórico-social. A cultura europeia (o mármore) contraposta à indigência da civilização indígena (o arbusto). O material nobre e o material vulgar. A descoberta da natureza primitiva e do homem natural que nela vive. O escultor e o jardineiro. O inverno e a primavera do convertido. O frio e o quente. As almas dóceis daqui não se comparam aos corações insubordinados de lá. E pede-se dinheiro a el-rei para custear o diuturno trabalho da catequese.

Quero antes destrinchar a concepção que o político tem do homem, quando coloca como fim a sua "transformação" em favor de uma causa superior.

Como acreditar numa transformação para melhor que seja servidão? Que mágico é este que se pode dar ao direito de mudar a vida de um grupo social em favor das suas ideias? A "boa causa" não desaparece no momento em que a violência é utilizada como meio? Que jardineiro maravilhoso é este que tem uma imagem ideal para todo e qualquer arbusto? Como lutar em favor de uma causa que necessita da tesoura de podar semana sim, semana não? O mal não estaria mais no uso da tesoura do que no crescimento anárquico do arbusto? Seria preciso trabalhar contra a vontade do homem para que este encontre o seu bem-estar moral e social? É o homem de tal forma prisioneiro do mal que se precisa de um alicate para retirá-lo e colocá-lo no bom caminho?

Essas perguntas não ajudam muito: eu sei. Podem até ser perigosas quando se discutem as "boas causas" de uma maneira geral. É preciso, porém, fazê-las. Começa o homem a sua vida pelas dores do parto, aprende a caminhar pelo mundo sendo tosquiado por uma tesoura e desaparece pelos sofrimentos da agonia. Dor e miséria. Devemos endossar categoricamente esse pessimismo, de maneira a evitar que brilhe o sol da primavera pelo trânsito do homem sobre a Terra? Não seria melhor lutar por um parto sem dor, uma vida sem podas e uma agonia sem sofrimentos? Por que em lugar da imagem fúnebre do Senhor dos Passos, sendo martirizado em cada esquina da vida, não se propõe, como exemplo, a imagem de um Menino Jesus que nasce sem as dores do parto?

Tudo que é natural no homem é antissocial? Seria o homem, em princípio, um selvagem que precisa ser "domesticado"? Por que, então, levá-lo à força para a felicidade? Deixado de lado pela tesoura de podar, o homem só busca o desregramento? Não existe uma busca de disciplina que possa ser espontânea? Que não precisa de ser imposta pelo alicate e pela tesoura? Seria tão indispensável assim a ordem (a homogeneidade) para que nos diferenciemos do animal? Por que diferenciar-se do animal? Sou ou não sou tigre e gato? Ou trata-se de uma simples comparação?

    P.S.: Comemoramos hoje nove anos de casamento. Escrevi, pela tarde, uma longa carta a Heloísa.

Quinta-feira[18]

Dois telefonemas já esperados: um na quarta e outro hoje. Tenho trabalho. Acerco-me da beira do precipício. Meço a queda. Aceito as encomendas. Atiro-me e experimento o perigo do vácuo, como um trapezista. Não posso poupar-me. Sou ou não sou um artista de circo neste ano do meu descontentamento? É horrível ficar contemplando a beira do precipício, monologando sobre a inutilidade do fazer e a redenção das mãos limpas. Não aguentava mais ficar esperando que o telefone tocasse.

Sujo as mãos. Não as sujo de lama; passo nelas breu para que se agarrem com firmeza na barra do trapézio. Balanço o corpo, faço acrobacias no ar. Recomeçou o espetáculo. Retiraram a rede de proteção. Já não serei apreciado pelos dez meses e dez dias que passei na cadeia, nem pelos 33 dias em que fui um preguiçoso hóspede de José Lins. Moro na pensão de dona Elvira. Pago o meu quarto e a minha comida, o meu cigarro e a

18 Dia 18 de fevereiro. (N. do E.)

minha cachaça. Sustento-me no presente, como o trapezista no trapézio.
   Sobra a minha literatura. Uns dirão que não estou mais à altura dela; outros mostram curiosidade em saber o que ando escrevendo com tanto afinco. Todos esperam que sejam as minhas memórias do cárcere. Terei de decepcioná-los um dia.
   Não me tinha ocorrido antes que um corpo fosse um fardo tão pesado de carregar. Pudera! sempre caminhei com os dois pés no chão. Sai de cena Graciliano e entra no picadeiro Brasiliano (é assim que me chama dona Elvira).

Sexta-feira[19]

Acendo o último cigarro do maço com o último palito da caixa de fósforos. A coincidência perturba a minha cabeça. Faço a operação com extremo cuidado: não quero estragar a obra do acaso. Vazios sobre a escrivaninha ficam o maço e a caixa. Retiro o celofane que envolve o maço. Com um sopro encho-o, como se fosse um balão de borracha. Faço-o explodir contra a outra mão espalmada. O ruído é seco e rápido: não fica no ar. A caixa de fósforos é composta de um túnel com aberturas retangulares e uma gaveta. Quando era criança, chamava a gaveta de canoa, e muitas vezes fiz com que flutuasse num lago que ficava defronte da nossa casa. Separo as duas partes da caixa, buscando uma função para cada uma delas. Quero evitar que virem logo lixo. Fecho um olho e com o outro vejo através do túnel. Olho as seis paredes deste cubo que me contém no espaço do Rio de Janeiro, iluminando cada detalhe do quarto com o retângulo deste pseudobinóculo. A percepção humana perde-se, em geral,

[19] Dia 19 de fevereiro. (N. do E.)

na multiplicidade dos objetos que nos rodeiam. Apreende o todo e só se detém no detalhe quando dele precisa. Vou lavar as mãos — enxergo a pia, depois a torneira, a água que escorre, o sabão, e assim por diante. Fora disso, estou constantemente vendo a pia, mas não me dou conta dela. Quando me lembro dela, lembro-me da ação que executo com a sua ajuda. Como seria diferente o nosso conhecimento do mundo se só pudéssemos enxergar detalhes. O que tem a ver a fechadura do guarda-roupa com a toalha? A lâmpada com a mala? O travesseiro com a veneziana? O sapato com o pé da cama? O cano debaixo da pia com a prateleira de vidro? Nada. Muito. A multiplicidade caótica da percepção põe ordem e significado no ambiente. No soalho piso; o teto protege-me; as paredes resguardam-me; na cama descanso; no armário guardo; na pia lavo-me; a lâmpada é o sol deste cubo. Longe da natureza, estou só. Quero uma forma de autoproteção que não seja carcerária; quero uma forma de liberdade que não seja bárbara. O pé toca a terra sem sapato e meia; a cabeça recebe água da nuvem sem guarda-chuva. O corpo espicha-se para baixo e para cima, unindo terra e nuvens, perfazendo um todo. O homem protegido é um detalhe sem significado. Que tenho eu a ver — dentro deste cubo — com a terra e as nuvens? Nada tendo a ver de concreto com a terra e as nuvens, invento abstrações. Coloco o mal na terra que não piso mais e o bem no céu que não me molha mais. Com a abstração, o cubo do cárcere deste quarto torna-se mais severo e opressor. As ações que aqui pratico são do lado do mal, ou do lado do bem. Na horizontal em que permaneço, oscilo entre o alto e o baixo. E porque oscilo entre o alto e o baixo, preciso das paredes para esconder-me do vizinho.

    Retomo o raciocínio: no cárcere deste cubo, entre o bem e o mal, encontro a solidão. Toco objetos inanimados: mesa, cadeira, caneta, tinteiro, bloco de papel.

Descalço na chuva, abraçado a outro corpo — teria necessidade de escrever? A que nos conduziu o corpo a corpo milenar com a natureza! Foi para isso que nos tornamos senhores da natureza? Fomos domando e sendo domesticados. Fomos construindo e encerrando-nos dentro de cubos. Cubos cada vez mais exíguos e mais distantes da terra e das nuvens. Aperto a tampa da caixa de fósforos, perco o túnel e ganho uma folha laminada. Nas extremidades, o marrom das lixas já não tem utilidade. Jogo o arremedo de caixa para um canto. Digo: lixo, como diria: merda. Amasso o maço de cigarros até fazer dele uma bola. Jogo-o para outro canto. Digo: lixo, como diria: mijo. Vejo milhões de habitantes da Terra jogando fora caixinhas de fósforo e maços de cigarro vazios. Amontoam-se em pilhas. Tudo inútil. Merda e mijo são úteis para a fertilidade da terra. A cada segundo que passa a pilha de lixo aumenta mais. Fabricamos os números e a soma para dar conta do acúmulo. Com a aritmética, sentimo-nos donos das coisas que nos rodeiam. E prisioneiros.

26 de fevereiro

Ao assinar hoje o ponto na Livraria José Olympio, encontro o Zé Lins absurdamente eufórico. Tinha um envelope já aberto na mão e o abanava — devido ao calor que fazia — como se fosse um leque. Queria achar um companheiro que pudesse aceitar um convite para passar o fim de semana em São Paulo. Não chegava a caracterizar a procedência do convite. Repetia que era tudo de graça: passagem, hotel, comida etc. A procedência do convite continuava um mistério. Teria certas implicações políticas decorrentes da posição que São Paulo toma na luta sucessória?

Propunha-me a viagem com tanta insistência, que era como se me empurrasse para dentro do vagão da Central do Brasil. Diante da situação criada por Zé Lins, José Américo e Otávio Tarquínio, que estavam na roda, declinaram o convite. Fiquei sem alternativa. Penso melhor, agora: acho que fui a tábua de salvação para ambos. Seria até divertido ver o candidato à Presidência da República, José Américo, como hóspede de paulistas...

Não me desagrada conhecer São Paulo, principalmente na

minha presente condição de desempregado. É a voz corrente que o custo de vida é mais baixo lá, os salários são melhores e o mercado de trabalho apresenta maior número de opções e de ofertas. No início do mês, durante o Carnaval, Oswald de Andrade me tinha acenado com a possibilidade de trabalhar na Pauliceia.

Diante do que (não) faço no Rio de Janeiro para sobreviver, não deixa de ser interessante ir a São Paulo para fazer sondagens concretas junto a amigos de amigos. Os paulistas tomam hoje uma nítida posição de oposição a Getúlio e aos seus asseclas. Apesar de não ter grandes ilusões sobre as forças "liberais" que estão por trás de Armando de Salles, sei pelo menos que representam o Brasil urbano e a premência da nossa industrialização. Em São Paulo, há a possibilidade de um verdadeiro trabalho junto a operários, o que é impossível aqui no Rio, cidade tomada pelos burocratas. Todo mundo aqui é servidor público.

Desde o final de janeiro, quando ficou claro que Armando não ia pactuar com Getúlio no que se referia à luta sucessória, a imprensa carioca tem sido o porta-voz de fontes chegadas ao Catete que dizem estar São Paulo se realimentando da intransigência de 1932. Há dois boatos que correm com insistência mas que não chegam a aparecer nos jornais. O primeiro fala das relações cada vez mais amistosas e calorosas entre os paulistas e os gaúchos, entre Armando e Flores da Cunha. Este boato tornou-se uma constante depois que Armando foi empossado presidente do Partido Constitucionalista. O segundo, mais alarmista e propício a um golpe de Getúlio, está sendo preparado pelo presidente do Clube Militar, Góes Monteiro. Segundo este general, os dois estados estão recebendo material bélico do estrangeiro, sem o devido consentimento do Ministério da Guerra.

O primeiro boato afeta mais de perto o silêncio de Getúlio quanto ao seu candidato à sucessão. Não há dúvida de quem seja o felizardo: é o próprio. Mas isso vai contra a Constituição que o empossou.[20] Portanto, diante das artimanhas de Armando, Getúlio está sendo obrigado a tirar a máscara de neutralidade política. Aproxima-se dos demais governadores e parece que escolheu Benedito para ser porta-voz junto aos governos estaduais. Depois de uma revoada de governadores a Poços de Caldas, agora é o momento de o presidente ir, alegando que vai encontrar-se com dona Darcy. A estância mineira torna-se a antessala do trono que se chama Catete.

Na semana passada, complicou-se o quadro político para Getúlio: já se fala abertamente na candidatura José Américo.

O segundo boato a que me referia é mais perigoso para a nação. Repisa a tecla de 35, oferecendo uma visão conspiratória da nossa história. Serve para pintar uma nação desprotegida, ameaçada de todos os lados por inimigos, internos e externos, todos desordeiros cujo único interesse é a bagunça generalizada. É preciso policiar mais os cidadãos. Saber como falam e agem, como pensam. São boatos como este que possibilitam os decretos de exceção, que declaram o país em estado de guerra, que justificam a prisão de pessoas inocentes que mantêm oposição ao regime. Por outro lado, o único beneficiado de tudo isso é o Exército, que mais compra armamentos e mais se torna o sentinela da pátria ameaçada.

Para que o Exército tome posição de sentinela, é preciso que uma ideia seja divulgada com constância. A neutralidade política das Forças Armadas. Portanto, nunca é questão de defender determinado grupo (com os seus interesses econômicos na área

---

20 Graciliano faz alusão, aqui, ao artigo 52 da Constituição de 1934, que diz: "O período presidencial durará um quadriênio, não podendo o presidente da República ser reeleito senão quatro anos depois de cessada a sua função, qualquer que tenha sido a duração desta". (N. do E.)

nacional e internacional) que está no poder, mas de salvar a nação do caos que grupos extremistas querem criar. Apesar dos disparates de 35, os jornais não abandonaram a campanha anticomunista. Pedro Ernesto é o mais recente bode expiatório. Nem chegam a comover-se com o estado lamentável da sua saúde.

Como as notícias não chegam a circular de maneira correta, como a informação é sempre precária ou nula, fica difícil para o cidadão comum (mesmo o mais bem informado) ter opinião sobre determinados problemas, determinados becos sem saída, e tomar partido em questões básicas para o nosso desenvolvimento.

Vejamos, como exemplo, uma história que alimenta com constância as nossas conversas de bar.

Dizem que, no plano econômico, a subida do general Dutra a ministro da Guerra se justifica pelas suas simpatias pelos alemães e, em particular, pela Krupp. Fala-se que ele lidera um grupo de oficiais que está interessado no rearmamento do Exército, através de laços econômicos estreitos com a indústria alemã. Como a nossa balança de pagamentos não possibilita mais a sangria de tal gasto, comenta-se que a solução encontrada foi a de criar uma organização econômica trilateral. Uma firma sueca entra como terceiro membro e intermediária.

O negócio se daria da seguinte forma: os suecos vendem o material bélico alemão para o Brasil. Este lhes paga com os produtos agrícolas básicos da nossa exportação. A firma sueca tem o direito de negociar esses produtos com a própria Alemanha, ou com o país que desejar. Todos saem lucrando, menos o Brasil, que se enriquece de canhões.

Como julgar as vantagens de um negócio, se os dados não são conhecidos? Como debatê-lo, com responsabilidade, chamando a atenção para o perigo que tal acordo representa para os cidadãos do país? O que pensa o presidente de tudo isso? Pretende tirar algum proveito próprio? Algum proveito eleitoral? Ou apenas deixar o Exército à mercê de uma gula exagerada em país tão pobre?

Essas perguntas, de repente, tornam-se inúteis, porque circula outra versão dos acontecimentos — tão convincente quanto a anterior — que nega totalmente a organização trilateral.

Fala-se que as conversações com os suecos são apenas uma cortina de fumaça que Getúlio está utilizando para angariar maior ajuda financeira de Washington. No fundo e na realidade, a opção comercial do Brasil no plano internacional já foi feita, daí a importância no cenário político e econômico do nosso embaixador em Washington, Oswaldo Aranha. A conversa com a Alemanha, via Suécia, é fiada. Obedece ao desígnio básico do governo de aproximar-se, vantajosamente, dos americanos do Norte. Temos aí a imagem de um presidente que faz o leilão do país no mercado internacional. Quem dá mais?

De tudo isso, fica um gosto amargo na boca: de que vale discutir se não se conhecem com precisão os fatos? De que vale discutir se a opinião do cidadão não é — já não digo aceita — comunicada e ouvida?

Censura, censura, a que nos levas?

Volto à viagem a São Paulo. Da rua do Ouvidor caminhei para o Vermelhinho, onde encontro Manuel Bandeira e João Alphonsus. Chego no meio de uma conversa entre os dois em que Bandeira narra ao romancista mineiro as dificuldades que está enfrentando para redigir o guia de Ouro Preto que o Patrimônio lhe encomendou.

Tem que redigir uma história política de Ouro Preto em quatro laudas. Trata-se, antes de mais nada, de um guia turístico, justifica-se. Em seguida, pede a João Alphonsus detalhes sobre a morte misteriosa de Cláudio Manuel da Costa, na casa de um contratador. Alphonsus ia responder à pergunta, quando se dá conta de que estou sentado, mudo, à mesa. Não há jeito:

já interrompi o papo dos dois com a minha presença. Falo-lhes da viagem a São Paulo e da escolha do meu nome. Aplaudem a escolha de Zé Lins. Diante desta segunda manifestação de alegria quanto à minha ida a São Paulo, de duas uma: ou os companheiros indicam que seria uma boa "saída" para mim na atual conjuntura política, ou é verdade que o escritor carioca não gosta de aproximar-se do seu colega paulista. Opto pela segunda alternativa: sou um desterrado e como tal posso dar-me ao luxo do trânsito livre pelos trens da Central do Brasil.

O único escritor paulista que vejo ser aceito pelas panelinhas cariocas é Mário de Andrade. Tem dois pontos a seu favor: as relações estreitas que mantém com o grupo do Patrimônio Histórico (o chamado grupo Capanema) e com o grupo católico, que gira em torno do consultório de Jorge de Lima, na Cinelândia. O grupo Capanema é o mais recente na cidade e, sem dúvida, um dos que mais prestígio têm no momento, em virtude das ligações com o mercado de empregos do Ministério da Educação. A amizade de Mário com o pessoal mineiro do ministério data ainda da década passada, quando se correspondia com alguns dos, hoje, burocratas. Oswald não é bem recebido pelos cariocas. Durante a sua estada por aqui, pude notar que apenas frequentava os círculos boêmios. Plínio Salgado e Cassiano Ricardo são por demais comprometidos com os integralistas e, por isso, frequentam mais as rodas políticas do que as literárias. Os demais — segundo consta — fazem a vidinha provinciana.

Provinciano. Esta é a palavra que com mais frequência aparece no diálogo sobre os paulistas. Um mineiro (João Alphonsus) e um pernambucano (Bandeira) não são provincianos, acredito que por morarem atualmente no Rio de Janeiro. Nesse sentido, o término da política do café com leite foi desastroso para os paulistas, pois não há mais a possibilidade de virem para o Rio e perderem os tiques provincianos; 32 selou para sempre o provincianismo paulista. Não me admira o interesse que Oswald mantém pela candidatura de Armando de Salles. Seria a possibilidade de vir a atuar, de novo, no Rio de Janeiro, que sem dúvida é o verdadeiro centro cultural do país.

Não seria o adjetivo "provinciano", aplicado aos paulistas com exclusividade, a presença certa do espírito tenentista dentro da linguagem corrente do intelectual carioca? Até que ponto não serve esse adjetivo aos interesses dos ideólogos do Catete? Perguntam, sem nenhuma inocência: como permitir que uma cidade cosmopolita como o Rio de Janeiro seja tomada de assalto pela horda provinciana dos intelectuais paulistas?

Às dez da noite vou tomar o trem para São Paulo. Pedi emprestada uma mala menor a um pensionista.

3 de março

Na manhã de domingo, enquanto Zé Lins dormia, refazendo-se do banquete da véspera, redigi no quarto do hotel algumas observações sobre a viagem a São Paulo. Como não tinha levado este bloco, escrevi-as em uma folha de papel almaço que encontrei não sei onde nem como. Transcrevo-as, hoje, já de volta à rotina da pensão de dona Elvira e menos traumatizado com o fracasso "comercial" da viagem. Não cheguei a conhecer São Paulo, nem os paulistas chegaram a conhecer-me. A única vitória da viagem foi eu ter conseguido reaproximar Zé Lins e Oswald, que estavam brigados.

O meu São Paulo é a antiga história, narrada por Gil Vicente e La Fontaine, da jovem camponesa com o jarro de leite na cabeça. Ia levá-lo à cidade e, com o dinheiro da venda, imaginava as muitas trocas que faria para chegar à própria riqueza material. Com o dinheiro da venda do leite, compraria uma galinha; com os ovos desta, compraria um porco; com os filhotes deste, compraria uma vaca. Assim ia — caminhando e ruminando o futuro feliz — quando começa a saltitar e a cantar, empolgada com o seu projeto de vida. Tropeça e cai, espatifando o jarro de leite. São Paulo, enquanto durou, foi o meu jarro de leite.

Foi uma dessas viagens organizadas não se sabe direito por quem, com finalidade dúbia, em que a responsabilidade econômica e política pelos convidados é dividida entre vários grupos, a fim de que, havendo consequências desastrosas, ninguém saia prejudicado. Um implica o outro que, por sua vez, implica um terceiro, e assim por diante. No final, forma-se um círculo de influências poderoso que é indestrutível. Nessa altura, investigadores e investigados concordam em dar o caso como encerrado e esquecido. "Foi um equívoco, que não será repetido" — concluem, e arquivam a história.

Não creio que a nossa viagem, no balanço final, tenha sido um equívoco para os desconhecidos organizadores. Tudo correu como manda o figurino. Fomos convidados bons e obedientes, que seguiam à risca os horários e a etiqueta do lugar. Daí a viagem ter sido um equívoco para nós, ou pelo menos para mim. Tanto agradamos aos nossos sucessivos anfitriões, que não sobrou tempo para agradar-nos.

Como adivinhei que a responsabilidade da viagem era dividida entre grupos diferentes? Foi simples. Percebi, na quarta ou quinta apresentação, que cada grupo tinha uma visão parcial e estereotipada (para não dizer falsa) da minha personalidade pública. E mais: a visão parcial de que o grupo tinha conhecimento casava-se muito bem com o interesse maior dele.

Na estação, ao chegarmos na manhã de sábado, encontramos uns cidadãos importantes, donos de uma dessas companhias que distribuem artigos para a imprensa. Na apresentação vi bem que tinham dificuldades em acertar o meu nome e um deles pensava que eu fosse do *Correio da Manhã*. Trepamos num automóvel, percorremos a cidade e fomos instalados num hotel de luxo, o Terminus. Os cidadãos despediram-se dos jornalistas cariocas, com um sorriso de quem dá a missão por cumprida.

Logo em seguida, vieram buscar os romancistas, recentemente premiados em concursos literários, para uma visita à — pasmem-se! — Secretaria da Agricultura do Estado de São Paulo. Zé Lins era apresentado como o "Proust do Nordeste" e eu como o "Dostoiévski brasileiro". Na conversa, descubro que o secretário tem veleidades literárias (pertence à Academia Paulista de Letras) e é apreciador do meu *Angústia*. Mostrou-me o Brás e o Anhangabaú, discorrendo sobre os lugares como se lá não houvesse casas: as construções modernas diante dos nossos olhos eram as chácaras do passado. Devia ser também membro do Instituto Histórico e Geográfico.

Durante o almoço no Automóvel Clube, cercado da nata da plutocracia paulista, era reconhecido como um escritor muito especial. Tinha sofrido na carne os horrores da repressão implantada por Vargas e seus tenentes. Podia adivinhar, aqui e ali, revolucionários de 32 que abriam os braços generosos para o irmão em armas e na derrota. A conversa, no clube, era abertamente política e o assunto principal era a luta sucessória. Julgo que o almoço — de confraternização, sem dúvida — tenha sido financiado por membros do Partido Constitucionalista.

Do banquete de 150 talheres, à noite, não me lembro de nada. Como não éramos os convidados de honra, fiquei na penumbra das conversas, em doce idílio com o champanha e o uísque. Por sinal, ótimos. Conto um ponto para São Paulo.

A viagem está tendo uma única vantagem para mim: vejo de quantas facetas sou composto, com quantos paus podres se faz esta canoa. O conjunto não me desagrada tanto, mas cada aspecto em particular em si me deprime. Sou:

um jornalista que não trabalha em redação de jornal;
um romancista que não sai da primeira edição;
um político abortado na cadeia;
um pai de família solteiro, morando em pensão;
um trabalhador sem emprego.

Não continuo a lista para não me deprimir mais. Zé Lins acordou. Pediu os jornais pelo telefone. Leu-os metido na banheira, num banho fumegante. Agora está espichado na cama, enrolado num roupão felpudo, conversando pelo arame com Oswald de Andrade, que pretende estar aqui no hotel dentro de meia hora.

Daqueles três dias em São Paulo trouxe comigo, além da folha de papel almaço e de um encontro que não houve com Sérgio Milliet, uma lembrança que, mais passam as horas e os dias, mais obsessiva se torna. Ocupava toda a minha manhã de hoje. Para esquecê-la, obriguei-me a passar a limpo, neste bloco, as anotações que tinha feito no meu segundo dia em São Paulo. A transcrição foi executada de maneira maquinal. A lembrança — que não cheguei a anotar no almaço — continua comigo, dominando os meus pensamentos. Ela nada tem a ver com São Paulo, com a viagem ou com as sucessivas recepções a que fui. Por que não a anotei na manhã de domingo? Por ter parado o meu relato devido à chegada iminente de Oswald? Acreditava, então, que não teria a importância que está tendo? De qualquer forma, é uma lembrança viscosa e pegajosa, aderente, de que espero livrar-me, anotando-a agora neste diário.

Trata-se de um sonho que tive na noite de sábado para domingo, depois de ter exagerado no champanha e no uísque dos paulistas. O sonho começa — é a impressão que tenho — em

Vila Rica, durante a devassa de 1789, e tem como personagem principal o poeta e rebelde Cláudio Manuel da Costa. Pelo menos, era isso que o sonho dava a entender: na verdade o personagem era eu próprio, sendo (ou interpretando) Cláudio. Estava trancado num quarto que fazia as vezes de cela, situado na casa que hoje é conhecida como a dos Contos. A ação se passa, como se verá, na noite em que o poeta, provavelmente, se suicidou.

Via-me a mim, vestido com roupas da época, sentado junto a uma mesa tosca de madeira, com a pena na mão, no momento mesmo em que escrevia "esperar cansa". Escrevia na madeira da mesa, porque não havia uma folha de papel por ali. A luz da vela era intermitente, e isso tornava a cena mais lúgubre. Via-me a dar voltas sucessivas e caóticas pelo quarto, acompanhando o movimento fantasmagórico da minha sombra, movimentando-me pela parede, como na tela de um cinema. Sentava-me de novo e queria escrever alguma coisa. Só saíam as mesmas palavras, empilhadas como se formassem as catorze linhas de um soneto.

Via-me, de repente, tocar de leve a cinta que trazia à cintura. Via-me, em seguida, agarrá-la com força e trazê-la até defronte dos olhos. Já, então, estava vestido à moderna, com um desses macacões que operário de fábrica usa. Estava sentado numa cadeira e tinha uma folha de papel na minha frente. Na mão, uma caneta moderna. Escrevia, agora, com facilidade, frases e mais frases. Tive pavor do conteúdo. No papel denunciava os meus companheiros de rebelião, indicando como marcávamos os encontros, onde nos encontrávamos e quais as ideias revolucionárias que tínhamos em comum. Rasgava a folha num gesto nervoso e brusco. Recortava-a em pedacinhos e depois os jogava pelo ar, e acompanhava o movimento de cada um encontrando o seu lugar no chão.

Tentava tirar o cinto do macacão, mas o macacão não tinha cinto. Estava de novo vestido como Cláudio. A cinta verde na cintura incomodava-me. Tirava a cinta e começava a fazer passes de mágica com ela, com a finalidade de encantar e enganar a mais perspicaz das minhas espectadoras, a Morte.

Por mais que tentasse tirar efeitos surpreendentes das minhas mãos trabalhando a tira de tecido, mais a via sorrir diante da minha falta de habilidade e lentidão. Queria transformar a cinta em mil lenços multicoloridos, que se sucederiam uns aos outros em interminável arco-íris dentro da masmorra gelada e soturna. O passe de mágica falhava e só podia apresentar-lhe a tira de pano verde e a perplexidade do meu rosto. Face à minha impossibilidade de representar um número que fosse digno do seu aplauso, ou riso, já cansada também de ser espectadora passiva de um ato que pouco tinha de maravilhoso, aproximou-se ela de mim. Juntou, primeiro, todos os pedacinhos de papel que estavam esparramados pelo chão. Refez a folha de papel em segundos. Colocou-a em cima da mesa, onde estavam as sucessivas inscrições de "esperar cansa". Exigiu a minha assinatura no final da confissão. Pegou o cinto de pano que tinha deixado cair por terra. Armou com ele, habilidosamente, um atraente laço. O nó era corredio. Mostrou-me o cinto: feita a circunferência, ainda sobrava muito pano. Estirou a tira para trás (vi que era realmente verde), indicando-me que podia ser amarrada sem dificuldade a uma das barras da grade.

Apavorado com a ideia, corri para um canto da cela, agachando-me e tentando me esconder por trás da cadeira. Defendia-me com ela da sugestão que estava implícita nos últimos gestos da Morte.

A Morte retira o capuz. Vejo que não se trata do rosto de um esqueleto, mas o de um português rosado e bonachão. Joga a capa para o lado: vejo que se veste como alta figura da administração portuguesa. Com um pontapé atira a cadeira para o outro canto da cela. Com as duas mãos fortes procura o meu pescoço (tinha já perdido as forças), asfixiando-me.

Pus para fora. Chove desde ontem à noite. O barulho dos pingos d'água contra a folha de zinco do galpão compõe uma interminável sinfonia, onde a falta de talento do compositor é suplantada pelo trabalho incansável. A monotonia da vida em pensão se robustece quando chove. Não se ouve mais a voz altissonante da proprietária; Sílvia já não canta os sambas e marchinhas do Carnaval passado. Os passos pelo corredor se cobrem de feltro: os hóspedes deslizam mansamente pelo tambor do assoalho. Só se escuta a percussão das folhas de zinco. Tenho de deixar a janela fechada. Aberta, molhar-se-ia a cabeceira da cama. A chuva, às vezes, é acompanhada de uma rajada de vento. A melodia torna-se complexa: ao tema desenvolvido pela folha de zinco contrapõe-se o pipocar apressado dos pingos contra a madeira da janela.

Fumo sem parar; o ar viciado do quarto de janela fechada colore-se com a fumaça do cigarro. A umidade, que impregna roupa e móveis, deixa-se encharcar pelo cheiro do tabaco. Tudo recende a fumo. A atmosfera é monótona para os ouvidos e para o olfato. Levanto-me e abro a janela. A vista da chuva não melhora o quadro. O dia pintou-se de cinza. Os ruídos do cotidiano são abafados e chegam-me sob a forma de sussurro. O barulho mecânico da oficina não consegue varar a superfície do zinco. Fica lá embaixo. Adivinho, mais do que escuto, as marteladas do conserto. Fecho a janela diante de uma rajada que varre as folhas em sarabanda. Não fui suficientemente rápido; a chuva molha a fronha do travesseiro. Não sei como secá-la. Espero que tenha perdido a umidade até o anoitecer.

Há um ano, um carro parava à porta da minha casa, em Maceió. Vinham prender-me.

Não quero sair do quarto. Preso aqui dentro, no entanto,

sou presa fácil para o sonho da morte de Cláudio. Tento adiar a lembrança: não é fácil arredar o pé da obsessão. Com tal força concentro-me nas coisas que estão ao meu redor, que bocejo e coço os olhos como se já fosse hora de ir para a cama. Se apago a luz agora, estou perdido. O devaneio é a artimanha mais óbvia que o meu espírito pode imaginar para que reencontre Cláudio na sua cela. Numa perda momentânea de bom senso, algo me leva a crer que, de volta ao local da morte, não se repetirá a mesma cena, mas que presenciarei o espetáculo no seu episódio seguinte. Nova artimanha. Conheço a minha curiosidade e ela é invencível.

Olho as horas no relógio de pulso. São duas e quinze. Escuto o tique-taque do relógio, necessitado que estou de escapar da música monótona dos pingos d'água nas folhas de zinco. Ouço monotonia rítmica maior. Não desci para almoçar. Não tinha e não tenho fome. Tenho sono — isto, sim. Caio ou não caio na armadilha? A atenção se embota e o cérebro se esvazia de pensamentos. Crio vácuo na cabeça, propício ao domínio da força que for a mais forte. Reajo. Digo que quero o mar. Tenho a água da chuva lá fora. Os pingos abrem cáries na superfície do zinco. Água mole em pedra dura.

Devo comemorar o aniversário? Como?

Olho para a cama: não sei por que ela é de casal! Se fosse de solteiro, teria mais espaço no quarto. Poderia pôr esta mesinha sob a lâmpada. Vou falar com dona Elvira. Para que dois travesseiros? Levanto-me e vou guardar um no armário. Escolho o que foi atingido pela chuva. Volto a sentar-me. Arrependo-me de tê--lo guardado úmido no armário. Vai pegar bolor. Levanto-me de novo e o ponho de volta no lugar. Nada se modificou no quarto.

Escrevo estas miudezas que me afligem e devem afligir o leitor.

Por que não escrevo algo mais significativo? Por que não

enfrento o sonho, como a um touro, e com ele construo um espetáculo que se chama conto? De nada adianta querer driblar o ataque frontal da obsessão. Só na luta corpo a corpo conseguimos extrair alguma coisa proveitosa dela. Escapar da obsessão pelo arrolamento de miudezas do cotidiano é fazer o seu jogo: mais cedo ou mais tarde, quem deseja evitá-la dá-se conta da mediocridade que o assalta. Rendo-me às pressões e constância da obsessão. Começarei por tocá-la como se fosse uma massa de argila que o acaso colocou em cima da minha mesinha de trabalho.

Mãos à obra!

Reúno, anarquicamente, dados sobre a Rebelião de Vila Rica, que minhas leituras de história deixaram, e chego à primeira pergunta. Que força é esta dentro de mim que não pode admitir que Cláudio tenha se suicidado na Casa dos Contos? Ponho de lado, imediatamente, respostas do gênero "não posso admitir que ele seja um fraco". Ponho-as de lado, porque tal raciocínio serve apenas para realçar a necessidade de considerá-lo um verdadeiro mártir, comparável a Tiradentes e, em última instância, a Cristo. A força humana nada tem a ver com o prazer no martírio. A entrega ao martírio — ao seu gosto amargo de derrota e exemplo, de vitória na derrota — é um comportamento que se deixa trabalhar pela vontade de ser herói. Daí ser o martírio a categoria nobre preferida pelos historiadores tradicionais, que nela veem o metro objetivo com que medir os "grandes homens do passado". De posse dela, o historiador acaba por escrever uma história religiosa do homem. Há mais devoção no mártir do que força moral. Mais abandono ao exemplo do Crucificado do que espírito revolucionário. Mais espera de recompensa após a morte do que plenitude de vida. O historiador é cúmplice na devoção, no exemplo e no póstumo. Escreve uma história com o intuito de outorgar a glória.

Penso que o mártir morre para o historiador. Ele não morre pelos homens.

Apanho um livro de história do Brasil que sempre carrego comigo e vejo esta passagem sobre Tiradentes, que me ajuda a elucidar o que quero dizer. Copio: "O Mártir subiu ligeiramente os vinte degraus, sem hesitar um só momento, acompanhado pelo bruto Capitania, o seu carrasco: só tinha olhos e coração para o Crucifixo".

Detenho-me em algumas palavras dessa descrição dos momentos finais do nosso herói: "ligeiramente" sobe os vinte degraus e "sem hesitar" uma só vez: a redundância é interessante. Tem pressa em chegar à morte, pois, para o mártir, ela é redenção. A morte retira-o do convívio dos mortais e coloca-o no reino dos eleitos pela vontade de Deus. Continuo a releitura: "só tinha olhos e coração para o Crucifixo"; para o historiador, é mais importante modelar Tiradentes à imagem do Crucificado, o grande herói da história religiosa do Ocidente, do que à imagem de um libertador da pátria brasileira. Coração e olhos não sonham com a terra livre do jugo português. Procuram consolo na imagem piedosa, semelhante e sofrida.

O que faz o mártir subir depressa os degraus da forca? Não é o sabor da vitória, mas o peso da maldição que recobre a sua vida. O que deve morrer — diz a lenda. Alguém que nasce para morrer, cujo caminho é traçado pela régua da morte. Tiradentes, propondo-se como o único culpado de toda a rebelião, não inocenta os companheiros (os portugueses sabiam mais do que isso), mas faz que desça sobre eles o opróbrio da desgraça histórica. Não seria mais justo que Tiradentes responsabilizasse a cada um dos companheiros? Não deviam todos arcar com a responsabilidade da rebelião? Não agiu ele de conformidade com o desígnio da Coroa portuguesa, mais interessada em sacrificar o bode expiatório do que em punir os culpados?

Cláudio — já sabendo que eram do conhecimento do vice-rei e da administração em geral todos os detalhes da rebelião, informados que foram por Joaquim Silvério dos Reis, que tinha participado das reuniões mais importantes —, Cláudio tenta recriminar os seus próprios algozes (o visconde de Barbacena, em particular), a fim de não criar um regime especial de inocência para eles, com o fim de levá-los a assumir a causa e assim, possivelmente, levá-la adiante, apesar da repressão violenta. Se as altas autoridades e os homens ricos de Vila Rica, comprometidos com a rebelião, levassem avante o compromisso que tinham feito, a causa — mesmo descoberta — poderia ter dado frutos menos prematuros.

Devo imaginar, para o meu conto, um diálogo entre Cláudio e o visconde de Barbacena. O poeta tenta trazer de volta o governador para o lado da causa, lembra-lhe as conversas que tinham tido ali, naquela mesma casa, tenta convencê-lo a assumir o posto que esteve designado para ele. O governador titubeia, faz-se de amnésico, depois recusa. Ameaça Cláudio. Cláudio não tem medo da ameaça. O importante, para a causa, é que Barbacena — o governador das Minas Gerais — assuma a palavra que deu. Só assim a rebelião pode ir adiante: cada um agindo como tinha sido planejado. Barbacena torna-se colérico: ameaça Cláudio de morte. Cláudio acredita no plano. Sabe que é do conhecimento de todos. No momento do interrogatório, implica o governador.* O governador responde com a arma que pode silenciar Cláudio: a morte por asfixia, dada depois como suicídio.

* Lendo, posteriormente, o interrogatório de Cláudio, descubro esta passagem que pode ajudar-me: "se bem que em certa ocasião ouviu dizer ao doutor Gonzaga, segundo sua lembrança, que o general o Exmo. sr. visconde sempre dizia ter o primeiro lugar no caso de sublevação, e que ele respondente, continuando na mesma graça, disse que fizera bem trazer mulher e filho em tal caso". O escrevente tem receio do que pensarão as autoridades portuguesas quando lerem tal passagem, por isso explicita o tom com que Cláudio faz a acusação ao visconde: está fazendo "graça".

Com a morte de Cláudio, resolve-se o problema da culpabilidade dos ricos e poderosos de Vila Rica. Não existe mais a possibilidade de inculpá-los, pois só Cláudio tinha acesso ao palácio do governador e à residência onde, paradoxalmente, encontra a morte. Preciso investigar as relações entre os desembargadores, que fizeram e transcreveram o inquérito, e o governador e mais os contratadores. Como o interrogatório foi na casa de um contratador, pode ser que este não estivesse em total acordo com o governador. Não há dúvida: os desembargadores responsáveis pela devassa têm um papel importante. Ainda mais: não devem ser "portugueses" e devem ser "menos ricos".

De tudo isso constato: a história não está interessada em ver em Cláudio, na hora em que é interrogado, o homem inteligente e o político astucioso que sempre foi. Não quer vê-lo como a quarta e diabólica peça no jogo dos interesses econômicos e políticos de Vila Rica: o governador, o contratador, o desembargador e o poeta. Prefere dá-lo como um fraco, que não resiste às ameaças que lhe são feitas. Por isso, conta tudo e logo. No segundo dia. Escreve o mesmo historiador: "Tudo leva a crer que foi levado ao tresloucado gesto por ter se conscientizado da sua situação, e estar arrependido da sua militância".

A versão do suicídio inscreve Cláudio como herói na história "religiosa": arrependido do que fizera, é presa do "remorso". Não vê outra alternativa para a sua "covardia". O remorso recupera o "traidor", como recupera também o pecador. Não é este o papel da extrema-unção?

É curioso notar como no "suicídio" de Cláudio encontram-se a história oficial e a não oficial. Momento privilegiado que não posso deixar escapar. Só espero não estar fazendo tempestade em copo d'água. Amanhã, leio um livro qualquer sobre a rebelião, e já está tudo isso lá. Continuemos.

A história oficial enforca-o para que não implique os companheiros do mesmo grupo social e que, tudo leva a crer, só ele conhecia. Enforcando-o na cela, assumiria culpabilidade maior e, por isso, o dá como suicida. O suicídio é explicado, posteriormente, pelo seu receio diante do justiçamento futuro que os seus companheiros de causa tentariam. A história não oficial aceita a versão do suicídio, pois é a maneira que encontra (na sua versão religiosa dos acontecimentos) para colocá-lo ao lado de Tiradentes. O mártir glorioso e o arrependido. Cristo e Madalena.

Quero continuar os preparativos preliminares para a boa execução do conto sobre Cláudio, mas faltam-me dados e um melhor conhecimento da sucessão dos acontecimentos em 1789. Não quero uma ficção que seja por demais desgarrada do dia a dia dos rebeldes e poderosos. Quero repensar, sem preconceitos, toda a trama urdida por isso a que chamamos de tradição histórica. Tenho mais interesse — para dizer a verdade — em repensar os *fatos* que os bons historiadores colheram do que os seus escritos. Proporei, com o conto, uma nova interpretação da ação dos homens, tentando elucidar o raciocínio e a motivação que se encontra por trás dos atos e palavras. O trabalho da imaginação entra nesse momento.

Não sei como apanhar a melhor bibliografia disponível. O certo é que terei de passar horas e dias na Biblioteca Nacional. Lembro-me de Manuel Bandeira: pode servir-me de orientador na escolha dos livros. Está ultimando o *Guia de Ouro Preto*, encomendado pelo Patrimônio, e deve conhecer a bibliografia na ponta da língua. Lembro-me de um detalhe na conversa que ele mantinha com João Alphonsus, no Vermelhinho, detalhe que na hora me pareceu sem significado e agora é importante. Dizia estar escrevendo o capítulo sobre a história política de Ouro Preto. Tinha curiosidade sobre as circunstâncias que envolvem a morte de Cláudio. Segundo ele, o excesso de dados que tinha

acumulado está dificultando um bom resumo. Bom que tenha um "excesso" de dados.
 Tiro o pijama. Visto-me às pressas. Desço as escadas para telefonar. Encontro Bandeira em casa. Marcamos um encontro para amanhã. Pergunta-me se se trata de algo referente à minha viagem a São Paulo. Não me contive e disse o que deveria ter dito antes: São Paulo é a mesma merda daqui.
 Já não tenho a quem pedir guarda-chuva emprestado. Tive de comprar um hoje na rua do Catete. Custei a encontrar um que custasse os cem mil-réis que recebi do *Observador Econômico* pelo artigo que me encomendaram.

5 de março

Com a vista cansada, os meus olhos ardiam. Passei o dia de ontem e o de hoje na Biblioteca Nacional, lendo e consultando livros e artigos de revistas, indicados como leitura básica por Manuel Bandeira. Ao descer do bonde Laranjeiras, parei numa farmácia na Bento Lisboa e comprei um frasco de colírio. Apliquei as duas gotas recomendadas em cada globo ocular: a coceira e a irritação passaram. Já não estão tão vermelhos quanto antes. Penso que tenho tempo para anotar algumas coisas neste bloco, antes que me chamem para o jantar. Depois da interrupção, se tiver necessidade, continuo. Fico hoje em casa.

Encontrei Bandeira na quarta à tarde. Não entendia bem o meu interesse súbito por Cláudio e pelos rebeldes de Vila Rica. Perguntou-me se estava fazendo alguma reportagem sobre as urnas que chegaram em janeiro e que estavam para ser trasladadas para Ouro Preto. Disse-lhe que não. Que se tratava antes de um possível projeto de ficção histórica.

— Você, um nordestino — e, ao dizer isso, tive a impressão de que ia cair da cadeira. Devolvi-lhe a moeda:

— Você, um pernambucano, escrevendo um *Guia de Ouro Preto*. Como se faltassem mineiros no ministério...
— É diferente: trata-se de uma encomenda. Bem paga. Com garantia de publicação rápida. Sobrevivência, meu caro.
— É também uma questão de sobrevivência no meu caso. Só que não é econômica. Pelo menos, à primeira vista, não é econômica. Depois, quem sabe.

Narrei-lhe com minúcia de detalhes o sonho que tive em São Paulo. Falei-lhe das preocupações em não escrever um livro de memórias em cima das minhas recentes experiências na cadeia. Não sei escrever no calor da hora. Continuei, dizendo-lhe que queria um romance onde se perdesse de vista a particularidade da minha prisão e se atentasse para o perigo constante que corre o intelectual brasileiro quando frente a frente com o poder. Concluí, afirmando que não era meu interesse falar, por alusão, dos intelectuais contemporâneos que se aproximam do poder. Isto é outra história.

Bandeira escutava-me calado. Não fez comentário algum às minhas palavras. Tomou de uma pequena agenda que trazia no bolso do paletó e começou a anotar nomes de autores e títulos de obras. A velocidade com que arrolava os sucessivos itens da lista deu-me a certeza de que estava familiarizado com a matéria. Bandeira é um caso raro de erudito entre os escritores nacionais. Dos que eu conheci melhor no Rio agora, é o único que estuda — no bom sentido da palavra.

Arrancou duas folhas da agenda. Recebi-as e perguntei-lhe como ia o *Guia*.

Falou-me das dificuldades mais recentes e não escondeu o entusiasmo que tinha pelos desenhos de Luís Jardim. "Por sorte, será uma nova edição cuidada. Edição do próprio ministério. Faz parte de um novo programa de difusão das coisas nossas."

Pedi-lhe que guardasse sigilo do meu projeto literário, pois nada indicava que chegaria a bom termo.

No fundo, Bandeira não aceitava a minha obsessão. Não tinha coragem, porém, de expressá-lo. Repetia um gesto silencioso e revelador, quase um tique: balançava a cabeça de um lado para outro, como se dissesse um claro e ininterrupto não. Estive para pedir-lhe que me desse a opinião. Esta seria cordial e amiga, portanto inútil: não ia ser um desmancha-prazeres. Conheço Bandeira.

Só tenho uma certeza até agora: não quero que o conto incorpore os conhecidos valores estilísticos do historiador, que são a objetividade e a frieza. Em outras palavras: não quero escrever "a" biografia de Cláudio Manuel da Costa. Usarei da linguagem da ficção: será mais um personagem do que uma personalidade histórica.

Busco informações precisas, consulto documentos da época, tomo notas e mais notas. Tudo isso deve servir apenas de pano de fundo, de cenário, para o trabalho da minha imaginação. Esta será rainha: é ela que deve escrever o conto, e não os poucos relatos que a biblioteca perpetua. O sonho indicou-me um caminho fértil para o beco sem saída criativo em que me encontrava, e deu-me a chave para a técnica narrativa que devo usar. Tem de haver uma identificação minha com Cláudio, espécie de empatia, que me possibilite escrever a sua vida como se fosse a minha, escrever a minha vida como se fosse a sua. *É um projeto perigoso, pois as pessoas dão grande valor aos limites do indivíduo.* Vou perder-me nos meandros do cenário de Vila Rica, como me perdi no porão do *Manaus*, ou na cela imunda da Ilha Grande. As reações são diferentes, não há dúvida (conclusão óbvia: qualquer ser humano é diferente do outro); busco, no entanto, uma espécie de solda que funcione no nível profundo da vivência humana e social. Esta solda liga fragmentos díspares com a alta temperatura da imaginação.

A verdade histórica — sendo obediente à seta da cronologia e circunscrita às determinações locais de caráter socioeconômico — congela as partes fragmentadas na sua particularidade, impossibilitando que se tenha uma compreensão global dos acontecimentos. É esta compreensão que busco; espero que a encontre. Apresentar, numa cápsula da máquina do tempo, a permanência dos regimes autoritários no Brasil. A posição incômoda que ocupam os intelectuais quando manifestam publicamente o desejo de uma sociedade menos injusta.

Os regimes autoritários, na medida em que impõem toda unificação da vida social, econômica e política através de ordens dadas "de cima", impedem que se coloque o devenir da sociedade brasileira como *problema* a ser resolvido por qualquer um e todos. O futuro do homem e do homem dentro da sociedade (a homogeneização dentro da diversificação) deve ser uma questão em aberto, a que todos são chamados a participar. Numa sociedade como a brasileira, qualquer movimento mais audacioso da oposição tem de ser, irremediavelmente, secreto. Sobrepaira, acima do segredo oposicionista, a verdade única e inquestionável, ditatorial, de um monarca, de um presidente.

Não gosto das coisas secretas em matéria política. Cláudio não quis que a rebelião traída continuasse em segredo. Eis a sua grande audácia. O segredo, no quadro político, só ajuda à situação. De duas maneiras, pelo menos. Como os movimentos da oposição não são do conhecimento do país, a situação pode sempre forjar planos (falsos, é claro) que são comunicados à população em geral, para aterrorizá-la contra o inimigo e mantê-la em estado de alerta. Feito isso, exige plenos poderes para o governo. Deem-me plenos poderes, ou o país vira uma anarquia. Diante desse dilema, a população, já amedrontada com as manobras malévolas descritas no plano falso, não tem alternativa: aceita, quando não pede, o regime de exceção. Por outro lado, como os membros da oposição não declaram as suas ideias à luz do dia, quando chega o momento da confrontação ninguém mais sabe quem é quem, e vê-se o espetáculo desolador do martírio e da fraqueza humana. Uns poucos são punidos com a prisão, ou com a morte, e muitos se desdizem, medrosos diante da violência e da perseguição. Resultado final: as forças oposicionistas se desmantelam, como se fossem compostas de soldadinhos de chumbo sobre a mesa. Não se chega nem mesmo ao momento da confrontação. A oposição se autodestrói, emaranhada nas cordas do segredo.

Cláudio quis evitar as duas situações extremas para os diversos membros da conjuração: a chamada gloriosa (martírio) e a chamada vil (traição). Estava interessado em que cada rebelde assumisse o papel político que lhe tinha sido designado (e que ele tinha aceitado cumprir) nos planos da sublevação. Cláudio confessa na prisão. Ele confessa — é uma maneira de dizer, porque tudo já era do conhecimento do visconde de Barbacena, responsável pela prisão e pela devassa. Ele não confessa: convoca. Queria que o visconde continuasse a defender as ideias em que acreditava antes. Como governador da província, e antes que chegassem as tropas do Rio de Janeiro, podia levar avante o projeto republicano nas Minas Gerais.

É esta a parte que tenho de estudar melhor. Não sei se é possível estudá-la nos próprios documentos, pois a confissão de Cláudio foi obviamente manipulada. Em todo caso, é esse o momento em que se concentram a minha atenção e o interesse do conto. (Tenho dúvidas de que continue a ser um conto. Já o vejo na forma de um alentado romance.)

É preciso pôr um pouco de ordem na minha cabeça e nas anotações.

Existem duas devassas. Uma levada a efeito pelos desembargadores vindos do Rio de Janeiro, e que se encontra, hoje, impressa sob o título geral de *Autos de devassa da Inconfidência Mineira*. Existe, no entanto, outra, de curta e interrompida duração, menos divulgada (não faz parte da obra citada acima), e que foi instaurada pelo visconde de Barbacena, na qualidade de autoridade suprema na província. Foi iniciada antes que chegassem os desembargadores enviados pela Coroa. Terminou com a chegada deles e o "suicídio" de Cláudio. Este não chegou a ser interrogado pelos enviados do vice-rei. Foi calado antes. Seu interrogatório foi levado a cabo por homens designados pelo visconde, na residência do homem mais rico de então, João Rodrigues de Macedo.

A primeira leva de rebeldes já estava no Rio. Presos na Ilha das Cobras encontravam-se Tiradentes, Gonzaga etc. Ali, eram submetidos a interrogatórios sucessivos. Outros implicados, de maior relevância econômica e política, estavam soltos e caminhando pelas ruas de Vila Rica.

Uma frase de Tiradentes leva a Coroa a perceber que, apesar de presos no Rio de Janeiro os principais rebeldes, continuava o foco vivo em Vila Rica. Tiradentes repetia a mesma frase aos desembargadores: "Quem sou eu, sem importância, influência ou dinheiro, para levar tanta gente a tal loucura".

Essa frase é cristalina na sua dupla intenção política. Não sou eu quem deveria estar aqui. Os "cabeças" continuam em Vila Rica. Tratem de buscá-los. Era o recado que dava aos inquisidores. Vocês, companheiros que aí ficaram, tratem de levar avante o nosso plano, antes que sejam presos. Aproveitem-se do ambiente de confusão que crio aqui, é para que possam agir enquanto é tempo. Era o recado que enviava aos companheiros.

Vejo na frase de Tiradentes e na confissão de Cláudio uma perfeita conjunção. Conjunção esta que — parece-me — passou despercebida dos melhores estudiosos do assunto. Ambos procuram inocentar-se: a atitude é uma tática política das mais hábeis, levando-se em conta que as perseguições mal tinham começado. O fim da tática era o de levar os envolvidos, colocados em posição hierarquicamente superior, a assumirem o papel que lhes cabia. Tiradentes tenta incriminar os que não foram presos na primeira investida, e se não o foram era porque tinham as costas largas. Cláudio incrimina os mandões de Vila Rica, que abriam uma devassa antes que ela fosse ordenada. O excesso de zelo do visconde incomoda-me. É muito precavido para que seja inocente.

Barbacena manda fazer prisões às pressas e às pressas nomeia, como juiz do processo local, o ouvidor de Vila Rica, Pedro José Araújo de Saldanha, e, como escrivão, o ouvidor de Sabará, José Caetano César Manitti. (Posteriormente, o desembargador Torres, enviado da Coroa, fará críticas severas à arbitrariedade das detenções e ao método dos interrogatórios feitos nessa devassa menor.)

Desço para jantar. Sento-me a uma mesa de quatro e não participo da conversa. Carrego comigo o que penso: durante o jantar, alimento também o meu raciocínio com os dados obtidos nas recentes leituras, para ver até onde chego. Da mesa, trago ecos da conversa: continuam a discutir o julgamento de Prestes no Tribunal de Segurança Nacional. Alguns criticam o papel que Prestes toma, puxando demais a responsabilidade para si. Alguém, evidentemente mais bem informado, garante que tal atitude constitui tática para criar um secretário-geral do partido que seja carismático. Segundo a mesma voz, a tendência de Stálin é a de centralizar o poder comunista nas mãos de uma só figura. Cita o exemplo francês. Outro replica que, se a teoria for verdadeira, não se trata de carisma: cria-se um precedente terrível que terminará pelo abuso de poder por parte do eleito.

Uma terceira pessoa, que tinha terminado o jantar em outra mesa, junta-se a nós e, tendo ouvido o final da conversa, lança-se a uma interpretação. Diz que o fenômeno da singularização de Prestes é de puro efeito junto às casernas. O partido nada tem a ver com isso. Querem que os jovens militares insatisfeitos sintam na carne o peso da insubordinação. Tanto é verdade — continua ele — que Prestes é julgado por crime de deserção.

As vozes continuam e continuarão até que dona Elvira apague as luzes do refeitório. É a maneira que encontrou para poder dispersar os grupos que ali ficavam conversando até altas horas da noite. Falo do trabalho que me espera no quarto, e saio antes do *blackout*.

Subo para o quarto. Deito-me por cerca de meia hora, e eis-me de volta a Cláudio.

Tinha chegado ao ponto das prisões e dos interrogatórios. Trata-se de um negócio que tem todas as características de doméstico. Lava-se a roupa suja em casa, antes que cheguem da capital as lavadeiras oficiais. Duas perguntas se insinuam: por que, entre os presos de Vila Rica, só Cláudio é interrogado? Por que deixam de fora os dois ricaços da cidade, João Rodrigues de Macedo e Inácio Pamplona? Descubro, com grande alvoroço, que a figura mais venal de toda a tramoia é o escrivão Manitti. Sai com os bolsos cheios de dinheiro. Há evidência de que Manitti conversou com Oliveira Lopes para que Macedo e Pamplona fossem poupados dos interrogatórios.

Cláudio só é interrogado no dia 2 de julho.

No dia 4, "descobrem" o seu corpo morto.

No dia 5, Inácio Pamplona sai precipitadamente da cidade.

No dia 6 de julho, chegam os magistrados enviados pelo vice-rei.

Não devo adiantar-me tanto.

Ainda antes do interrogatório, vejo Cláudio sendo informado

de todos os movimentos no mercado econômico da culpa e da inocência. Saldanha e Manitti não podem incriminar o visconde de Barbacena, que os nomeou para os respectivos cargos que ocupam. Mas Saldanha e Manitti não precisam olhar com bons olhos Macedo e Pamplona. Pelo contrário, consideram com o olhar da cobiça os dois negociantes. Está montada a quadrilha, toco a música: tráfico de prestígio de um lado, negociatas do outro, e lavam-se as mãos com o sangue do poeta. Tenho a impressão de que, em certo momento, o visconde de Barbacena começou a ter medo da trama que se organizara independentemente da sua vontade.

Ainda antes do interrogatório, vejo Cláudio: percebe nitidamente a mensagem codificada que lhe envia Tiradentes do Rio de Janeiro, e quer evitar que se esboroe na sua frente todo o sonho revolucionário. Chama o visconde, em particular, e lembra-lhe todos os compromissos que tinha assumido meses atrás. Aquele, já medroso do ninho de cobras que criava na sua Vila Rica, chama Cláudio de louco. Foi a palavra que encontrou, antes que chegasse a outra mais perigosa: mentiroso. Sai furioso do quartinho onde se encontra preso Cláudio. Bate a porta.

Macedo procura Cláudio logo em seguida. Quer aproveitar-se da situação. Por que o visconde saiu tão furioso da sua casa? Cláudio dá o passo decisivo: é preciso levar até o fim esta comédia de erros. Barbacena acredita que todos sejam culpados — diz Cláudio —, menos ele próprio. Macedo assusta-se com a afirmativa. Já está tendo problemas com Manitti, que lhe exige cada vez mais dinheiro.

Manitti merece mais atenção. Deve ser um desses funcionariozinhos bem sórdidos. Desses que descobrem um veio e logo querem a mina de ouro. Modesto e tímido no começo, passa-se por serviçal junto ao poderoso; agressivo e exigente logo em seguida, diz à vítima que ela está encalacrada até o pescoço; autoritário e carcerário por fim, quer limpar o pato que caiu por sorte nas suas mãos. Depois de embolsar um conto de réis, balança de novo as chaves da prisão para poder embolsar outro conto, e assim infinitamente. Manitti não conhece a dimensão da sua cobiça.

Macedo escuta Cláudio. Diz-lhe que não se preocupe: vai agora mesmo conversar com o visconde para que o poupe também do cárcere. Cláudio explica-lhe lentamente que o problema não é o da inocência. Ninguém é culpado. O importante é convencer Barbacena a levar o plano avante.* Só assim somos todos livres. Era preciso fazer tudo isso às pressas, pois os juízes do Rio, acompanhados da tropa, estariam chegando a qualquer momento. Macedo acha que Cláudio tem razão, pois já se sente incomodado com as constantes chantagens de Manitti. Como bom negociante, percebe que esse gênero de ameaça não tem fim. Haverá sempre outro escrivão à sua frente. Bom negociante, Macedo promete conversar com Pamplona e, em seguida, ir até o palácio do governador.

Macedo ousa falar a Pamplona das manobras terríveis de Manitti. Sente um alívio quando Inácio lhe diz que está também recebendo o mesmo tipo de ameaça e de exigência. São dois comerciantes agora que querem salvar as respectivas minas de

---

* Descubro, nas minhas leituras do dia 11 de março, esta opinião sobre Cláudio, escrita por um contemporâneo, o ouvidor-geral José da Costa Fonseca: "grande espírito, e penetração, avultado gênio para tudo o que he Literatura, da qual se admirão como efeitos da sua aplicação, algumas obras que tem dado ao prelo, e as que ainda existem em manuscripto, tendo exercitado por muitos annos o exercicio de Advogado dos auditorios desta Villa aonde as suas razões davam a conhecer hua madureza de juizo, solidez de fundamentos, e inteligencia das leys, distinguindo-se entre todos pelo dom da palavra, e grande eloquencia unida a huma dilatada irudição de quazi todas as matérias scientificas".

ouro. Cláudio tem razão: seremos sempre vítimas dos portugueses. Concordam e decidem agir juntos.

O plano de Cláudio está dando certo. Já não se encontra contra a parede, como antes. É o governador que está sendo pressionado para que tome a chefia do movimento rebelde. Cláudio sorri, quando sabe que Macedo e Pamplona se dirigem para a residência de Barbacena.

O governador não os recebe com boa cara. Não quer que vejam os dois negociantes em palácio no momento da devassa. Tem, no entanto, medo de bater a porta na cara dos dois. São ricos e influentes. Têm amigos na Corte e no Rio.

A partir daqui, o papel de Barbacena é cada vez mais ridículo. Quase o de um bufão do rei. Medroso por dentro, autoritário por fora; espumando por dentro, amaneirado por fora.

Cheio de delicadezas e cuidados, querendo dar a impressão aos palacianos de que se trata de uma visita para conversa frívola, o visconde conduz os dois até o seu escritório particular. Fechada a porta, o bate-boca começa ríspido e perigoso. Barbacena passa uma descompostura nos amigos. Será que não percebem que estão todos sendo vigiados todo o tempo? Esses encontros só podem prejudicar a ambas as partes. Fala Pamplona. Diz que não compreende o medo do governador. Afinal, ele é, ou não é, a autoridade máxima na província?

Barbacena modera as suas palavras. A lisonja caiu-lhe bem. Apruma-se, adquire ares de senhor e já fala como se desse uma audiência a súditos.

Macedo aproveita a situação: expõe-lhe o plano de Cláudio e, ao fazê-lo, insiste no fato de que é preciso que o governador lidere, a partir de agora, o movimento de rebeldia à Coroa. Antes que as coisas se compliquem mais. Macedo vai além: diz-lhe que o primeiro gesto é o de dissolver o tribunal da devassa. Pôr na rua Saldanha e Manitti.

Pamplona aplaude a sugestão do amigo.

Continua Macedo: diz que não existem inocentes e culpados. A culpa só existe se se pensa que ainda somos súditos da Coroa portuguesa.

Macedo — vendo-se já livre da cobiça sem freios de Manitti — coloca a sua fortuna do lado da rebelião.

O otimismo toma conta de todos. É preciso ir soltar Cláudio. É dele o plano — confessa Macedo, que até então tinha exposto as ideias como se fossem suas.

Os dois amigos não podiam adivinhar que Barbacena é o burocrata perfeito. Só age ao receber ordens. Inflado, governador dos governadores, descobre que é ele quem tem de dar ordens. Tem medo do píncaro. Como, eu, ser chefe de algum movimento revolucionário? Ajo, segundo as ordens que recebo. A fidelidade é a minha melhor qualidade. Nunca discuto se as ordens são certas ou erradas. Não cabe a mim discutir o valor de uma ordem. Barbacena começa a murchar: volta a ser cúmplice da Coroa. E quando adquire a dimensão de réptil, age como tal. Torna-se matreiro, quer descobrir de onde realmente vêm essas ideias pouco sensatas. Talvez nem de Cláudio sejam. Suspeita de um complô. Começa a duvidar das intenções de Macedo e Pamplona. Camaleão, enrosca-se no tronco da conversa e parece incorporar o seu colorido. Prepara-se, no entanto, para o bote.

Despede-se dos amigos, concordando com tudo; pede, porém, vinte e quatro horas para pensar.

8 de março

Quem me diz que a minha imaginação está errada?

Trago um corpo vivido, trago um corpo de chagas abertas e cicatrizadas, e é pela boca dessas marcas que a minha imaginação fala. Ela tem uma verdade sobre o homem que não se compara com a verdade que é extraída das palavras ditas ou escritas, espontaneamente ou sob pressão. A verdade do vivido ultrapassa os limites da experiência pessoal e transita pelo mundo dos homens, como uma força ainda não utilizada plenamente. Somos responsáveis por esse desperdício.

Temos medo do nosso vivido pela verdade corrosiva que contém sobre nós mesmos, sobre os outros e sobre a sociedade em que vivemos. O vivido é uma voz mansa e soturna, limpa e diuturna, que escorre como riacho rolando por um leito de cascalhos. O barulho do mundo não deixa que escutemos a voz do vivido. Mas se damos ouvido a ela, somos arrebatados pelas suas asas lúcidas. Ela vê claro onde está obscuro; desmancha enigmas como se estivessem codificados por uma tabuada; lê gestos do corpo como se fossem palavras; conhece o ontem com a perspicácia de um contemporâneo; prevê o amanhã numa ação que se desenrola diante dos seus olhos. É uma voz de alta tensão dramática, e não pode ser confundida com a voz da experiência, que é precavida e medrosa.

Sei que historiadores eruditos podem desmentir-me. Podem até provar a incoerência do meu raciocínio. Não vem ao caso contestá-los.

A voz do vivido não é hipócrita, por isso é excessiva num mundo onde pequenos e grandes interesses apertam os parafusos do ser humano para transformá-lo em cidadão íntegro e responsável. Que integridade e responsabilidade são estas? Numa sociedade tão irresponsável quanto a nossa, não há lugar para a responsabilidade total do indivíduo. Este esconde, oculta, camufla, trapaceia, sorri. Fala da plataforma dos seus interesses, do patamar dos interesses do seu grupo social.

O vivido fala do trampolim da imaginação.

Percebo a artimanha maior do meu sonho sobre a morte de Cláudio: seu desejo era o de colocar o rigor de um romancista num trampolim. A segurança dos dados, levantados em documentos pela pesquisa paciente, de repente transforma-se no lugar de onde parto para a vertigem e o desconhecido.

O salto no ar é uma viagem que se faz nos limites da lucidez e da loucura. Sem os pés no chão. Perdem-se os parâmetros do bom senso (a voz da experiência) e do racional (a voz da ciência), e se submerge no saber que constrói o homem que anda na corda bamba. Não me perguntem se esse saber vem do exercício ou da coragem, do gosto ou da aventura, do rigor ou da dor.

Sei.

Saber que é equilíbrio precário entre opostos discerníveis, que se nutre do perigo que a inteligência corre antes que se quebre e se espatife no chão, que se alimenta dos expedientes que então descobre para sobreviver, para permanecer lúcida na loucura e louca na lucidez. Em permanente busca de equilíbrio para poder continuar a caminhada.

Essa é a voz do vivido. Precária e única: foi presente dos homens que me fizeram sofrer e é ameaça para os homens que fazem sofrer. Essa é a voz de Cláudio na minha ficção.

12 de março

Diogo de Vasconcelos não acredita na versão do suicídio de Cláudio. Seu desmentido se baseia em levantamento minucioso da dependência da Casa dos Contos, onde contam que Cláudio se enforcou. Trata-se de um minúsculo compartimento do andar térreo — um "segredo", como se dizia então, que fica por trás e embaixo da escada monumental que liga o andar térreo ao andar superior. Acrescenta que foi encontrado "pendente de uma cinta", com os pés em cima de uma "prateleira de cedro". E conclui, com este raciocínio lapidar, pela "extravagância" da versão do suicídio: "O intradorso escuro dos degraus de pedra nua não dava para as ataduras da cinta, nem para se ter o corpo em pé, quanto mais pendurado".

Tarefa ingrata a do historiador que se interessa pelos acontecimentos que se passaram durante anos de repressão e de perseguição. Resta-lhe a análise de documentos que nem sempre são dignos de confiança. O historiador é obrigado a contestar a "verdade" do documento, entrando em choque com eruditos que acreditam piamente na letra. Diogo de Vasconcelos tem a coragem da leitura contraditória. Quantos historiadores estariam decididos a seguir o seu caminho?

O único argumento que se pode opor ao de Diogo de Vasconcelos é que o perito estaria diante de um caso raríssimo de enforcamento por suspensão parcial. (Nesse caso, Cláudio devia aparecer com frequência nos compêndios de medicina legal.) Acho estranho que o poeta tenha levado até o fim o seu próprio sacrifício, tendo o corpo com as pernas dobradas e o joelho praticamente pousado na prateleira de cedro. Para um suicida com o amor à vida que Cláudio tinha e com a sua inteligência, não teria sido mais fácil valer-se da prateleira apenas para impulsionar o corpo, deixando-o solto e suspenso no ar? Para que tanta força para matar-se? Ou será que a força veio de outrem?

A versão oficial diz que dois médicos (Caetano José Cardoso e Manuel Fernandes de São Tiago) e mais o juiz e o escrivão da devassa foram os responsáveis pelo exame do corpo de delito. O relatório é datado do dia 4 e, é claro, conclui que Cláudio se enforcou.*

Sem surpresas e com alegria, descubro que, bem mais tarde, um dos cirurgiões que participou do exame do cadáver tinha uma importante revelação a fazer. Todos deviam saber que hou-

---

* O teor do texto é o seguinte: "[...] disseram achar-se [o cadáver], como de fato se achou, de pé, encostado a uma prateleira, com um joelho firme em uma tábua dela, com o braço direito fazendo força em outra tábua, na qual se achava passada em torno uma liga de cadarço encarnado, atada à dita tábua e a outra ponta com uma laçada, e no corrediço deitado o pescoço do dito cadáver, que o tinha esganado e sufocado, por lhe haver inteiramente impedido a respiração, por efeito do grande aperto que lhe fez com a força e gravidade do corpo na parte superior da laringe, onde se divisava do lado direito uma pequena contusão, que mostrava ser feita com o mesmo laço quando correu; e examinado mais todo o corpo pelos referidos cirurgiões, em todo ele não se achou ferida, nódoa ou contusão alguma, assentando uniformemente que a morte do referido doutor Cláudio Manuel da Costa só fora procedida daquele mesmo laço e sufocação".

ve um primeiro relatório que dava a causa da morte como assassinato. No dia seguinte ao que encontraram o corpo — no dia 5, portanto — os dois médicos foram procurados por um ajudante do governador, Antônio Xavier de Rezende, que lhes informou que o dito relatório tinha se extraviado e que era preciso fazer outro exame do corpo de delito, dando desta feita a causa da morte como suicídio voluntário.

Seria Inácio Pamplona o encapuzado que aparece no meu sonho fazendo as vezes da Morte? Talvez sim. Um fato o incrimina. De todos os possíveis envolvidos no assassinato de Cláudio, é o único que arruma as malas no dia seguinte e deixa a cidade inesperadamente. O criminoso abandona o local do crime...

Suspendo aqui os relatos dos últimos achados. Depois de certo tempo, a leitura de livros e documentos torna-se monótona: os mesmos fatos são repetidos até a exaustão. É assim que se impõe a verdade histórica dos acontecimentos entre nós. Pelo cansaço, e não pela atenção.

Volto à minha narrativa dos últimos momentos de Cláudio na casa de Macedo.

Barbacena tinha pedido vinte e quatro horas para pensar.

Nem este nem os seus dois opulentos amigos podiam contar com as manobras furtivas e rápidas de Saldanha e Manitti. Visavam a dois fins. Com a notícia de que os juízes da devassa estariam chegando a qualquer hora a Vila Rica, concluíram que seria preciso fazer o próprio trabalho antes que fossem punidos pelo crime de negligência profissional. Por outro lado, de posse da confissão de Cláudio, teriam argumentos mais convincentes para extorquir dinheiro dos dois contratadores.

De volta à sua mansão, Macedo encontra o juiz e o escrivão que lhe comunicam que, na manhã seguinte, iam interrogar o preso que estava no segredo.

A ameaça de Cláudio paira no ar: iria delatar a todos para que

— pelo medo, ou pela covardia — levassem a bom termo o projeto que cuidadosamente tinham elaborado? Gonzaga, Alvarenga Peixoto, Tiradentes já estavam presos. Nada tinham a perder. Todos já tinham sido delatados por Joaquim Silvério dos Reis.

Presencio um corre-corre infernal em Vila Rica, neste fim de tarde do dia 1º de julho de 1789. Macedo redige rapidamente um bilhete para o visconde, pedindo-lhe que suspenda o interrogatório de Cláudio, e outro para Pamplona, notificando-o da decisão dos magistrados. Toma precauções ao redigir a mensagem para o visconde. Para que as suas palavras não possam ser usadas contra ele por um juiz astucioso no futuro, tem de arquitetar uma boa e inocente justificativa para o pedido de suspensão. Pensa em dizer que é prematuro o interrogatório, pois ainda há prisões para serem feitas. Pensa melhor (prefere jogar com a futura simpatia do vice-rei): É preferível esperar os juízes que vêm do Rio. Eis a maneira que finalmente encontra para suspender a devassa local e dar ao governo as vinte e quatro horas pedidas.

Dois mensageiros saem da Casa do Real Contrato das Entradas. As ferraduras dos cavalos despertam faíscas nas pedras que pavimentam as ruas. Um dos cavalos distancia-se da cidade, chega ao palácio. A noite já se fez espessa.

Barbacena não ousa escrever a Macedo. Tem receio da sagacidade política do negociante. Aproveita o próprio mensageiro para enviar-lhe uma resposta oral. É seca e peremptória. Já não tem poder sobre o juiz e o escrivão. Quis justificar-se, dizendo que se sente ameaçado por eles. Prefere uma fórmula menos inquietante: Falaremos amanhã sobre o assunto.

Barbacena não toca na comida nessa noite. Quando segura o talher para apanhar a comida e levá-la à boca, é um estopim aceso que tem na mão. Desvencilha-se do talher, como se jogasse a bomba pela janela afora. Treme de frio, vestido com roupas grossas e no aquecido palácio: assemelha-se a um mísero habitante de Vila Rica, padecendo o rigor do inverno em alguma toca úmida. Está ao lado da janela. Afasta a cortina para um lado. Continua a não enxergar nada lá fora. A bruma tinha envolvido o palácio, isolando-o do mundo. O edifício era um corpo ocioso envolvido por uma felpuda toalha de banho. Os seus familiares se inquietam com a falta de apetite e a agitação do patriarca. Não gosto de ver um amigo como Cláudio preso. A família entende, e deixa-o absorto nos seus pensamentos de amor ao próximo e de fidelidade à amizade.

Na manhã seguinte, Saldanha e Manitti tornam-se o centro de convergência dos vários interesses. Tinham precipitado os acontecimentos. Cláudio vai finalmente falar. Saldanha iria interrogá-lo e Manitti anotaria as suas palavras.

Macedo e Pamplona tomam o café da manhã juntos. Já desistiram do plano de Cláudio. Esquecem-se também do governador; julgam-no um pamonha e mau amigo. Uma ideia fixa governa todas as frases que trocam: como calar a voz de Cláudio, ou como apagá-la no papel manuscrito? Só encontram uma solução: cada um mede a sua própria fortuna, e começam os dois a fazer contas para ver até onde podem ir com a chantagem dos desembargadores, sem perigo para os negócios.

Pamplona tem um momento de grande inspiração. Dos dois é o mais imprevisível. Dá razão a Cláudio. Quer dizê-lo a Macedo, mas cala-se: vem-lhe à mente a figura pusilânime do governador. Cláudio está errado na sua certeza.

Arma-se o palco para as cenas finais.

Cláudio confessa tudo. Incrimina Gonzaga, Alvarenga Peixoto e Carlos Correia. Domingos de Abreu, Tiradentes e o padre Oliveira Rolim. Freire de Andrade e José Álvares Maciel. João Rodrigues de Macedo e Inácio Pamplona. O governador da província, o visconde de Barbacena.

Saldanha e Manitti não escondem o contentamento. Cada

palavra do poeta é uma pepita de ouro que brilha na ponta da pluma de Manitti. O interrogatório foi secreto. Nos momentos de abatimento e hesitação de Cláudio, Saldanha, paciente, devaneia antevendo as reações dos seus poderosos conterrâneos. Terminado o interrogatório, o juiz e o escrivão estabelecem o plano de ação. Saldanha comunica o texto das declarações do preso; Manitti, atrás, negocia as modificações necessárias para o bem-estar geral de todos os envolvidos. Lamentam, apenas, que o governador tenha de ficar de fora na questão do dinheiro. Foram nomeados por ele. Seria muita ingratidão.

Perco o fôlego. Paro de escrever.

Ouço um ruído de metal contra metal que vem da oficina de consertos. Trabalham. Ouço o ruído e é como se o visse. Entretenho-me com ele, tentando colocá-lo nas pautas de uma partitura imaginária. Não consigo. É uma música que não se harmoniza com a cadência rigorosa da minha frase. Busco outro ritmo que possa torná-la conhecida aos meus ouvidos. Não consigo. Escuto a voz de Pamplona; fala escandindo cada sílaba da frase, para dar a cada som um peso comum: Cláu-dio-es-tá-er-ra-do-na-su-a-cer-te-za. Cláudio não erra porque desconhece as fraquezas de caráter do governador. O poeta errava por causa do ruído do metal contra o metal, que não se harmoniza com as suas intenções de rebeldia. Nesse dia 2 de julho de 1789, dia de grandes apreensões para as altas e ilustres figuras de Vila Rica, dia de grandes correrias para a criadagem escrava, vejo um ferreiro que bota uma ferradura em um cavalo.

Para ajustar bem a ferradura ao casco, o ferreiro leva-a antes ao fogo, deixando que o metal se torne maleável ao forte calor das chamas; em seguida, com batidas compassadas e sons estridentes, trabalha o dócil ferro até que chegue à medida do casco do animal. O sapateiro, na rua vizinha, escuta a araponga do ferreiro e imita-o: remenda, com batidas intermitentes do martelo, a sola de um macio borzeguim importado da Inglaterra. Os dois sons semelhantes combinam-se, harmonizam-se no ar e voam à procura de novos instrumentos. Quando chegam ao quarto dos fundos de um sobrado, os sons combinados estão tão enfraquecidos que deixam fazer ouvir o metal da agulha que fura o linho, delineando o contorno de uma flor. A bordadeira, já com a vista cansada, repousa o aro no colo e entretém-se ouvindo a canção monótona que canta a preta que, no portão da senzala, cozinha.

Outro escravo — mais distante, já fora dos limites da cidade, talvez o Miguel Angola, da Fazenda do Fundão — escuta o canto reconfortante da companheira e bate com mais força a picareta contra a pedra, marcando o ritmo de todos os sons e vozes que subiam aos ares nesse dia 2 de julho de 1789 em Vila Rica.

Cláudio estava errado porque não podia fazer com que os sons e as vozes da cidade estivessem em harmonia com o seu plano e as suas ordens.

Exausto pelo esforço despendido (sabe que em vão), já de volta ao segredo, Cláudio medita, enquanto espera ser conduzido ao Rio de Janeiro, para fazer companhia aos amigos de infortúnio. No silêncio, ouve cada som do arraial. Não consegue combiná-los. Soltos, sabe o valor e a utilidade de cada um, sabe a sua tessitura e o seu compasso. "Eu os excedo a todos na harmonia." Quer escrever um soneto onde o ritmo do decassílabo tenha o metro monótono da marreta do ferreiro, do martelo do sapateiro, da agulha da bordadeira, da voz da escrava, da picareta do faiscador. O decassílabo não sai. É pobre demais para os ouvidos estudiosos do poeta. Soltas — como os sons — ficam as palavras na sua imaginação. Não encontra sintaxe que possa petrificá-las em uma forma, semelhante à resistência da ferradura no casco do cavalo, da sola no sapato, da linha no bordado, da voz no horizonte, da pepita na mão.

Cláudio desiste de ser poeta.

Aqui descanse a louca fantasia;
E o que té agora se tornava em pranto,
Se converta em afetos de alegria.

Cláudio não desiste de ser poeta. A poesia — como a música — não é feita para substituir os sons da natureza ou do trabalho. A poesia é trabalho. A música é trabalho. Graças a elas, partem fogosos os cavalos da minha imaginação, caminha mais seguro de si o homem, decora a mulher com maior felicidade a sua casa, cantam com alegria os que sofrem no cativeiro, brilha com intensidade febril o ouro da palavra — riqueza maior do homem. A poesia não é feita para substituir coisa alguma; não é feita para harmonizar a complexidade do mundo. Não é uma voz individual que vai acabar com a injustiça, o desnível econômico, a miséria e o sofrimento. Não é uma voz individual que vai coordenar, igualitariamente, o esforço coletivo, a esperança coletiva, o bem-estar coletivo, a felicidade coletiva. Cada som existe na sua particularidade e riqueza própria, e se harmonia de sons houver no futuro, terá de ser a de homens e coisas cantando, ao mesmo tempo, sem a batuta de um maestro, e muito menos a de um maestro-poeta.

Macedo irrompe na cela de Cláudio e chama-o de traidor. "Você nos delatou. Você é um covarde." Vai para cima de Cláudio com a intenção de esbofeteá-lo, ou até mesmo de matá-lo. O dragão, que estava de guarda e tinha aberto a cela para o contratador, impede que este logre o seu intento. Arrastado do cubículo, é fechada a porta; Cláudio continua imóvel, sentado no canto da cama.

Nada para ele faz sentido. Não sabe mais por que denunciou todos os que participaram dos planos para a rebelião. Antes sabia, agora não mais. As costas apoiadas contra a parede sentem frio. Enrosca-se num cobertor. Parece um passarinho que desaprendeu a bater as asas. Traidor. Que causa traí? Que amizade não honrei? Que plano assumido não foi seguido à risca? Se era para caminhar lado a lado de gente da espécie de Macedo, Pamplona e Barbacena, foi melhor que tudo tivesse gorado no ovo. A tristeza era tão enorme, que nesse momento — sim — teve vontade de desaparecer. A bela utopia de uma província próspera e livre, capaz de decidir por conta própria o seu futuro, na realidade era o esboço de um campo de concentração onde maiores lucros seriam obtidos com o trabalho escravo dos menos favorecidos pela fortuna. Que burrice ter confiado nessa gente!

Não há no mundo fé, não há lealdade;
Tudo é, ó Fábio, torpe hipocrisia;
Fingido trato, infame aleivosia,
Rodeiam sempre a cândida amizade.

Desço para jantar. Há uma balbúrdia incomum no refeitório. Muitos falam ao mesmo tempo e ninguém se entende. Discutem um único assunto e tanta controvérsia. Não tenho paciência para destrinchar quem diz o quê. Narro o geral. Os jornais de hoje noticiam com grande destaque que o Senado prorrogou o estado de guerra por mais noventa dias. Os movimentos de Flores da Cunha no Sul, de Armando de Salles em São Paulo, os boatos de armamento bélico que chega para esses dois estados, o julgamento espalhafatoso de Prestes, tudo isso serve para que o leão comece a mostrar as suas garras.

15 de março

Missa é rezada, na matriz do Pilar, pela alma de Cláudio. Os habitantes da cidade compareceram em massa. Para todos os efeitos, o finado Cláudio Manuel da Costa não atentou contra a sua própria existência. É a Igreja que o diz. A cúria de Vila Rica, zelosa da sua tradição católica romana, não teria ido contra os princípios expressos por santo Tomás de Aquino, na *Suma teológica*. O filósofo católico afirma que, antes de tudo, o suicídio atenta contra a Lei Divina. Antes de ser uma falta cometida pelo homem contra o homem, o suicídio é pecado contra Deus. Rezam missa pela sua alma. Cláudio tem bons amigos entre os eclesiásticos de Mariana, sua cidade natal, e Vila Rica.

Quando se fundou o Seminário de Mariana, por volta de 1750, o poeta quis seguir a carreira eclesiástica, dando prosseguimento aos cursos de teologia que frequentava em Coimbra, aonde fora estudar. Na inquirição de *puritate sanguinis*, redigida em Portugal e submetida ao estabelecimento mineiro, Cláudio afirmava que a escolha da carreira visava poder dar amparo à sua mãe, viúva, e às suas irmãs.

A morte de Cláudio vem enlutar os fiéis do Pilar e aumentar os temores da população de Vila Rica. Outra vez, esta se vê às voltas com atos de violência praticados pelas autoridades portuguesas, e que não chega a compreender. Há rumores vagos de que um grupo de poetas preparava uma rebelião em segredo. Por todos os lados e em voz baixa, chamam a morte de Cláudio de "misteriosa". A atmosfera do diz que diz toma conta da cidade enlutada. As pessoas passam dia e noite dentro das casas, enquanto os filhos são proibidos de brincar nas calçadas. Tem-se a impressão de que se vive numa cidade onde o hábito é o de deixar as janelas fechadas dia e noite. Uma cidade fantasma. Os poetas foram presos e um deles já morreu. Onde os alegres passeios pelas ruas tortuosas e íngremes? Onde os flertes com as moças que ficavam, à tardinha, lá de cima das sacadas, passeando olhares pela rua? Onde aquele sorriso de prosperidade burguesa que se ia tornando característica dos habitantes das Gerais? Onde os passeios líricos pelos recantos pitorescos das redondezas? A cidade está de luto com a morte de Cláudio.

Chega a versão oficial dos fatos, logo confiada aos cidadãos. Descobriu-se que, na capitania de Minas Gerais, alguns vassalos da rainha, Nossa Senhora, animados do espírito de pérfida ambição, formaram um infame plano para se subtraírem à sujeição e obediência devida à mesma Senhora. Pretendiam desmembrar e separar do Estado esta capitania para formarem uma república independente por meio de uma formal rebelião. Estes rebeldes serão perseguidos e castigados de acordo com a lei.

Os habitantes de Vila Rica perdem a inocência e são todos culpados. Só que não encontram justificativa para a força que os acua contra a parede. Culpado de ter ouvido não se sabe o quê. Culpado de ter dito palavras de que não se recorda mais. Culpado de ter presenciado um encontro que poderia ter sido fortuito. Culpado de ter trocado um bom-dia mais longo com um amigo, como se as regras de cordialidade tivessem de ser abolidas do cotidiano. São culpados até mesmo na sua inocência, pois tinham de ter sabido mais. Mais, mais, mais — exigem os juízes da devassa. A igreja está cheia. Rezam para esquecer, rezam para pedir a Deus proteção divina. Os homens já não sabem o que fazem. Vejo o vigário interromper o santo sacrifício da missa, para pregar o sermão. Carrega uma enorme responsabilidade hoje. Para com os vivos e para com o morto. Interrompe o sacrifício da missa para falar de uma vida que não quis autossacrificar-se. Os bons cidadãos de Vila Rica — todos amigos de Cláudio — incumbiram-no da fala que, antes de ser religiosa, traduziria responsabilidade humana e social para com o semelhante. Caminha para o púlpito e os fiéis, sentados nos bancos ou de pé pelas laterais, seguem-no com os olhos, admirando a sua coragem cívica. Faz o sinal da cruz. Ouço a sua voz: "Ninguém toca impunemente no homem, que nasceu do coração de Deus, para ser fonte de amor em favor dos demais homens. O corpo do homem é sagrado, o corpo do homem que quer ajudar o homem é duplamente sagrado. Quem dele faz brotar o sangue atiça a cólera de Deus. Este, raivoso, não pune pelas vias diretas do castigo. Deus não é vingativo. Dá as costas aos homens maus. O desprezo de Deus é a maior punição que o homem pode sofrer. Mas Deus quer que os seus filhos estejam unidos e amantes, por isso, desde as primeiras palavras da Bíblia Sagrada até a última, Deus fez questão de comunicar constantemente aos homens que é maldito querer manchar as suas mãos com o sangue do seu irmão. Não existe ofensa maior a Deus que uma mão suja de sangue do irmão. Deus é magnânimo na sua bondade infinita: o homem é fruto da sua generosidade. O homem veio ao mundo como concretização da bondade de Deus e para que apenas dela fale. Para isso, Deus fez o homem livre. A liberdade, repito, a liberdade humana nos foi confiada como tarefa fundamental, para preservarmos, todos juntos, a vida, a vida do nosso irmão pela qual somos responsáveis tanto individual quanto coletivamente".

"Não matarás", finaliza o vigário. "Quem matar, se entrega a si próprio nas mãos do Senhor da História e não será um maldito apenas na memória dos homens, mas também no julgamento de Deus Nosso Senhor."

Manitti negocia.

Estamos no dia 3. De posse das declarações de Cláudio, quer falar, separadamente, com Macedo e com Pamplona. O escrivão é homem que vende por qualquer mil-réis mãe, pai, filhos, amigos. Só tem medo — espécie de respeito que a carreira lhe inculcou —, só tem medo de superior. Não convoca o visconde; pediu-lhe audiência. Já sabe, de antemão, que dele não poderá tirar dinheiro. Será serviçal e humilde diante do governador. Mostrará as declarações de Cláudio sem fazer comentários. Só o Ilustríssimo e Excelentíssimo Senhor visconde de Barbacena, governador e capitão-geral desta capitania, tem esse direito.

Com Macedo é diferente. Consegue ser vulgar na sua brutalidade, cínico nas suas ameaças. Diz que não compreende nada do que se passou em Vila Rica, mas acrescenta que compreende bem o que se passa agora. Chama a atenção do contratador para a sua situação delicada. É homem bom e piedoso: não deseja o mal de ninguém. Mas é também servo da Justiça e não pode negar a evidência da culpa à rainha.

Enche os bolsos.

Recebe, em seguida, Pamplona. Faz questão de não deixar que os dois amigos troquem informações na antessala. Macedo tenta dizer ao amigo, por código, que a sangria do escrivão ia além da cota que tinham estabelecido na manhã anterior.

Manitti não é homem de grande imaginação. Sabe apenas interpretar um papel. Repete toda a cena com Pamplona. Pamplona comporta-se de maneira diferente da de Macedo. É impulsivo e colérico. De todos é o mais impulsivo. Foi ele quem matou Cláudio. Só pode ter sido ele. Reage às palavras do escrivão, elevando a voz a uma altura que faz Manitti tremer. Este leva os dedos à boca e pede silêncio; caso contrário, terá de interromper a conversa. "Ninguém sabe que estamos aqui conversando. E o senhor não vai querer que saibam, vai?" Pamplona acalma-se. Torna-se dócil à retórica do escrivão. Tem uma crise de choro inesperada. Por que chora Pamplona? Não sei. Talvez pela dinheirama que se vai e pela ameaça da perda gradativa dos bens; talvez pela impotência que experimenta diante de uma armadilha onde é preciso cair, guardando o sangue-frio. Opto pela segunda. Pamplona é aventureiro e, como tal, compreende que os bens são ganhos, perdidos e readquiridos. Difícil para ele é controlar as suas emoções, a sua impetuosidade. É desses que querem logo quebrar a cara.

 Não foi fácil para Manitti fechar o negócio com Pamplona. Não tinha dinheiro consigo, nem em casa. Tem bens. A transferência não pode ser feita agora. Manitti quer garantias e, ao mesmo tempo, receia o escrutínio dos seus substitutos cariocas. Há uma troca de papéis e Manitti invoca o nome de um amigo comum intermediário, testemunha e garantia.

 Os nomes dos contratadores desaparecem das declarações de Cláudio.

 O encontro com o governador se passa no final da tarde. Já sabe das negociatas de Manitti (é homem bem informado), mas não tem coragem de repreendê-lo e muito menos de dispensar os seus serviços. Sabe que Saldanha e o escrivão estão de comum acordo. Só assim rasuras de tal monta poderiam ser feitas nos documentos oficiais. Barbacena arrepende-se, momentaneamente, de ter mandado abrir a devassa. Regozija-se, porém, diante da figura untuosa do escrivão que o cumprimenta e lhe deseja tudo que há de melhor sobre a face da Terra. É preferível este canalhazinha do que um enviado da Corte. Manitti nada quer de mim, apenas que feche os olhos. Não tem a audácia de pedir-me dinheiro. Fecho os olhos. Nada sei. Nada comento. Mando prosseguir o inquérito e felicito-o e ao seu juiz pelo belo trabalho que estão fazendo. São dignos do respeito da rainha, Nossa Senhora, e esta — tenha a certeza — saberá recompensá-los no futuro.

"Pode deixar aquela brincadeira do Cláudio", diz o visconde, pretextando superioridade. "Aquela brincadeira que se refere a palavras de Gonzaga. Todos sabem que Gonzaga e eu somos amigos. Cláudio invejava a nossa amizade."

Todas as alusões diretas a Macedo e Pamplona são suprimidas. Conserva-se a assinatura de Cláudio na última folha. O documento será sempre autêntico e infame. Manitti entrega-se à labuta da cópia à tardinha. Tem de fazer às pressas o trabalho. Saldanha, ao seu lado, está impaciente. Não sabem que dia chega a comitiva carioca. Pode ser de uma hora para outra.

A mesma urgência sentia o visconde, depois que o escrivão deixou o palácio. Cláudio continua vivo e pode desmentir as "declarações" diante dos desembargadores Torres e Cleto, enviados pelo vice-rei. Escolhe o seu ajudante de maior confiança — o Rezende — para uma missão sigilosa. Pede a ele que, pessoalmente, marque um encontro secreto com Macedo e Pamplona nos arredores da cidade, em lugar ermo — de modo que ninguém os veja. Não quero testemunhas. Olha que é coisa séria.

Chega o visconde, acompanhado do seu ajudante, ao lugar aprazado. O ajudante distancia-se um pouco e serve de sentinela. Lá já estavam os dois contratadores. Cada um chegou com meia hora de diferença do outro, para evitar as suspeitas. Cada um teve de seguir um caminho diferente para lá chegar. O ajudante foi impecável na planificação do encontro — alegra-se o visconde.

Não falam das torpezas de Saldanha e Manitti. Isso é assunto já resolvido. Um único problema os inquieta. Cláudio está vivo e pode continuar falando. Pode desmentir o escrivão e restabelecer a verdade das suas declarações. Cada um encontra uma maneira para classificar o comportamento do antigo amigo: irresponsável, louco, torpe, traidor. O visconde toma a dianteira na decisão. "É preciso matar Cláudio."
Ele está na sua casa, Macedo, é mais fácil para você. Mais difícil, serei o primeiro suspeito da lista. Um dragão, talvez sugere Macedo. Seremos vítimas dele, comenta Pamplona, para o resto da vida. Veja o escrivão. Um dia teremos também de dar cabo à sua vida. O visconde insiste no nome de Macedo. Há sempre uma maneira de te inocentar. Macedo não tem confiança no governador. Podemos dizer que Cláudio te atacou. Ele não está satisfeito de estar preso na sua casa.
Pamplona se oferece para fazer o trabalho. Pede apenas a colaboração do amigo. É preciso que entre em silêncio na casa, é preciso que entre escondido na cela de Cláudio pela madrugada. Não farei barulho. Vai estrangulá-lo. Ninguém saberá quem foi.

Sábado[21]

Há dias saltei do trampolim. Há dias mergulhei. Retenho a respiração por dias seguidos; retive-a enquanto não explodiam os meus pulmões. Não aguento mais a pressão da água. Tenho de voltar à superfície para respirar.

Quando mergulhar de novo, Cláudio já existirá na folha de papel em branco, onde jogarei as suas palavras. Escreverei com a sua voz as suas palavras. Não serei mais eu. Narrarei os fatos com os meus olhos, a sua perspicácia e os seus cálculos. Enriquecerei as minhas lembranças com fatos e sensações que não existiram para mim. Verei com a sua sensibilidade amigos, inimigos e interrogadores. Com a sua inteligência analisarei e interpretarei os acontecimentos e tirarei as necessárias conclusões. Com a sua sensibilidade e inteligência, alegro-me ou entristeço-me, horrorizo-me ou envergonho-me, repudio ou acato, agarro ou mando para os infernos, enovelo-me ou libero-me.

Deixarei de existir por algum tempo. Serei o urso que hiber-

---

21 Dia 20 de março. (N. do E.)

na. A jiboia que digere. A mãe que nutre. Um corpo em disponibilidade para si e para o outro.

A ansiedade de Cláudio, esperando o momento propício para articular os poderosos de Vila Rica, num último sopro de rebelião, será minha.

Será meu o desejo de vida, quando a noite se abater sobre a Casa do Real Contrato das Entradas.

Fui eu quem escreveu: em golfos de esperança flutuando mil vezes busco a praia desejada; e a tormenta outra vez não esperada ao pélago infeliz me vai levando. Não ponho aspas. As palavras são minhas. Incorporá-las-ei ao romance, de tal forma que são elas que escrevem; é o estilo delas que se segue, continua, até chegar a preencher as linhas de uma folha.

O desespero dele, ao saber que todos os seus planos vão por água abaixo, porque não existe pujança para concretizá-los, é meu. Mas eu sem o prazer de uma esperança, passo o ano, e o mês, o dia, a hora.

O seu desconsolo mortal, ao ver as mãos fortes de Pamplona procurarem o seu pescoço, é meu.

É meu o salto de fera bravia que dá para evitá-las. Em vão.

Cláudio será Graciliano. Graciliano redige, mas quem escreve é Cláudio. Sinto a energia e a intensidade que existem reprimidas na frase de Cláudio. Abro as comportas. Deixo que elas se espichem, se robusteçam, exercitando-se por algumas páginas mais.

Volto à superfície.

26 de março

Fui buscar Heloísa hoje no cais. Veio com as nossas duas filhas menores. Não sei como vamos todos caber no exíguo quarto da pensão.

CONTO ESCRITO EM 1993

Este conto, uma homenagem indireta a *Em liberdade*, foi publicado originalmente no suplemento Folhetim da *Folha de S.Paulo* em 1993, quando dos cinquenta anos da morte de Graciliano Ramos. Tenta apreender o pensamento do homem enfermo nos últimos meses de vida.

Todas as coisas à sua vez
(*Abecedário*)

Não há escuridão que alimente.
Não há calor (humano?) que aqueça.
Não há lágrima que esmoreça.
Há essa doença. Mortal.
Haver (verbo impessoal e inativo, segundo a gramática).

Deduzo, logo não concluo.

Tão doente quanto flores malcheirosas.

Na hora em que poderia prestar socorro à vida, a beleza feminina não tem argumentos. Já serviu — não serve mais — de recurso retórico para expressar meu desejo carnal.
Não vira boia, que se atira ao náufrago.
Hoje, vira foice imantada pelo diabo e afiada pelo espectro da morte.
Deixo-me seduzir pelo fio da sua navalha, como quem solta um grito. De redenção.

A mulher se esconde na sombra. Por que evita a luz? Por que não se desnuda? Por que não se dá a conhecer? Por que é segredo? Por que é segredo e é verdade? A mulher é Maia. Sua arma é mortífera. O pudor. Machado de Assis desvendou o mistério — o segredo e a verdade da mulher. Só que não passou a fórmula a nós, homens. Matou (simbolicamente) a esposa, o amante e o filho. Todos viram testemunha de acusação.
Como todo pai-d'égua, Machado age em causa própria. Não busca *a* mulher, quer o harém.
Atenção! Homem de harém nada tem a ver com homem de bordel.
Para este a nudez da mulher é premissa do gozo e tem preço. Custa muito barato. Baratíssimo.
Já o homem de harém é descendente de Don Juan. O de Molière, hipócrita é claro. "... tudo pelo amor da humanidade."

E falam de monogamia. Coisa de padre e puto enrustido.

Sabe, aqueles ambulantes que saem empurrando a carrocinha pela cidade, a afiar o gume de faca. Gostava do assovio estridente, que anunciava sua presença na vizinhança; matutava sobre as chispas de fogo fabricadas pelo metal contra metal, sobre os olhos infantis que admiravam o relampejar, sobre as cozinheiras e arrumadeiras que, da janela, piscavam para o portuga, santo padroeiro das degoladoras de galinha. O afiador de facas, o pipoqueiro, o sorveteiro, o baleiro, o vassoureiro, o leiteiro... Profissões populares que se vão com a rapidez que trouxe o automóvel e traz o avião, essas máquinas assassinas. Século assassino.
Fui reler o poema de Carlos: *Que século, meu Deus! diziam os ratos./ E começavam a roer o edifício.*

O pavio curto da dinamite revolucionária — faltou um palito de fósforo à minha geração. Somos delicados os marxistas ocidentais.

Onde se lê: um palito de fósforo, leia-se: tutano. Onde se lê: delicados, leia-se: covardes.

Seringaita é a seringa que injeta parlapatices na minha imaginação.

A cachaça incita as palavras do dicionário. Tornam-se velocistas de maratona. Dão passadas rápidas, medidas e coesas na folha de papel em branco. Uma frase, mais outra, e já são três. Economizam o próprio entusiasmo para a arrancada final. Alcançada a vitória do parágrafo ou do capítulo, baixa-lhes a sensação de repouso.

Já a morfina embaralha os passos da escrita. Entontece-os, literalmente. Entorpece a imaginação. Entro num museu de bricabraque, onde falta sentido a cada objeto e ao conjunto deles. Busco a palavra e ela não comparece. Assoma a correspondente em uma das duas línguas estrangeiras que domino. Busco compor o final da frase e já não me ocorrem as palavras iniciais.

Morfina não é para artista-criador. É para artista-intérprete. Aquele que já sabe de cor e salteado a partitura. Decididamente, não nasci para ser concertista no piano das letras.

Tenho um importante livro para terminar — minhas memórias na cadeia. Deixo-o incompleto. Tenho outro livro para terminar — de viagens. Tenho certeza de que o abandono para sempre neste capítulo 34, a que ora ponho o ponto-final.

Tenho dois livros incompletos e póstumos — seria irônico, se não fosse também grotesco.

E o cigarro? Continuo a comer desse pão que o diabo amassou.

"Cada coisa à sua vez."
Não aguento mais a implicância do médico e dos familiares.
Todas as coisas à sua vez.

As palavras chegam à beira do precipício da morte e saltam desesperadas.
Recolho os cacos.
Se ao menos eu tivesse a coragem de roubar-lhes algumas vertigens.
Não tenho.
Em minhas mãos a sintaxe virou cola-tudo redentor.

Não sei se distribuí, se contribuí, se restituí. Nem sei se estou resistindo.

Daqui a cinquenta anos, minha prosa será execrada pela falta de humor. Restam-me dois consolos. Canarinho canta porque não sabe rir. Palhaço ri porque não sabe falar.

Dou-me de presente todas as ideias possíveis. Só não me dou de presente a ideia de infinito. A relação do homem com o infinito não se passa no campo do saber. O infinito é um desejo que se nutre da própria fome. Mais ele se sacia, mais cresce.

Eu, um metafísico? De jeito nenhum. Encantam-me os paradoxos. Ou melhor: sou assassinado pelos paradoxos. Se levanto o punhal antes, para assassiná-los, zombam de mim. Mais eles zombam de mim, mais os admiro pela inconsistência sedutora.

Gosto de corrigir. Ossos do ofício de revisor no jornal.

Dizem-me um escritor difícil. Analfabetos!

O silêncio faz barulho.
A música ambiente ainda não terminou.
O saxofonista de plantão é o tuberculoso que se vê no espelho? Ou será o vizinho do apartamento ao lado que desafina no violino? Não. É o Rei da Voz — Francisco Alves —, que me puxa o pé lá do Cemitério São João Batista, onde foi enterrado.

Mais aguda é a dor, mais agudo é o significado da vida. Certo? Falso.
Mais aguda é a dor, mais inevitável é o precipício. Tibum!

Corrijo-me.
Aiiiii! tão intensa a dor.
Uma picada de agulha no braço.
Oooooh! tão intenso o alívio.

Não sei por que busco o dicionário *Littré* na estante. Copio do nosso *Aurélio* a definição do vocábulo que buscava.
"*Intermitência*: Interrupção momentânea, intervalo."
Insatisfeito com o resultado da consulta, volto ao *Littré*.
"*Intermittent, -e. Qui discontinue et reprend par intervalles.* Fièvre intermittente, *qui cesse et qui reprend à des intervalles réglés*. Pouls intermittent, *pouls dont les battements cessent par des intervalles inégaux.*"*
Fiz uma boa compra de dicionário na passagem por Paris.

---

* "*Intermitente.* Que descontinua e volta a intervalos. *Febre intermitente,* que para e volta a intervalos regulares. *Pulso intermitente,* pulso cujas batidas param em intervalos desiguais."

Camuflo o tatibitate durante a conversa com as visitas, como menino que comete má ação.
À noite, escrevo pouco. Meço milímetros. Remendo menos. Estou me exercitando no avaro e lucrativo estilo milimétrico. E, no entanto, tudo é iminente. Reclama a pressa. E adianta correr com a pena? Uma língua de consoantes grunhe, espantando o vernáculo. Medo de perder as vogais.

Mentira: medo de perder a palavra.

O tempo presente é um terrível hiato. As macieiras cobriam-se de flores. Lá no horizonte vicejará a terra desconhecida e civilizada.

A solidariedade não é suficiente. De que servem irmãos e irmãs na dor? Busco alguém que seja superior ao comum dos mortais. Só ele ou ela poderá —. Procurá-lo-ei onde estiver. Aquém- e além-mar.

Resignado ao ônibus e ao bonde cotidiano, será que alguma vez viajei pelo prazer de viajar? A viagem (a Buenos Aires) está sendo locomoção do corpo pelos meandros do sofrimento, que aumenta e quer explodir. Minha pele é a porta que demarca o prazo do suportável.
Meu reino por uma janela!

Meu reino por uma seringa hipodérmica!
Assinado, o Caveirinha.

Para ser suicida, primeiro é preciso ter sido otimista. Não

é o meu caso. O movimento do meu pensamento sempre foi ascendente. Sonda o pior em busca do melhor, para poder elevar o submisso. Tenho horror ao agreste das profundezas.* Sinto-me melhor na pele de astrônomo do que de mergulhador.

Ah, esse ranço de cristianismo, que me achata no equador e me dilata nos polos.

* Quis construir um mundo ficcional desprovido de profundidade. À merda com a psicologia e a psicanálise!

Posso me substituir por qualquer uma das pessoas que me visitam. Ninguém que me visita pode me substituir. Obsessão de réptil, em especial daquele chamado camaleão.

A glória. A varejo e no atacado.
Aceitar o elogio das pessoas amigas de cambulhada com o das pessoas inimigas?
À beira do leito de morte, não.
Pelas ondas hertzianas, punge o coração.
À beira da cova? — se o futuro nem a Deus pertence, menos ainda pertencerá a mim.

Minha filha não me entende.
Esse *robe de chambre* cor de vinho, que me recobre, é a lembrança que guardo da vida saudável. Meu *robe*, minha memória.
Deixo-me ser envolvido por ele como uma serpente que não quer mudar de casca. E está mudando, contra a sua vontade.
O *robe* vinho esconde das visitas essa nova casca amarelada que se cola à pele da serpente alagoana.

Sei que minha filha guardará o *robe*, como guarda tudo o que me pertence. Depois da minha morte, imaginará que estarei

dentro do *robe*, assim como meu corpo está no íntimo de todos os meus escritos? que eu estarei dependurado no cabide do armário?
Será que algum dia vai querer cheirá-lo?
Minha memória, sua posse.

Ouço outra voz — adivinhem de quem? "Para que deixar o *robe* aí dependurado no armário? Está lavado e passado, novinho em folha, pode ir para uma instituição de caridade."
Meu patrimônio, seu legado.

Teriam a coragem de me enterrar vestido nesse *robe* cor de vinho?

Uma frase incompleta me vem com insistência ao espírito. Ninguém pode saber o que é a sensibilidade da pele até —

Quatro horas e vinte e três minutos da madrugada. Que espécie de heroísmo é esse?

Viro para o lençol e lhe digo: *Tu quoque, Brute...*
Para a colcha, para o travesseiro e para tudo o mais que me toca e repito: *Tu quoque, Brute...*
Por onde andará o tribuno Marco Antônio?
Não me faltarão oradores à beira do túmulo.

Afagar é uma coisa. Conhecer é outra bem diferente.

Será que não desconfiam que eu desconfio?
Falta-lhes o desconfiômetro que me sobra.

Tanto lá como cá. Os médicos recobrem a mentira com a

capa da piedade. São todos impostores e católicos convictos. Vou mandar fumigar o formigueiro desses jesuítas com formicida Nietzsche. Palavras do anti-Cristo de plantão.

Tantos anos levei para me descristianizar, e agora vivo da caridade que o bom sentimento alheio esbanja.
Devo continuar mal-agradecido?

Todo Rimbaud tem a irmã ao pé do leito no hospital. Tem seu Paul Claudel de plantão na hora da morte. O defunto não controla os botões do amplificador da solidariedade humana.

Aviso aos redatores de obituário.
Se tivesse de escrever um resumo de toda a minha vida, teria vergonha.

Aceito sugestões. Uma lauda no máximo. Em eunuco e moribundo os olhos compensam as perdas.

Leio em Karl Marx: "Ontem penhorei um casaco que remontava a meus dias de Liverpool, a fim de comprar papel para escrever". Em 27 de fevereiro de 1850, em pleno inverno londrino, escreve a Engels: "Há uma semana cheguei ao agradável ponto no qual não posso sair à rua por causa dos casacos que tive que penhorar". Sem o casaco de inverno Marx não podia ir ao Museu Britânico, onde fazia as leituras indispensáveis para a obra-prima que estava escrevendo.

Estou sendo simplório? Estou (confesso).
Por que não me fazem coro? Neste quatro por seis, chamado sala de visitas de apartamento no Leblon, estamos sendo simplórios.

Como pensa — se é que pensa — um ditador deposto? Como age — se é que age — um presidente cassado?
Como pensa e age um corpo possuído pela morte?
Tenho horror dos sentimentos que me alucinam. Posso comunicá-los.
(Em troca recebo palavras sentimentais. Saio no prejuízo.)
Posso comunicá-los. Não posso compartilhá-los.
(Mais aguda é a presença da solidão. O dividendo dessa doença fatal.)
Sem portas. Sem janelas.
Vou me recolher ao quarto de dormir. Lá estarei literalmente sozinho.
De que valem essas anotações?

A autenticidade. Ela me espreita. Lá do fundo do desfiladeiro, onde já estão depositados os cacos das palavras.
Diálogo canhestro entre a autenticidade e as palavras. Evito-o.

O que é, o que é? Somos dois (bem diferentes), que formam um (os dois bem juntinhos), que acabam como três (um terceiro que se desgarra e tem vida própria).
Resposta 1: a paternidade.
Estou no filho, ele estará em mim?
Resposta 2: a imortalidade.
Deixo os meus livros. A quem?

Poema
Não me interessam mais
as coisas que não me interessam.

Sentado no sofá da sala de visitas.

Antes de enunciar a frase, o visitante calça a boca com luva. Desce a cortina dos olhos, cruza os dedos. Descruza-os, depois de proferir a frase.

Não conversa comigo. O visitante está rezando.

Sem Deus, será que ele continuaria a me visitar e a dizer o que diz? Não ama o semelhante, ama a Deus sobre todas as coisas.

Na certa também calça os olhos com luva antes de ler as safadezas do Velho Testamento.

Minha rosa dos ventos. Cansaço ao norte. Preguiça ao sul. Esforço a leste. Desinteresse a oeste.

Anticigarra. Amealho forças para mais um verão carioca, como formigas amealham provisões para o inverno.

Formigas são más conselheiras: *Eh bien, chantez maintenant!*

O corpo — diz o *Bhagavad-Gita* —, "chaga de nove aberturas". A cada buraco, maior a humilhação.

Peço a palavra. Declaro solenemente que moribundo caga e mija. Por favor, retirem-se da sala de visitas. Ou eu me retiro.

Aconteceu comigo o que nunca deveria ter acontecido em vida. Virei um velho caduco.

Sei que é dezembro, não sei é se tenho cara de presépio. Hoje os três reis magos da literatura brasileira vieram visitar-me. Pela tristeza no olhar, suavidade na voz e delicadeza na escolha das palavras, exercitavam um ato de contrição diante da manjedoura.

À saída, dei-lhes a bênção.

Paródia dos pampas argentinos. *Mi casa no es tu casa.*

Tenho as mãos de assassino e o corpo de ditador. Tenho os pés de fanático e a alma de torturador. Sai da frente! Amanheci hoje puro ódio.

Alguém — que seja Deus, ou não —, tenha piedade de mim! Não consigo ser mais forte que minha incredulidade.

Descoberta. Ele ataca até a imaginação. O câncer na palavra.

Ansiedade, teu nome é morte.

Na cama. Cinco membros inúteis. Os dois superiores, os dois inferiores. Também o do centro, chamado viril. Este gostava de rodopiar como pião. Gostava.

Releio minhas anotações. Recuso usar mais uma palavra que termine em -*ade*. Principalmente aquela.

Entro como saí. Envelopado.
Tudo é uma questão de bolsa: a d'água e a de madeira.
Bem-vinda, ó morte!

Feito pó, feito pólen, feito fibra,
Feito pedra, feito o que é morto e vibra.
Vinicius de Moraes

ESTA OBRA FOI COMPOSTA PELA SPRESS EM ELECTRA E IMPRESSA EM OFSETE
PELA LIS GRÁFICA SOBRE PAPEL PÓLEN SOFT DA SUZANO S. A.
PARA A EDITORA SCHWARCZ EM MARÇO DE 2022

A marca FSC® é a garantia de que a madeira utilizada na fabricação do papel deste livro provém de florestas que foram gerenciadas de maneira ambientalmente correta, socialmente justa e economicamente viável, além de outras fontes de origem controlada.